「黄金のバンタム」を破った男

百田尚樹

PHP
文芸文庫

○本表紙デザイン＋ロゴ＝川上成夫

「黄金のバンタム」を破った男◎目次

第一章　日本ボクシングの夜明け　7
第二章　ホープたちの季節　41
第三章　切り札の決断　75
第四章　スーパースター　109
第五章　フライ級三羽烏　141

第六章　黄金のバンタム　177
第七章　マルスが去った　209
第八章　チャンピオンの苦しみ　247
第九章　「十年」という覚悟　281
解　説　増田俊也　322

〈装丁写真説明〉

一九六五年五月十八日、愛知県体育館にて世界バンタム級タイトルマッチが行なわれた。第四ラウンド、王者エデル・ジョフレ（左・ブラジル）に右アッパーをヒットさせるファイティング原田。

第一章 日本ボクシングの夜明け

「ヨシオ、君はこの試合に勝利することで、
敗戦で失われた日本人の自信と気力を呼び戻すのだ」

（カーン）

忘れられない光景がある。

テレビの前で父と父の友人がわけのわからない声を上げている。ふだんは物静かな二人が怒鳴《どな》り声を上げている。異様に興奮した二人の様子が怖かった。白黒テレビの画面で繰り広げられているのはボクシングの試合だった。

テレビが我が家に来たのは私が小学校一年生の時だから、昭和三十七年（一九六二）だ。そのテレビは父が友人に作ってもらったものだった。その頃、テレビは恐ろしく高くて、貧乏な我が家にはとても買えるものではなかった。父の友人は電器店に勤めていて、ブラウン管と真空管などを組み合わせてテレビを組み立ててくれたのだ。当時はブラウン管を単品で売っていたのだろうか。それにしてもキャビネットはどうしたのだろう。よく覚えていないが、手作りの箱ではなかった。もしかしたらその頃は新品のテレビを買えない人のために、組み立て用のテレビキットのようなものがあったのかもしれない。あるいは中古のキャビネットを再利用したのだろうか。父も友人も亡くなった今はたしかめるすべがない。

父と友人が熱狂して見ていたのは、ボクシングの試合だった。

世界フライ級タイトルマッチ、ポーン・キングピッチ対ファイティング原田の試合は、我が家にテレビが来てまもなくのことだったと記憶している。今、本で調《しら》べると、この試合は昭和三十七年十月十日に東京の蔵前国技館で行われている。奇しくも二年後の同じ日に東京オリンピックが開会している。ちなみに「体育の日」という祝日は東京オリンピックの開会式にちなんでできた祝日で、長い間、十月十日だった。今でも私たち古い世代の人間は十月十日は休日というイメージがある。

試合が始まると、父と友人は何度も大きな声を上げた。ふだんは大きな声なんか滅多に出さない二人のそんな様子が驚きだった。

最初は興味のなかった私もいつしか夢中になって見ていたように思う。しかしどちらが原田なのかわからない。父に聞くと「白いパンツが原田だ」と言った。それで試合中はずっとパンツばかり見ていた。

試合は突然終わったような印象を受けた。白いパンツの男が黒いパンツの男を端っこに追い詰め、めちゃくちゃに殴りまくると、黒パンツがずるずると座り込んだのだ。

「やった！」

父と友人はものすごい大きな声を出した。私は黒パンツが座り込んだことよりも二人の大声にびっくりした。

「世界チャンピオンや！」

父と友人は何度もその言葉を口にしていた。小学校一年生の私にとって、「世界チャンピオン」の意味も価値もよくわからない。ただ日本人が「世界一」になったのだなということだけはわかった。

今なら、それがどれほどすごいことだったのかがわかる。当時の新聞を読み直すと、日本中がこの勝利に熱狂した様子が見て取れる。原田の世界タイトル奪取は本当に大変なことだったのだ。

ボクシングファンなら誰でも知っていることだが、現在と昔ではボクシングの世界チャンピオンの価値がまったく違う。

当時のチャンピオンは世界にわずか八人しかいなかった。つまり八つの階級に、それぞれ一人ずつ王者が君臨していたのだ。ちなみに現在は十七階級、しかもチャンピオン認定団体も増えて、ＷＢＡ、ＷＢＣ、ＩＢＦ、ＷＢＯの主要四団体がそれぞれチャンピオンを認めていて、その総計は七十人ほどにもなる。中には複数の団体に認められた統一チャンピオンもいるが、一方で暫定《ざんてい》チャンピオンやスーパーチャンピオンという存在もあって、わけがわからない。とにかく世界チャンピオンが七十人もいるなんて、どこが世界チャンピオンなのだ！　と言いたくなるが、それはともかく昭和三十七年当時の世界チャンピオンというのは現代とは比べものにならないほどの重みと価値があった。

しかし当時の日本人を熱狂させたのは単に原田がチャンピオンになったからだけではない。このタイトルを奪い返すことが多くの日本人ファンの悲願だったからだ。皆がこの日を長い間待ち望んでいたのだ。昭和二十九年（一九五四）に日本人初の世界チャンピオンであった白井義男がタイトルを失ってから、八年の歳月が流れていた。

昭和二十七年（一九五二）、白井義男がこのタイトルを獲得した時、日本人は敗戦によって失われていた自信と誇りを取り戻した。白井こそは日本人の希望の星であり、そのタイトルは一人白井だけのものではなく、日本人が自分たちのタイトルだと思っていた。この当時の日本人にとって「世界フライ級チャンピオン」というタイトルは、単なる一スポーツのタイトルではなかった。日本人が世界に胸を張って誇れる「偉大な何か」だったのだ。二年後、白井がタイトルを失うと、多くの日本人がそれを自らの悲しみとした。

以来、このタイトルの奪回は、国民の悲願となった。多くの才能ある日本人ボクサーがその期待を背負って、世界タイトルに挑み続けたが、誰もそれを奪うことはできなかった。何と八年もの長き時間にわたって、「世界」は彼らを跳ね返し続けてきた。日本人はあらためてその壁の巨大さを知った。そしてあらためて白井の凄《すご》さを知った。もはや第二の白井は出ないのか——そんな諦《あきら》めにも似た思いが覆《おお》いかけた時、突如、十九歳の若武者が現れ、「世界」を奪回したのだ。

ファイティング原田こと原田政彦は一夜にしてスーパースターとなった。

＊　＊　＊

ここで原田の物語に入る前に、時代を大きくさかのぼって、白井義男について語りたいと思う。原田を、そして日本のボクシング界を語るには、白井義男は絶対に避けて通れないからだ。白井がいなければ、日本のボクシング界の発展はなく、その後の多くの日本人世界チャンピオンの存在もなかっただろう。

白井義男は大正十二年（一九二三）に東京で生まれた。白井がボクシングに興味を持ったきっかけは面白《おもしろ》い。小学生の時、夜店のカンガルーボクシングでカンガルーと対決したことで、拳闘に対する関心を持ったのだという。

戦争中の昭和十八年（一九四三）、二十歳の時に拳闘ジムに入門、ジムに入った二週間後にデビュー戦を戦っている。戦時下で有望選手が徴兵に取られたりして選手がいなかったための緊急処置だったのだろう。驚いたことに、白井は入門二週間の素人《しろうと》同然で中堅どころの相手選手を一ラウンドでKOしている。この年、奇しくも同じ東京で後に白井に次いで日本で二番目の世界チャンピオンになる原田政彦が誕生している。

白井はこの年から翌年にかけて六戦して全勝５ＫＯという素晴《すば》らしい成績を残している（この時代の成績は不明なものも多く、一部には八戦全勝６ＫＯという情報もある）。

白井は才能溢《あふ》れるボクサーだった。多くのボクシング関係者に注目され、いずれは日本チャンピオンを狙える逸材だといわれた。

しかし時代が白井の未来を奪った。白井がデビューした昭和十八年、日本はガダルカナル島をめぐる戦いに敗れ、戦局がにわかに厳しいものになっていた。更に翌年には乾坤一擲《けんこんいってき》の勝負を懸《か》けたマリアナ沖海戦で大敗北を喫し、その年の暮れにはフィリピンでカミカゼ特別攻撃が行われた。

もうのんびりボクシングをしている時代ではなかった。その年にはすべてのボクシング興行が禁止された。白井も軍隊に入り、千葉県の香取航空基地で飛行機整備兵となる。やがて次の任地が硫黄島《いおうとう》に決まるが、大型の輸送機が用意できず、白井の硫黄島行きはなくなる。この時、白井が硫黄島に向かっていたら、戦後のボクシング界の歴史は大きく変わっていただろう。白井はその後、各地の航空隊を転々とし、最後は青森県の三沢航空隊で終戦を迎えた。

復員して東京に戻ると、家は空襲でなくなっていた。白井は生きるために様々な仕事をしながら、やがて再びボクシングの練習を開始する。

当時はジムも練習場もなかったが、ボクシングに魅《み》せられた男たちが青空の下で、トレーニングを開始したのだ。食べるものも住む家もないが、好きなだけボクシングができる喜びを胸に、多くのボクサーが懸命に練習に励《はげ》んだ。戦争中は敵性語として禁止されていたストレート（直打）、フック（鉤打）、ダウン（被倒）などの言葉も復活した。しかし白井は過酷な軍隊生活で座骨神経痛を患《わずら》っていた。

昭和二十一年（一九四六）、白井は二年ぶりにリングに上がったが、無惨なKO負けを喫する。腰の故障で本来のボクシングができなくなっていたのだ。その後も調子は上向かず、勝ったり負けたりを繰り返した。戦前は将来を嘱望《しょくぼう》されていた白井だったが、戦後はすっかり並の選手になっていた。かつて夢見ていた日本チャンピオンはもはや手の届かないものになっていた。

昭和二十三年（一九四八）、二十五歳になっていた白井は、自らの限界を感じ、引退を考え始めていた。もし、この時、一人のアメリカ人が白井の姿を目にとめることがなければ、彼の人生は平凡なままに終わっていたかもしれない。

そのアメリカ人は「ドク・カーン（カーン博士）」と呼ばれていたアルビン・ロバート・カーン博士、当時GHQ（進駐軍）の将校だった。彼はイリノイ大学で生物学と栄養学の教授を務めた後、GHQの天然資源局で日本人の食糧支援のために日本の周辺海域で採れる海洋生物の調査を行っていた。この時、五十六歳だった。カーン博士は趣味の貝殻収拾のために築地の魚市場に通っている時、その通り道にあった日拳ジムを目にし、見学に立ち寄った際に練習中の白井を見つけたのだ。

カーン博士のもう一つの趣味がボクシングだった。彼自身はボクシング経験はなかったが、運動生理学を専門とする立場からボクサーの筋肉の動きに興味を持ったのがきっかけで熱烈なボクシングファンになっていた。

そんなカーン博士が日拳ジムで練習していた白井に注目した。この時、博士がジムのトレーナーや練習生に尋《たず》ねた有名な言葉がある。彼は白井を指さしてこう聞いたのだ。

「あれはチャンピオンか？」

聞かれたトレーナーたちは笑った。白井はチャンピオンでも何でもなく、鳴かず飛ばずのボクサーで、しかもまもなく引退しようとしている選手だったからだ。しかし本場アメリカで数多くのボクシングを見続けていたカーン博士の目には、白井が素晴らしい素質の持ち主に見えた。

カーンがジムのトレーナーに「シライをコーチしてもいいか」と聞くと、トレーナーは「白井さえよければ」と答えた。カーンはいつもぼろぼろのコートを着ていて、トレーナーたちには、変わり者のボクシングマニアにしか見えなかった。もう半ば終わってしまったようなロートルボクサーの白井を、物好きなアメリカ人に渡すくらい何でもなかったのだ。

カーンに「君をコーチしたい」と言われた白井は驚いたが、藁《わら》にもすがる気持ちで「お願いします」と言った。この出会いが日本のボクシング界を大きく変えた。

カーンは生活面と経済面の面倒を見ることを条件に白井と専属契約を結ぶ。そして白井を自分のボクシング理論通りに育て上げることを試みた。

彼はまず白井に徹底的に防御の大切さを教え込んだ。それまでの日本のボクシングは肉を切らせて骨を断つという「肉弾戦」スタイルが主流で、防御は卑怯者《ひきょうもの》のするものという見方があった。戦前の軍国主義と相まって、パンチを受けることを恐れず、玉砕《ぎょくさい》戦法のような勇敢な戦いぶりが大いに好まれていたのだ。その典型的なスターが白井の十歳年長のピストン堀口だった。堀口はどれだけ打たれても前進を止めず、最後は相手を強烈なパンチでリングに沈めた。「拳聖《けんせい》」と呼ばれたほどの伝説的なボクサーで、生涯成績一八四戦一四三勝（88ＫＯ）二六敗一五分けという成績は日本人ボクサーとしては空前絶後の記録である（この時代の記録は正確ではなく、諸説ある）。負けのほとんどは晩年のもので、若い頃はまさに無敵と呼ぶにふさわしく、デビューから四九連勝という記録も持っている。堀口以降の多くのボクサーも堀口のスタイルを真似《まね》た。

　しかしカーンの持論は「ボクシングとは、相手に打たせず、自分が打つ」ものだった。堀口のように「肉を切らせて骨を断つ」ボクシングはカーンの辞書にはないものだった。

　またカーンは白井にパンチの打ち抜き（フォロースルー）の大切さも徹底的に叩き込んだ。それまで日本のボクシング界のストレートの打ち方は、空手の突きのように、打ち終わった時点で拳を止めるというスタイルが正しいとされていた。打ち終わった後に拳を前へやるのは「押す」ようなもので、意味がないとされていたのだ。しかしカーンはパンチは標的を突き抜くように打たなければならないと教えた。

　カーンの本場仕込みのボクシングを吸収して、白井は甦《よみがえ》った。スピードとフットワークを生かし、防御を重んじ、フォロースルーを効かせたパンチは、対戦相手を寄せ付けなかった。

　白井の「打たせずに打つ」という戦いぶりは当時の多くの観客に「卑怯な戦法」「臆病《おくびょう》な戦法」とののしられたが、カーン博士は「ボクシングはショーではない。スポーツなのだ」と言い、白井に派手な打ち合いをさせなかった。

　カーンは白井の健康管理にも気をつかった。彼のためにいつも最高級の食事を用意した。多くの日本人が毎日の米にも事欠く時代に血の滴《したた》るようなステーキなど栄養たっぷりの食材をふんだんに食べさせた。過酷な軍隊生活と戦後の厳しい食糧事情で栄養不良となり、座骨神経痛に苦しめられていた白井は次第に体調を回復させていった。

白井はカーンの指導のもと、次々と強豪選手を破り、ついに昭和二十四年（一九四九）一月に日本フライ級王座に挑戦した。チャンピオンの花田陽一郎は戦前からフライ級の王座を保持（途中、チャンピオン制度のない空白期間あり）していた強豪だったが、白井は彼を五ラウンドKOで破り、念願だったタイトルを獲得した。

しかしカーン博士は更に白井の実力をためすように、その年の十二月、一階級上のバンタム級（現在は、この間にスーパーフライ級があり、二階級上になる）王座に挑戦させる。

この時のバンタム級チャンピオンはピストン堀口の実弟である堀口宏で、兄譲《ゆず》りの猛烈なファイターで無敵のチャンピオンだった。この試合は「世紀の一戦」と呼ばれ、芝のスポーツセンターには一万五千人の観客が集まった。会場に入りきらない三千人の人が木戸を壊すという事件まで起こったほど注目を集めた試合だった。なお、この試合は戦後NHKラジオが初めて実況中継した試合で、全国のファンが固唾《かたず》を呑《の》んで中継に耳を傾けた。

白井はカーン直伝《じきでん》のフットワークを駆使《くし》した科学的なボクシングで堀口を寄せ付

けず、見事バンタム級の王座も獲得した。シカゴの大富豪の御曹司《おんぞうし》であるカーンはこの勝利を祝福し、白井のために北区に三百坪の土地を買い、家を建ててプレゼントした。

白井はカーン博士と自分の幸運に感謝した。腰痛持ちで引退寸前だった自分が二階級制覇のチャンピオンになったばかりか、家まで手に入れることができたのだ。

しかしカーンの目標はもっと大きかった。彼は白井を世界チャンピオンにしようという考えを持っていたのだ。しかし当時の日本ボクシング界にとって世界チャンピオンというのははるか雲の上の存在だった。白井自身、自分が世界チャンピオンになれるかもしれないなどとは夢にも思わなかった。当時、日本のボクシング界から見た世界のレベルは大人と子供くらい違うといわれていた。

しかしカーンには勝算があった。自分が育て上げたヨシオは世界に通用するボクサーだという信念があった。

そして当時、世界フライ級チャンピオン、ダド・マリノを擁《よう》していたプロモーターのサム一ノ瀬に「チャンスをくれないか」と手紙を書いた。そして一ノ瀬がいるハワイまで出向き、「日本に錦《にしき》を飾らないか」と口説《くど》いている。

サム一ノ瀬は一九〇七年（明治四十）マウイ島生まれの日系二世である。アメリカ人だからサム・イチノセと表記すべきだろうが、多くの書物で「一ノ瀬」と書かれてあるので、ここではそれに倣《なら》うことにする。一ノ瀬の両親は一八九九年（明治三十二）に九州からハワイに移民した。夢を抱いてハワイにわたったものの、劣悪なサトウキビ農場で農奴《のうど》のように働かされた。一ノ瀬は「パパもママも奴隷《どれい》のようだった」と語っている。十人兄弟の五番目に生まれたサムは貧困のため高校を中退して働いている。その後、様々な職を転々とし、ボクシングジムを作った。そこに入門してきた初めての練習生がフィリピン系移民二世のダド・マリノだった。

マリノは素晴らしい才能の持ち主でめきめき実力を上げ、世界チャンピオンも狙えるほどの選手になった。しかし時代が悪かった。世界ランキングにも入り、いよいよ全盛時代を迎えるという時に第二次大戦が始まったのだ。マリノは海兵隊に召集され、太平洋で日本軍と戦った。戦争が終わった頃、マリノは若さを失っていた。

その後、一ノ瀬とマリノは世界タイトルを追いかけるが、チャンピオンに逃げられたり、あからさまな地元判定で勝っている試合を負けにされたり、実力がありながら王座決定戦から外されるなど、多くの悲運に泣かされた。ちなみにサム一ノ瀬は「サッド・サム」という綽名《あだな》で呼ばれているが、その名前の由来は「悲しげな顔」をしているからという説と、マリノをめぐる不運がつきまとったからという二つの説がある。

しかし一ノ瀬とマリノは諦めず、一九五〇年（昭和二十五）、ついに地元ハワイで時のフライ級チャンピオン、テリー・アレン（英）に挑戦する機会を得た。そしてアレンを判定で破り、悲願だった世界タイトルを掴《つか》んだ。しかしこの時すでにマリノは三十四歳になっていた。

カーンの説得を受けた一ノ瀬は、マリノを連れて父母の国に行くことを決め、ダド・マリノと白井のノンタイトルマッチを了承する。彼は同胞にチャンスをやりたいと考えたのだ。一ノ瀬はアメリカ人でありながら日本人の心を持ったサムライだった。

昭和二十六年（一九五一）、一ノ瀬はマリノとともに来日した。日本人のほとんどが生まれて初めて目にする世界チャンピオンだった。この時、戦前から日本のボクシングの発展に尽力し、ボクシング評論家として名高い郡司《ぐんじ》信夫《のぶお》は「自分が生きているうちに世界チャンピオンが見られるとは思っていなかった」と語った。

この時、マリノはオープンカーに乗って銀座から新橋をパレードしている。チャンピオンをひと目見ようと沿道には何万人もの人々が集まった。当時はそれほど「世界チャンピオン」の価値が高かったのだ。

ノンフィクションライターの山本茂は著書『カーン博士の肖像』で、一ノ瀬の豪放な性格を示す興味深いエピソードを書き残している。来日した一ノ瀬はクラブで日本人記者と飲み、そこで堂々と軍歌を歌ったのだ。当時、軍歌はGHQに禁止されていたから、記者たちはうろたえた。そんな記者たちを見て、一ノ瀬は「君たちはそれでも日本人か！」と怒鳴り、そして大きな声で「誰か故郷を想わざる」を歌った。この歌こそ、ハワイにいた日系人の愛唱歌だった。一ノ瀬は泣きながら歌った。周囲にいた記者たちもまた泣きながら歌った。その夜の最後は全員で軍歌を大合唱したという。

五月にマリノ対白井のノンタイトル十回戦が後楽園球場で二万五千人の観客を集めて行われた。評論家も観客も白井が勝つとは誰も思っていなかった。大方の予想は白井が何ラウンド持つかというものだった。当の白井自身が勝てるとは思っていなかった。勝てると思っていたのはカーン博士だけだった。

ゴングが鳴ると白井は素晴らしいスピードでマリノと堂々と渡り合った。戦前の予想を覆《くつがえ》し、最終ラウンドまで打ちあった。判定は二―一でマリノだったが、白井自身は「勝った」と思った。

負けはしたが、世界チャンピオンとほぼ互角に戦えたことで、白井は大きな自信を得た。同時に師匠であるカーンに対して更に信頼感を増した。

この試合の後、一ノ瀬はNBA（全米ボクシング協会）に「白井は世界に通用するボクサーである。ランキングに入れられたし」という手紙を書いている。七ヶ月後、今度は白井がハワイに渡り、再びマリノとグローブを合わせた。これもノンタイトル十回戦である。この試合で認められれば、世界挑戦も夢ではなくなる。

十二月にホノルルで行われたこの試合は、後に白井が「生涯最高の試合だった」と述懐《じゅっかい》したほどの素晴らしいものとなった。白井はスピードでマリノを圧倒し、目の覚めるような素晴らしいパンチをびしびし決め、六ラウンドにマリノを三度ダウンさせた。そして次の七ラウンドに更に二度のダウンを奪ったところで、一ノ瀬がタオルを投げた。セコンドがタオルをリングに投げ入れると、そのボクサーは試合放棄と見做《みな》され、自動的にＴＫＯ（テクニカル・ノックアウト）負けとなる。

ノンタイトル戦とはいえ、日本人ボクサーが現役の世界チャンピオンをＴＫＯで破ったことは、当時の日本人にとって大ニュースだった。

しかしノンタイトル戦で勝っても世界チャンピオンにはなれない。チャンピオンになるためにはタイトルを懸けた試合で勝たなくてはならない。そこには大きな壁があった。当時の日本では外貨を国外に持ち出すには制限があり、しかも世界チャンピオンの莫大なファイトマネーを用意できるプロモーターは国内にはいなかった。

それを可能にしたのは、またしてもサム一ノ瀬だった。彼はマリノの王座がもう長くないのはわかっていた。当時マリノは三十五歳、ボクサーとしては既にピークを過ぎていた彼に、世界中から多くの挑戦者が名乗りを上げていた。誰が挑戦者としてやって来ても、老いた王者がタイトルを奪われる可能性は高かった。

一ノ瀬は、どうせタイトルを失うなら、そのチャンスを日本人にやろうと考えた。もしフライ級のタイトルがヨーロッパに渡れば、もう日本人にチャンスはめぐってこない。当時の有色人種に対する差別は大きかった。現にマリノが奪うまでフライ級のタイトルは二十年以上ヨーロッパとアメリカでたらい回しにされてきたのだ。

一ノ瀬は白井のためにチャンピオンのファイトマネーを自分で用意した。もちろんボクシングは慈善興行ではない。一ノ瀬はその試合の興行権を得て、更にもし白井が勝てば、その後の白井の試合の興行権を手に入れるという条件をつけた。

この時、マリノに支払われたファイトマネーは二万五千ドル（日本円にして九百万円だが、当時の一ドル三百六十円の固定レートは正しい相場をあらわしておらず、実質は一千万円をはるかに超える価値があった）と飛行機代および滞在費三百万円というものだった。当時、総理大臣の月給が十一万円だったから、いかにその額がすごいかわかるだろう。対する白井のファイトマネーは四十万円。しかしカーンは「チャンスがファイトマネーだ」と言った。

こうして昭和二十七年（一九五二）五月十九日、後楽園球場で日本初の世界タイトルマッチが行われた。後に白井に次いで日本人として二人目の世界チャンピオンとなる原田は九歳、この試合についての記憶はない。

＊　　＊　　＊

この試合の前夜、カーンは白井に言った。

「日本は戦争でアメリカに負けた。今、日本が世界に対抗できるのはスポーツしかない。ヨシオ、君は自分のために戦うと思ってはいけない。それだけでは苦境を乗り越えられない」

この試合が行われる三週間前の四月二十八日、サンフランシスコ講和条約が発効し、これにより日本は六年にも及ぶ外国軍隊の占領から解放され、国家としての主権が回復された。多くの日本人にとって、この試合は国際社会への復帰の夢を重ねた大事な試合となった。その思いは、今日のサッカーのワールドカップや野球のWBCなどの代表チームに寄せるものとは、まったく次元の違う重みを持っていた。

カーンは最後にこう言った。

「ヨシオ、君はこの試合に勝利することで、敗戦で失われた日本人の自信と気力を呼び戻すのだ」

この夜、後楽園球場には四万人の観客が集まった。この数字は今日まで破られることがない日本人ボクサーによる最多観客試合だ。いかにビッグイベントだったかがわかる。グラウンドの真ん中に特設リングがこしらえられ、その周りを観客席が取り囲んだ。リングサイドには高松宮《たかまつのみや》ご夫妻、三笠宮《みかさのみや》殿下、それに時の官房長官をはじめとする政治家、また当時の有名な映画スターたちの顔があった。

白井は後に、控え室を出てリングに向かう時、足が震《ふる》え出し、全身が総毛立《そうけだ》ったと語っている。

「負けたら、生きていられない」

二十九歳の男がそこまで思い詰めたほど、スタジアムは観客の切実な願いに包まれていた。

しかし、リングに上がった途端、恐怖は消えたという。

試合は一ラウンドから白井がチャンピオンを圧倒した。軽快なフットワークを使い、フォロースルーを効かしたパンチを何度も王者に打ち込んだ。

しかし七ラウンド終了近くに白井はマリノの強烈な左フックを受けて、立ったまま脳震盪《のうしんとう》を起こした。朦朧《もうろう》としたままコーナーに戻った白井を、カーンが「ウェイク・アップ・ヨシオ！」と一喝した。その一言で白井は意識を取り戻した。

八ラウンド以降、白井は再びペースを握って戦った。フライ級でありながら二階級上のフェザー級のパンチ力を持つといわれ、多くのボクサーに恐れられたマリノも年には勝てず、後半ははっきりと疲れ、白井がポイントを取り、明白な判定勝利を得た。

レフェリーによって白井の手が上げられた時、後楽園球場を埋めた四万人の観客は大歓声を上げた。

リングを降りて控え室に戻る白井の体に触れようと大勢の観客が殺到した。この時、「白井は疲れております。白井は大変疲れております」という館内アナウンスが流れた。人々は立ち止まり、控え室に戻る白井の後ろ姿を熱い拍手で見送った。人々の目には涙が流れていた。

ラジオ東京の中継で勝利を聞いた多くの日本人も喜びに震えた。自分たちの同胞が世界チャンピオンを倒したのだ。しかも白井は戦後に溢《あふ》れ出たアプレゲールの若者ではない。軍隊に入って戦争を経験した男だった。青春を戦争に奪われた二十九歳の男が不屈の努力の末に世界一強い男を破ったのだ。

この勝利が当時の日本人の心にどれだけ希望を与えたか、想像に難くない。カーンが言ったように、白井の勝利は敗戦で自信を失った日本人の多くに自信と勇気を与えた。

私事になるが、当時二十六歳だった私の母はボクシングにはまったく興味がないが、それでもこの試合のことはよく覚えている。

「日本人として、本当に誇らしい気持ちだった。その後、スポーツで同じ気持ちになったのは、東京オリンピックの女子バレーの時しかない」

この本を書く時に、母に当時のことを聞くと、こんな答えが返ってきた。

白井の偉大さはいくら言葉を費《つい》やしても足りないほどだ。

もし白井がいなければ、日本のボクシング界に世界タイトルがやってくるのはこの後、何年もなかっただろうし、その後の我が国のボクシングの隆盛《りゅうせい》もなかっただろう。まさに白井こそ世界を切り拓《ひら》いたボクサーだ。

しかし今あらためて白井の半生を追った時、そこには運命の女神がいたのだとしか思えない。引退を考えていた二十五歳の無名のボクサーをたまたま見つけたカーン博士。そして白井のために大きなチャンスを与えてくれた日系人サム一ノ瀬。この二人がいなければ、いかに白井が才能に恵まれていても、世界チャンピオンになることはなかっただろう。

それにしても、この二人の男がともにアメリカ人だったというのが、歴史と運命の面白さを感じさせる。一人のアメリカ人は国籍と民族の壁を越えて日本人青年の才能を開花させ、もう一人のアメリカ人は両親の祖国の同胞のために義侠心《ぎきょうしん》を見せたのだ。

しかし幸運の女神が微笑《ほほえ》んだだけで世界チャンピオンになれるほど、この世界は甘いものではない。そのチャンスを引き寄せたのは白井自身だ。カーン博士の命じるまま、ベテラン選手であるにもかかわらず一から基本練習を繰り返し、黙々と練習を続けたからこそ、白井の才能は大きく花開いたのだし、またマリノとの最初のノンタイトル戦で善戦し、更に二度目のノンタイトル戦でマリノをTKOし、大きなチャンスを摑んだ。そして最も重要なタイトルマッチでもマリノを完璧に打ち破った。この三つの重要な試合で、一つでも拙《まず》い試合をしていたら、白井の栄光はなかっただろう。白井は運命の女神が与えた三つの試練をすべて自らの力で乗り越えたのだ。

同年十一月、白井は初防衛戦で前チャンピオンのマリノを迎え撃ち、大差の判定で破った。マリノはその試合を最後に引退した。なお、この試合も後楽園球場で三万八千人の観客を集めて行われた。白井の世界戦はすべて後楽園球場で行われている。白井以降、これほどの規模で行われたタイトルマッチはない。

翌昭和二十八年（一九五三）五月、白井は二度目の防衛戦でフィリピンのダニー・カンポを判定で下し、同年十月、三度目の防衛戦で元チャンピオンのイギリスのテリー・アレンをこれも判定で下した。

翌昭和二十九年（一九五四）五月、四度目の防衛戦でフィリピンの強豪レオ・エスピノサを判定に下した。エスピノサは前年のノンタイトル戦で、白井が目の傷による出血でTKO負けした相手だった。

四度のタイトル防衛というのは、フライ級のタイ記録だった。白井は初代チャンピオンのジミー・ワイルドから数えて十七人目のチャンピオン（リング誌の認定による）だが、過去十六人のチャンピオンで五度の防衛に成功した者は一人もいない。フライ級は何よりもスピードが重要なクラスである。年齢の衰《おとろ》えでまっさきに失うのがスピードである。フライ級で防衛を重ねる難しさはそこにある。

前述したように、その頃の世界のボクシング界はジュニア階級（現スーパー階級）がなく、また複数団体もないために一つの階級のレベルが今とは比べものにならないほど高かった。しかもカーンは「白井の防衛戦はすべてランキング三位以内のものとしか行わない」と宣言していたから、挑戦者は常に強豪であり、楽な防衛戦は一つもなかった。それだけに白井の四度のタイトル防衛は非常に価値が高い。

しかし栄光は永遠には続かない。白井は三十一歳になっていた。現代の日本人アスリートたちは子供の頃から栄養状態のいい環境で育っているから選手寿命はおしなべて長いが、半世紀前の日本人はそうではなかった。当時のプロ野球選手なども三十歳を超えると多くの選手が体力の衰えで引退している。白井もまたきわめて栄養状態の悪い時代に成長期を過ごした男だった。

年齢的な衰えは徐々に白井をむしばんでいた。現に四度目の防衛戦は薄氷の判定勝利だった。「不可解な判定」と書いた新聞もあった。

四度目の防衛戦を終えた二ヶ月後、白井はアルゼンチンに招かれ、そこで一人の小さな男とノンタイトル戦で戦った。男は一五〇センチそこそこの小柄な体だが、コマネズミのように素早く動き、おまけにパンチ力があった。この男こそ、後に「小さな巨人」といわれ、五十年後の現代においてもフライ級史上最強と評価されるパスカル・ペレスだった。ロンドン・オリンピックで金メダルを獲得した後、プロに転向してから二三戦全勝、しかもほとんどがKO勝ちというアルゼンチンのホープで、この時世界ランキング七位だった。

白井はこのホープ相手にチャンピオンの貫禄を見せつけた。テクニックでペレスをあしらい、七ラウンドには強烈な右ストレートでペレスをロープまで吹っ飛ばした。この時、ロープに吹っ飛ばされた瞬間のペレスの写真が残っている。顎《あご》を上に向け、両手をバンザイするように上げ、しかも左手はロープの間に入っている。そして両足はほとんど宙に浮いている。白井の凄《すさ》まじいまでのパンチ力を物語る衝撃的な写真だ。ペレスは完全にグロッギーになったといわれているが、白井は敢えてKOを狙わず、試合は判定に持ち込まれた。白井もカーンも勝ったと思ったが、地元判定で引き分けにされた。

この一戦でペレスは世界ランキングを一気に上げ、白井の挑戦者としての資格を得た。三ヶ月後、白井陣営は五度目の防衛戦の相手としてペレスを選んだ。アルゼンチンでの試合で、「ペレス与《くみ》しやすし」と踏んだのだ。あの試合では地元判定で引き分けにされたが、明らかに優勢な試合だった。それに慣れない異国の環境と時差でコンディションもよくなかった。地元、東京で戦うならまず負けない――。

そして昭和二十九年（一九五四）十月に、白井はペレスとタイトルを懸けて戦うことになった。

試合十日前に来日したペレスは日本のジムを借りて公開スパーリングを行った。事件はそのスパーリングで起きた。二十日、帝拳ジムで行われたスパーリングで、ペレスは動きが悪く、スパーリングパートナーのパンチを何度も貰《もら》った。明らかに調整失敗とも思えるペレスの動きの悪さに、記者たちは白井の防衛の可能性が高いと思った。

突然、何ラウンド目かにペレスがスパーリングパートナーのパンチを右耳に受けて頭を抱えて座り込んだ。耳を押さえながら懸命にスペイン語で叫んでいるペレスを見て、何か異変が起きたというのは誰の目にも明らかだった。スパーリングはただちに中止され、ペレスは病院に直行した。診療の結果、ペレスの右耳の鼓膜《こまく》が破れていることがわかった。試合までに完治するのは無理だった。試合は一ヶ月後の十一月二十五日に延期されることが決まった。

この延期で白井のコンディションはがたがたになった。体重管理、肉体コンディション、すべてを試合の日に合わせて調整してきたのが、いきなりの延期で何もかもが狂ってしまったのだ。一方、延期の間にペレスは逆にコンディションを整えた。

この鼓膜が破れた事件に関してはある憶測がある。ペレスの鼓膜は来日前に既に破れていたというものだ。ペレス陣営は最初から鼓膜の傷による延期を狙っていたというのだ（診察した病院では、鼓膜がいつ破れたものかまではわからなかった）。振り返るとおかしなことがいくつもある。一つはこの時のスパーリングでペレスはヘッドギアをつけなかったことだ。関係者が万一のことを心配してヘッドギアをつけるようにアドバイスしても、それを無視してリングに上がっている。もう一つはトレーナーがペレスと一緒に来日しなかったことだ。トレーナーは試合が延期になってから来日したが、穿《うが》った見方をすれば、ペレス陣営は最初から試合の延期がわかっていたようにも見える。

このことに関して、後にノンフィクションライターの佐伯泰英《さえきやすひで》（現在は剣豪小説で人気を博す小説家）が当時のマネージャーであるラズロ・コシィから決定的な証言を得ている。コシィは非常に狡猾《こうかつ》なマネージャーとして知られているが、佐伯の著書『狂気に生き』によると、コシィは佐伯に「ペレスが鼓膜を事前に破っていた」と語っている。その試合、ペレスのファイトマネーは二千ドル、怪我《けが》による延期での違約金は千ドルで、ペレス陣営は千ドル支払うことによる延期を選んだのだという。二十年以上の時を経てからのコシィの証言が正しいとは言い切れないが、わざわざ不名誉になるそんな嘘《うそ》をつく理由がないことを考えると、おそらく真実であろうと思われる。

私はこの話を知った時、思わず唸《うな》った。汚いとか卑怯とかいうよりも、ボクシングの持つ駆け引きの恐ろしさにぞっとしたのだ。繰り返すが、当時は世界タイトルの価値は今とは比較にならないほど高かった。挑戦者がタイトルマッチにこぎつけるまでには大きな壁がいくつもある。チャンピオン側に用意するファイトマネーを集めるだけで一苦労だ。二度目のチャンスはまずないと見ていい。一回きりのチケットは絶対に無駄にしてはいけないのだ。それにしても自らの鼓膜を破ってまでも有利な条件を勝ち取ろうという執念《しゅうねん》には鬼気迫るものがある。

白井の不運は更に重なった。試合当日の二十五日、白井が計量を済ませて食事を終えた頃、強い雨が降り出した。雨は次第に強くなり、昼過ぎにプロモーターから「今夜の試合は中止、明日に延期」という報せがあった。屋内競技場なら雨でも関係ないが、後楽園球場の特設リングで戦うのに、強い雨の中では具合が悪かったのだ。あるいはプロモーターは、雨だと当日チケットの客の入りが悪くなることを心配したのかもしれない。

現在（二〇一二年）の世界タイトルマッチは前日計量だが、当時は試合当日の朝に計量が行われることになっていた。既《すで》に食事を終えていた白井の体重は跳ね上がっていた。しかし試合が延期になったため、白井は翌日も体重をリミット内に収める必要があった。条件はペレスも同じだったが、ペレスの場合、減量は全く心配なかった。ペレスの体重は今ならライトフライ級か、あるいはその下のミニマム級だったといわれる。当時の一番軽いクラスがフライ級だったため、ペレスはフライ級で戦っていたのだ。

白井は慌《あわ》ててジムへ行き、ストーブを焚《た》いた部屋の中で懸命にロープを跳び、体重を落とした。この予定になかった減量のため白井のスタミナと体力は奪われた。

よくよくこの試合は白井にツキがなかったと思う。

翌二十六日に行われた試合、白井のコンディションは最悪だった。これまでの防衛戦で一番ひどい状態でリングに上がった白井は序盤から動きに精彩を欠き、一ラウンドにスリップ気味のダウンを喫した。ダメージはなかったが、ペレスにペースを奪われた。それでも白井はカーン仕込みの科学的ボクシングで、中盤はペースを奪い返した。

そして迎えた六ラウンド、不運なアクシデントが白井を襲った。ペレスに頭をぶつけられたのだ。ペレスの背は低い。彼はしばしば上体を沈めて伸び上がるようにパンチを打つ。この時、ペレスの伸び上がってくる頭が白井の顔面にまともにぶつかり、白井は左目の上をカットして血を流した。故意であったのか偶然であったのかは不明だが、このバッティングが試合の流れを大きく変えた。

九ラウンド、再びペレスの頭が白井の顔にぶつかった。白井はこのバッティングにより脳震盪《のうしんとう》を起こした。なお、この時の衝撃で鼻の神経を激しく痛めた白井は、以後の人生で永久に嗅覚《きゅうかく》を失った。

十二ラウンド、白井はペレスのパンチでダウンした。かろうじて立ち上がったが、試合は完全にペレス優勢となった。十三ラウンドにはペレスに打ちまくられグロッギーになったが、白井はチャンピオンの意地を見せ、最終ラウンドまで打ち合った。

判定は三―〇でペレスだった。完敗だった。白井は二年半にわたって保持した世界タイトルを失った。

この時、白井は不思議な経験をしている。何と、九ラウンドでペレスのバッティングを受けてから以後の記憶が一切ないのだ。白井が自分が負けたことを知ったのは、その夜、自宅に帰ってからだ。妻や家族の悲しげな顔を見て、「俺は負けたのか」と思ったという。白井は脳震盪の衝撃で意識を失ったまま、戦い続けていたのだ。

＊　＊　＊

白井陣営はただちにリターンマッチを申し込んだ。契約には白井が負けた時は東京でリターンマッチを行うことが明記されていた。

しかしペレス側はそれを回避しようとした。コシィマネージャーは延期による千ドルの違約金を払わされたことを、白井側は負けたからファイトマネーを千ドル減らしたとペロン大統領に訴え、大統領からＮＢＡ（全米ボクシング協会）に東京でリターンマッチをするという契約を無効にするように圧力をかけさせた。しかしそれらの工作は実らず、結局、ペレスは半年後に東京で白井の挑戦を受けることになった。

前回はペレスの耳の鼓膜の負傷による延期、更に試合当日の雨による延期と、白井にとっての不運が重なった。今度こそ、白井はペレスを打ち破るだろうというのが大方の予想だった。

昭和三十年（一九五五）五月三十日、後楽園球場で行われたこの試合は、ペレスが一ラウンドから素早い動きで白井を圧倒し、いきなり白井から二度のダウンを奪った。

二ラウンド目からは立ち直ったかに見えた白井だったが、四ラウンドに再びダウンを奪われた。もはや試合の趨勢《すうせい》は見えた。

白井は五ラウンドにペレスの右フックでダウンすると、もう立ち上がる力は残っていなかった。テンカウントと同時に五ラウンド終了のゴングが鳴ったが、公式タイムは五ラウンド二分五十九秒ペレスのＫＯ勝ちとなっている。

半年の時間が白井から何かを奪っていた。アスリートにとって最も恐ろしい敵、それは「老い」だ。かつて多くの名王者が「時」という敵の前に敗れ去ったように、三十一歳となっていた白井も今、自分が衰えたのを悟った。白井はこの試合を最後にグローブを壁に吊《つ》るし、二度とリングに戻ることはなかった。

余談になるが、カーンは白井引退後も祖国には帰らず、白井家でともに暮らした。生涯独身だったカーンは白井を実の息子のように可愛《かわい》がり、白井も白井の妻、登志子《とし こ》もカーンを家族同様に世話した。

白井とカーンには、民族や年齢の壁を越えた、人と人との結びつきがあった。その絆《きずな》は強く、深い信頼と愛情で結ばれたものだった。カーンはマネージャーとしてファイトマネーの三三パーセントを受け取る権利があったが、彼は白井のファイトマネーには一切手をつけなかった。

アルビン・ロバー・カーンはおそらくホモセクシュアルな嗜好《しこう》の持ち主で、白井に対しそれに近い愛情を持っていたといわれるが、生涯それを白井に対して見せることはなかった。唯一、その片鱗《へんりん》を見せたのは白井の結婚に反対した時だけだが、それも一時的なもので、結婚して家庭を築いた白井夫婦と仲良く同じ家に暮らしている。白井の妻、登志子はそんなカーンを「理想的な男《しゆうと》でした」と語っている。

後年、白井がカーンに「博士がいたからこそ、素晴らしい人生を送ることができました」という感謝の言葉を述べると、カーンはこう答えたという。

「ヨシオ、それは違う。自分こそヨシオに出会えて幸福だった。ヨシオに出会うことなく、アメリカに帰っていたら、寂しい人生が待っていたと思う。ヨシオのお陰で、生きがいと喜びを貰った。礼をいうのは私の方だよ」

カーンは晩年、重い認知症を患うが、白井と登志子は献身的にカーンに尽くし、アメリカに送り返して施設に入れたらどうかという周囲の助言をはねのけ、最期《さいご》を看取《みと》った。シカゴの富豪の御曹司だったカーンは、遺産のすべてを白井に譲った。カーンは生前、白井に「ボクシングはモンキービジネス（汚い商売）だ。絶対に手を出してはいけない」と言っていた。白井はその言いつけを守り、引退後もボクシングの興行や事業に乗り出すことはなかった（晩年に白井・具志堅《ぐしけん》スポーツジムに出資したが、経営にはかかわらなかった）。

とまれ、白井がペレスに敗れた日から、日本ボクシング界にとって、フライ級のタイトル奪回が悲願となった。しかしそれは長い苦闘の道となり、ファイティング原田が彗星《すいせい》のごとく登場するまで八年の歳月を数えた。

第二章　ホープたちの季節

「俺は素質のある方じゃなかった。
だから人の二倍三倍やらないとダメだったんだ」

（原田）

昭和二十九年(一九五四)、白井義男がタイトルを失った時、後のファイティング原田こと原田政彦は小学校六年生だった。

日本ボクシング界の輝ける太陽、敗戦で自信を失った日本人に勇気と誇りを与えた白井が引退した後、世界タイトルを取り返すことは日本人の悲願となったが、その夢は八年後にこの少年が果たすことになる。

原田が生まれたのは昭和十八年(一九四三)四月、東京の世田谷で原田恒作とヨシの四番目の子供として生まれた。上には長男と二人の姉、下には二人の弟がいた。ちなみに下の弟、勝広もボクサーになり、後にリングネーム「牛若丸原田」として日本チャンピオンになっている。父の恒作は腕のいい植木職人だった。

原田の生まれた年は、日本はガダルカナル攻防戦に敗れ、戦局が危うくなってきた頃だった。追い込まれた日本軍は翌年、カミカゼ特別攻撃隊を送り込むが、回天《かいてん》はならず、昭和二十年(一九四五)には日本の都市は連日B—29の空襲にあった。

原田が二歳を迎える三月から五月にかけて、東京は未曾有《みぞう》の大空襲を四回にわたって受けている。

二歳の原田にはこの時の記憶はない。幼い原田を背負って逃げたのは長兄の一郎だった。後年、原田が一郎と口論になると、一郎は必ず「俺がお前を負ぶって逃げてやったのに」と言った。原田はそれを言われると何も言い返せなかったという。

やがて戦争が終わり、昭和二十五年（一九五〇）に原田は小学校に入学した。勉強はできないがスポーツが得意の活発な子で、喧嘩《けんか》が強い典型的なガキ大将だった。小学校時代の原田の夢は父の後を継いで植木職人になることだった。

幼い頃の原田はしょっちゅう父の仕事に付いて行き、仕事を見ていた。父の大きなはさみで植木が美しい形になっていくのが幼い原田少年には不思議でならなかった。しかしある日、枝をナタで切っている父のすぐに近くに不用意に近付き、ナタが顔に当たって眉間《みけん》が切れるという大怪我《おおけが》をした。原田の額《ひたい》には今もその時の傷が残っている。原田の顔に残る一番大きな傷はボクシングの傷ではなく、父のナタがつけた傷だ。

原田が中学二年生の時、恒作が仕事中に木から落ち、怪我をして働けなくなった。原田は少しでも家計を助けるために近所の精米店に働きにいった。高校への進学は諦《あきら》めざるを得なかった。

鬱屈《うっくつ》した思いを抱いていた原田は翌年、中学三年生の時に近所にあった笹崎《ささざき》ボクシングジムに入門した。この頃は若者たちの間でボクシングが一種のブームだった。

戦前にあった「野蛮《やばん》な殴り合い」という「拳闘」の暗いイメージは、白井によって打ち消されていた。彼は「ボクシング」を勇敢で男らしいスポーツとして全国に知らしめたのだ。

また白井の成功は、若者たちに「ボクシングで強くなれば、チャンピオンにもなれ、大金を摑《つか》むことができる」という夢を与えていた。全国のボクシングジムには未来の世界チャンピオンを目指す多くの若者が集まった。

原田もまたそうした若者の一人だった。いずれは世界チャンピオンになって家族を楽にしてやりたいという少年らしい大志を抱いてジムの門を叩いた。精米店で働いて得た金で入会金千円と月会費五百円を払った。当時の大卒の初任給が一万三千五百円だから、決して安くはない。

こうして原田は中学に通いながら、学校を終えると精米店で働き、その後、ジムへ行き、トレーニングを積むという毎日を送った。

昭和三十四年(一九五九)、原田は中学を卒業した。当時の高校進学率は全国平均で五三・七パーセント。原田の通っていた中学の同級生たちも三分の一近くが高校へは進学しなかった。

この少し前から、中学卒業者は「金の卵」といわれた。日本はようやく敗戦の痛手から立ち直り、東京は様々な産業が復活するエネルギーに満ちていた。同時に地方からぞくぞくと東京を目指して人が集まりだした。この頃流行《はや》った歌謡曲には、そうした世相を歌った唄《うた》が実に多い。「別れの一本杉」（昭和三十年）、「東京だョおっ母さん」（同三十二年）、「南国土佐を後にして」（同三十四年）、「僕は泣いちっち」（同三十四年）等々、これらは地方から東京に出てきた喜びを歌ったもの、愛する人が東京へ去った悲しみを歌ったもの、東京から故郷を思って歌ったものだ。

人口増加も急激で、記録を見ると昭和三十年から三十五年の間に東京には百五十万人以上の人が流入している。たったの五年で現在の福岡市の人口がそっくり入ってきたことになる。

東京はこうした人々を飲み込み、大いなる発展を遂げようとしていた。十年前、四度にわたる大空襲で焼け野原にされた都市は、今や人々の明日を夢見る希望を乗せた都市になっていた。

ちなみに平成十七年（二〇〇五）に公開され、多くの日本人の郷愁《きょうしゅう》の涙を誘った映画「ＡＬＷＡＹＳ　三丁目の夕日」の舞台は、昭和三十三年の東京・下町だ。映画の中では、東京タワーがまさに人々の希望の象徴として建てられていく様を映していた。

十五歳の原田少年もこの頃、希望を抱いて社会に巣立っていった。家は貧しく高校へは進学できなかったが、原田はそんな境遇を不幸だとも思わなかった。これから一所懸命に働いて母親を楽にしてやるのだという強い思いを持っていた。

原田は中学時代から働いていた精米店で、毎日、自転車に米袋を積んで配達に回り、仕事が終わると笹崎ジムに行き、ボクシングの練習に励《はげ》んだ。

働くことが嬉《うれ》しくて、練習することが楽しくてたまらない少年だった。


昭和三十五年（一九六〇）二月、ボクシングを始めて二年経った頃、原田はプロテストに合格し、同じ月にデビュー戦を行った。

当時も今もコミッションの規約では、プロボクサーは満十七歳にならないと試合ができないが、記録を見ると、デビュー戦のときの原田は十六歳と十ヶ月である。明らかに規約違反だが、当時はそのあたりの管理は杜撰《ずさん》だったようだ。

待ちに待ったデビュー戦、原田は楽しくてならなかったと語る。初めての試合に対する恐怖感はまったくなかったという。そんな気持ちよりも、二年間もトレーニングを積んできてようやく試合ができる喜びの方がはるかに強かったのだ。原田が語るところによれば、リング中央で相手と顔を合わせた時にうつむいていたそうだが、それは相手の顔を見るのが照れくさかったからだという。

原田はこのデビュー戦を四ラウンドＴＫＯで飾る。当時はまだファイティング原田というリングネームはなく、本名の原田政彦で戦っている。

原田はデビューの時から、ひたすら前へ出てパンチを出すファイターだった。このスタイルは基本的には引退するまで変わらない。アウトボクシングも上手にこなすのだが、原田の本質は打って打って打ちまくるファイタースタイルといえるだろう。

原田の通った笹崎ジムの会長、笹崎債《たけし》は戦前「槍《やり》の笹崎」といわれた日本屈指の強豪だった。その異名が示すように笹崎はストレートを武器にするボクサーだった。ロングレンジからジャブを突き、鋭い右ストレートで勝負するタイプだった。これは当時のフック主体による接近戦で打ち合うボクシングとは異なるスタイルだった。今も笹崎ジムのロゴには槍の穂先のイラストが入っている。

ちなみにストレートとは腕をまっすぐに伸ばして打つパンチで、フックは腕を鉤《かぎ》型《がた》に曲げて横に振って打つパンチである。肩と腰の回転が大きい分、フックの方がパンチの威力は強いが、ストレートの方が射程距離が長い。相手から距離を取って戦う選手はストレートを主武器にすることが多く、「ボクサータイプ」と呼ばれる。一方、相手との距離を詰め、フックで攻める選手は「ファイタータイプ」と呼ばれる。たいていの選手が大きく分けるとどちらかのタイプに入る。日本初の世界チャンピオンの白井義男は典型的なボクサータイプだ。

笹崎もまた戦前の日本には珍しいストレートを主武器にするボクサータイプだったが、面白《おもしろ》いことに、彼の弟子であるファイティング原田は日本を代表するファイタータイプのボクサーになった。笹崎ジムで原田の先輩にあたる金子繁治《しげじ》、海津文《かいづふみ》雄《お》といった名ボクサーもいずれも師のスタイルと異なる勇猛なファイターだ。これはどういうことだろう。

笹崎の胸の奥にはファイターに対する憧《あこが》れがあったという説がある。

現役時代の笹崎の唯一のライバルといわれたボクサーが「拳聖《けんせい》」ピストン堀口だった。前章でも述べたように堀口のボクシングは相手の懐《ふところ》に飛び込んで肉を切らせて骨を断つというもので、そのスタイルはまさに典型的なファイターだった。

両者は昭和十六年（一九四一）五月、太平洋戦争が始まる半年前に戦っている。当時のボクシングファンの注目を集め「世紀の一戦」といわれたこの大試合で、笹崎のストレート攻撃は堀口に通用せず、五ラウンドに堀口の激しいラッシュ戦法に打ちまくられた笹崎は六ラウンド開始のゴングに応じることが出来なかった（記録は五ラウンド終了TKO負け）。

この時の敗戦により、笹崎の胸には自分を打ち負かしたファイター型の選手を作りたいという夢が潜在意識に生まれたのではないかというのだ。穿《うが》ちすぎた意見かもしれない。しかし人は自分にないものに憧《あこが》れる。笹崎の胸の奥には、自分のスタイルにはないピストン堀口のような荒々しいファイターに対する憧れが潜《ひそ》んでいたのかもしれない。笹崎亡き今、そのことをたしかめるすべはない。

とまれ、笹崎は戦前のピストン堀口を髣髴《ほうふつ》とさせる素晴《すば》らしいファイター「ファイティング原田」を作り上げた。

＊　＊　＊

原田はデビューから二ヶ月足らずの間に五連勝（2KO）を記録した。三月の末から四月の初めにかけては、二週間余りの間に三試合も戦っている。当時はボクサー人口も多く、新人ボクサーの多くが月に一度は試合をしていた。

白井義男がタイトルを失って以降、ボクシング人気は沈静することなく、逆に沸騰《ふっとう》していた。白井が奪われたタイトルを取り戻すのだ、とボクサーもファンも一丸となって熱く燃えていた。ファンもまた次の輝ける星を待ち望んでいたのだ。

デビューして三ヶ月が経った頃、原田は笹崎会長から「合宿生にならないか」と言われる。笹崎ジムでは、有望な選手は二階の合宿所で生活しながらボクシングに専心することになっていた。その頃は、他のジムでもこうした内弟子のような形のボクサーが少なくなかった。原田に異存はなかった。中学時代から勤めていた精米店を辞め、正式に合宿生になる。

粗末な木造二階建ての小さな部屋が与えられた。家具も何もない、ただ寝るだけの部屋だが、生まれて初めて自分の部屋を持った十七歳の原田は嬉しくてならなかった。

その年の秋、原田は東日本新人王戦に出場している。一回戦から順当に勝ち上がっていったが、準決勝でちょっとしたドラマが起こる。何と同じ笹崎ジムの同胞であり親友の斎藤清作《せいさく》と当たることになったのだ。

斎藤清作といっても若い読者にはわからないだろうが、コメディアン「たこ八郎」といえば、記憶に残っている人もいるかもしれない。風変わりな容貌《ようぼう》と人を食ったような芸で茶の間の人気をさらった不思議な芸人だった。もっともそれはボクシングを引退してからの話で、当時は新進気鋭のボクサーだった。後に日本チャンピオンにもなった強豪で、準々決勝では天才児といわれていた青木勝利《かつとし》と引き分けている（ポイント合計で、斎藤が勝者扱いとなり、準決勝に駒を進めた）。

日本のボクシングジムでは基本的に同門対決は禁じられているが、新人王戦などのトーナメントや王座決定戦に関してだけは例外として認められている。新人王はボクサーにとって一生に一度のチャンスだ。ふだんは共に汗を流す仲間であっても、トーナメントで当たれば戦わなくてはならない。

原田は斎藤とは大変仲が良かったが、リングの上では友情は関係ないと思っていた。斎藤もまた原田と堂々と勝負するつもりだった。

しかしこの両者の対決は実現しなかった。斎藤が棄権《きけん》したからだ。棄権は斎藤の意志ではなく、会長の笹崎の説得によるものだった。笹崎はおそらく二人が戦えば原田が勝つと思ったのだろう。斎藤もジムのホープだ。同門対決でむざむざ黒星をつけるようなことはしたくなかったに違いない。斎藤は会長の言葉を受け入れ、一度しかない新人王のチャンスを原田に譲《ゆず》った。この時の棄権はマスコミにも大きく取り上げられた。

余談になるが、ボクシング漫画の名作『がんばれ元気』に、主人公の堀口元気が新人王戦において同門で親友の皆川のぼると当たる場面がある。この時、のぼるは会長に棄権しろと言われ涙を呑んで棄権するが、このエピソードは原田と斎藤の事件をヒントにしているのではないかと思われる。というのも、皆川のぼるのボクシングスタイルは斎藤のそれに酷似しているからだ。

斎藤は客のウケを狙うため相手にわざと打たせ、相手が打ち疲れたところを猛反撃して逆転勝ちするという凄惨《せいさん》な試合をして人気を集めたが、のぼるもまた相手に打たれて血だらけになってから強さを発揮するというボクサーに描かれている。『がんばれ元気』に並ぶもう一つのボクシング漫画の名作『あしたのジョー』のラストのクライマックスにも、斎藤の試合ぶりをヒントにしたと思われるシーンがある。矢吹丈《やぶきじょう》は無敵王者のホセ・メンドーサとの試合中、片目が見えなくなるが、実は斎藤清作も片目がほとんど見えない状態で戦っていたのだ。プロテストの時の視力検査も、視力表を暗記して臨んだのは有名な話だ。彼が試合中にノーガードにしてパンチを受けていたのも、(わざと打たれたふりをして)片目が見えないことを相手に知られないようにするためだった。しかしそんな危険なスタイルで戦い続けたために、引退後は重いパンチドランカー症状に悩まされた。

古いボクシングファンの多くは斎藤清作のことを「現代なら、世界チャンピオンになれたほどの実力者」と言う。実際、日本フライ級史上最もレベルの高かった時代に、斎藤は日本チャンピオンになっている。しかし同門に原田がいたことや、同時代に海老原博幸《えびはらひろゆき》という天才がいたため、斎藤はついに世界挑戦のチャンスを得ることができなかったが、古いボクシングファンの記憶に強烈に残るボクサーだった。

東日本新人王戦の決勝で原田を待ち受けていたのは三歳年上の海老原博幸だった。

この試合のフィルムは残されていないようだが、今もなお「史上最高の新人王戦」と語り継がれている。この試合を観戦したあるボクシングファンは「六回戦ボクサーの試合ではなかった。日本タイトルマッチといってもおかしくない高度な試合だった」と私に語った。

海老原は原田、青木勝利《かつとし》と並んで「フライ級三羽烏《さんばがらす》」と謳《うた》われたボクサーだ。長身のサウスポー（左構えの選手）で、鋭い右ジャブと「カミソリ」といわれた切れ味のいい左ストレートが武器の天才肌のボクサーだ。

海老原には有名な伝説がある。協栄ジムの初代会長の金平正紀《かねひらまさき》は戦後長らくプロボクサーとして戦ってきたが、目指していた日本チャンピオンにはなれず、体力の限界を感じ、現役生活を引退してトンカツ屋を開いた。開店の日、店の前のアルバイト募集の貼り紙を見て一人の少年がやって来た。ガリガリに瘦《や》せてはいたが、バネのありそうな身体を見た金平は、少年にその場で縄跳びをさせた。しなやかにロープを跳ぶ少年の動きを見た金平は、何と即座にトンカツ屋をたたみ、ボクシングジムを作った。この少年こそ、後に世界フライ級のタイトルを二度にわたって獲得した海老原博幸だった――。

まるで映画のような伝説だが、海老原の才能に惚《ほ》れこんだ金平は、彼一人のためだけにすべての私財を投げうってボクシングジムを開いた。会長一人と練習生一人という日本一小さいジムで、金平と海老原は白井が失った「世界」を二人三脚で目指した。このジムが後に日本一のボクシングジムになる協栄ジムだ。金平は海老原の後にも、西城正三《さいじょうしょうぞう》、具志堅用高《ぐしけんようこう》、渡嘉敷勝男《とかしきかつお》など、十一人の世界チャンピオンを生みだした。

ちなみに『あしたのジョー』の丹下段平《たんげだんぺい》と矢吹丈は、明らかに金平と海老原の二人をモデルにしている。

海老原は原田に先立つこと五ヶ月、昭和三十四年（一九五九）九月にプロデビューをしている。海老原は金平の期待通り、フライ級とは思えないハードパンチで連戦連勝し、翌年、原田と同じく新人王戦に出場し、決勝まで駒を進めた。右ジャブで相手の形を崩《くず》し、左ストレート一発で仕留める実に小気味のいいボクシングで、新人王戦の決勝に昇り詰めた。相手の懐《ふところ》に入り込んでパンチを打ちまくる原田の戦いぶりとは好対照だった。

昭和三十五年（一九六〇）十二月二十四日に行われた東日本新人王戦決勝、一ラウンドに原田のラッシュが功を奏し、海老原がダウンした。原田は続く二ラウンドにも海老原からロープダウンを奪った。海老原は痩《や》せてはいたが強い顎《あご》と心を持ったボクサーだ。生涯七二戦し、その中には世界戦も六回あるが、KO負けは一度もない。そしてダウンしたのもこの時の原田戦の二度だけだ。つまり原田は海老原にダウンを与えた唯一のボクサーということになる。

しかし三ラウンド目からは海老原も立ち直り、素晴らしい左ストレートで原田を苦しめた。この後は両者一進一退の攻防が続いたが、二人の高度な技術、パンチ力は観客を唸《うな》らせたという。

試合は判定に持ち込まれた。後の世界チャンピオン同士が戦ったこの試合は、原田に凱歌《がいか》が挙がった。後半はむしろ海老原が押していたということだが、六ラウンドの試合では序盤二度のダウンによって失ったポイントを挽回するのは難しかったようだ（現在の採点は十点法だが、当時は五点法。ダウンを奪われると、そのラウンドは「五―三」で取られる）。

ちなみに原田は生涯で日本人選手三十三人と戦い、一度も負けていない。そして海老原も生涯で日本人選手三十八人と戦い、敗れたのは原田だけだった。

海老原を下して東日本新人王になった原田は一ヶ月後、西日本の新人王を倒して、その年の新人王に輝いた。デビュー以来土つかずの一五連勝（７ＫＯ）をマーク、今や押しも押されもせぬフライ級を代表するホープだった。

この頃、笹崎は原田にリングネームを付けることを提案する。原田自身は本名で戦っていきたかったが、会長が付けたければべつにそれでもかまわないと思っていた。ハリケーン、スピーディー、ラッシャー、ピストンなどの名前が候補に挙がった。いずれも原田の激しいボクシングを髣髴《ほうふつ》とさせるニックネームだ。この時、コミッショナーから「ピストンは神聖な名前だから、使わないように」と釘《くぎ》をさされたらしい。ボクシング界にとって「拳聖」ピストン堀口の名前はプロ野球の永久欠番のようなものだったのだ。

笹崎はいろいろ悩んだ末「ファイティング原田」という名前を付けた。「名は体《たい》を表す」というが、この名前こそは原田のボクシングを見事に象徴していると思う。

合宿生になって、原田の生活はボクシング一色になる。朝、起きると近所をロードワーク、ジムに戻るとロープ、シャドーボクシング、サンドバッグ、スパーリングなど。午後に少し休み、夜はまたジムで練習。終わると、疲れ果てて眠るだけの毎日だったという。

笹崎ジムの猛練習は業界でも有名だった。笹崎慣は現役時代は「槍の笹崎」と呼ばれていたが、引退してジムの会長になってからは「鬼の笹崎」と呼ばれていた。それほど練習生に厳しい練習を課すことで有名だったのだ。

しかし十八歳の原田はその猛練習にひたすらついていった。後年、原田はこう語っている。

「俺ほど練習した者はいないと思うよ」

なかなか言えるセリフではない。本当に体力の限界までやりぬいた男にしか言えない言葉だと思う。

これは後に世界チャンピオンになってからのエピソードだが、原田の練習を取材に来た新聞記者が原田のあまりに長い練習の見学中に倒れたという信じられない話が残っている。おそらく減量のためにジム全体にストーブをがんがん焚《た》いて部屋を熱していたためだとは思うが、それでも記者が倒れてしまうほどの暑さの中を動き回るというのはすごい。

また原田はこうも言った。

「俺は素質のある方じゃなかった。だから人の二倍三倍やらないとダメだったんだ」

そしてすぐにこう付け加えた。

「それに、練習が好きだったからね」

この言葉は実に深い。私事になるが、私は以前、高校ボクシング部を舞台にした小説『ボックス！』を書くためにいくつかの高校を取材したが、日本一にも輝いたことのある某高校ボクシング部の監督に、

「ボクシングで強くなる子というのは、どういう子でしょう？」

という質問をしたことがある。

するとニ十年以上も少年たちを教えてきたその監督は少し考えてから、一言、

「ボクシングが好きな子ですね」

と答えた。

彼は素質や肉体的なことは言わなかった。経験者ならではの何か特殊な答えが聞けるかと期待していた私は、少し拍子抜けな気持ちになった。しかしよく考えてみると、監督の言うことは真理なのだということに気付いた。「好き」ということは、練習を厭《いと》わないということだ。というか練習そのものが好きだから、肉体的に苦しくても苦痛ではないのだ。

その目で高校生たちの練習を見ていると、彼らの中にはっきりと「違い」を見ることができた。練習を楽しんでやっている子と、苦しんでやっている子だ。その違いは体力のあるなしではない。心の持ちようなのだ。好きでやっている子は、苦しくても一所懸命だし、動きにも「喜び」が溢《あふ》れている。

よくテレビゲームのアクションゲームやシューティングゲームで驚異的なテクニックを披露《ひろう》する子供がいるが、そういう子供たちに共通するのは、そのゲームを何時間でも嬉々《きき》としてやり続けることができるということだ。「好き」というのは何よりも強い。

笹崎ジムの猛練習の成果もあって、その後も原田の連勝は続く。二年目も全勝を続け、これでデビューから二五連勝（10ＫＯ）を記録した。今なら当然世界挑戦の話が出てくるだろう。しかし当時、「世界」はそんな身近なものではなかった。

原田は非常に有望な選手と見られていたが、世界にはまだまだと思われていた。というのも、当時の日本のボクシングのレベルは非常に高く、特に原田が属するフライ級の層は恐ろしく厚かった。東洋無敵の矢尾板貞雄《やおいたさだお》を筆頭に、世界ランキングに顔を出す名選手が何人もいたのだ。何度も言うが当時の世界ランキングの価値は今とは比較にならない。

＊　＊　＊

この本を読んで下さっている若い読者に繰り返して言いたいのだが、昔の世界チャンピオンと現在の世界チャンピオンの価値は等価ではない。当時、世界チャンピオンは八階級に八人しかいなかった。世界でたったの八人である。現在は十七階級、しかも複数の団体がそれぞれチャンピオンを認定していて、主要四団体だけでも七十人前後のチャンピオンがいる。中には複数の団体に認められた統一チャンピオンもいるが、一方で暫定《ざんてい》チャンピオンがいたりして、正式には何人の世界チャンピオンがいるのか、相当なマニアでもすぐには答えられない状態だ。

つまり昭和三十年代の世界チャンピオンの価値は現在の八倍以上の価値がある。乱暴な言い方を敢えてするが、昭和三十年代の世界ランク七位以内のボクサーなら、今なら全員世界チャンピオンになれるということだ。逆に言えば、現在の世界チャンピオンの八人のうち七人は当時なら世界ランカーどまりということになる。最近は二階級制覇や三階級制覇のチャンピオンというのがいくらでもいるが、複数階級制覇に価値があったのは昔の話で、現代はそこに大きな価値はない。

一つの階級に四人もチャンピオンがいれば、中には「実力的に劣る」穴チャンピオンもいる。そしてほとんど体重差がないすぐ上とすぐ下のクラスにもそれぞれ四人のチャンピオンがいる。金にものをいわせて、穴チャンピオンを狙っていけば三階級制覇も難しいことではない。そんな三階級など、昭和三十年代のチャンピオンの一冠にもはるかに及ばない。

ところで、なぜこんなにも世界チャンピオンが増えたかというと、悲しいことに金のためである。ノンタイトルマッチよりも世界タイトルマッチの方が箔《はく》が付くし、客も喜ぶ。そしてタイトルマッチを認定する団体には認定料が入る。そのためにNBA（現WBA）という団体は八階級しかなかった階級の間に「ジュニア級（現在はスーパーと呼称）」というのを次々にこしらえていった。それと並行して、アメリカ中心のWBAのやり方に反発した人たちが別団体WBCを立ち上げて世界チャンピオンを認定した。後にＩＢＦという団体ができ、さらにＷＢＯという団体もできた。今のところ、この四団体が世界主要団体として認められている（二〇一二年現在、日本ボクシングコミッションはＩＢＦとＷＢＯを非公認）。これ以外にもマイナーな団体はいくつもあり、それぞれが世界チャンピオンを擁立《ようりつ》している。これらのマイナー団体もそのうちにメジャー団体になる可能性も十分ある。

この行きすぎたチャンピオン乱立は結果として世界チャンピオンの価値を大きく下げた。同じ階級に「世界で一番強い男」が何人もいるという不自然さがボクシング関係者にわからないというのは不思議でならない。オールドファンの多くはこの現状を「プロレスみたいになってしまった」と嘆いているが、まさにその通りだろう。

話を昭和三十五年に戻そう。

先程、私は当時のフライ級の層は厚かったと書いた。日本では「伝統のフライ級」という言葉もある。日本人として初めて世界チャンピオンになった白井義男もフライ級だった。さらに二人目の原田、三人目の海老原もフライ級だ。

ところで、読者に誤解してもらいたくないのだが、当時のフライ級の選手を「身体の小さい選手」と思わないでいただきたい。白井、原田、海老原の三人が小柄な男だったと思ったとすれば、それは大変な間違いだ。たしかにフライ級は当時の世界のボクシングの最軽量クラスだ。しかし白井、原田、海老原らは当時の日本人としては決して軽量クラスではなかった。

原田がデビューした昭和三十五年（一九六〇）の日本人の十八歳男子の平均身長は一六四センチだった（平成二十一年は約一七二センチ）。白井も原田も海老原も平均身長よりも高かった（白井と海老原は一七〇センチ近かった）。

そして肥満度を測るBMI指数で体重を見てみると、一六四センチの場合だと、フライ級の一一二ポンド（約五〇・八キログラム）は標準体重に入っている。つまり一六四センチ五一キロの身体は、当時の日本人青年の平均的な身長と体重であるということだ。ましてボクサーは試合のために過酷な減量をする。当然ふだんの体重はもっと多く、それを考えると、白井や原田たちは平均的日本人よりも大きい体の持ち主だったといえる。物理的な数値では同じ体重であっても、現代のフライ級の選手と昭和三十年代のフライ級の選手はまったく違うということだけはわかってもらいたい。

＊　　＊　　＊

ここで、少し時計を戻して、白井がタイトルを失った後、原田が出てくるまで日本人ボクサーがどのようにして戦ってきたかを振り返ってみたい。

まず最初のホープは三迫仁志《みさこひとし》だ。昭和九年（一九三四）生まれの三迫は白井がタイトルを失った年に日本チャンピオンと東洋チャンピオンになっている。当時の東洋チャンピオンの価値は今とは比べものにならないほど大きい。ここまでいけば世界はあと一歩である。明治大学の学生でありながら東洋チャンピオンになったのは当時としては異色の経歴だ。三迫は「ライオン」と異名を取った戦前の強豪、野口進が高校時代から内弟子として家に住まわせ、手取り足取りして教え込んだボクサーだった。

翌年、白井がパスカル・ペレスとのリターンマッチに敗れると、野口と三迫はペレスからタイトルを奪うために日本タイトルを返上した。何度も繰り返すが、当時の世界チャンピオンは雲の上の存在だ。今みたいにデビューしてまもない新人クラスのボクサーが挑戦できるような甘いものではない。世界に辿《たど》り着くには多くの強豪を倒していかなければならなかった。世界チャンピオンになれる力を持ちながら、時を得ずついに世界に挑戦できずに引退するボクサーも少なくなかった。

そして不運なことに三迫もそんなボクサーの一人だった。

野口は三迫をペレスに挑戦させるためにコシィマネージャーと何度も交渉するが、辣腕《らつわん》で知られるコシィに翻弄《ほんろう》された。何度もファイトマネーの釣り上げにあった野口はその度に金を用意するのに四苦八苦した。一方三迫はその後も順当に勝ち続け、当時世界ランキングの四位にまで上がった。

昭和三十一年（一九五六）の暮れ、一年がかりの交渉の末、やっとのことでペレスへの挑戦が決定した。十二月二十三日にアルゼンチンに向けて旅立つ準備をしていた二日前、現地から「挑戦試合は白紙に戻す」という電報が届いた。二年近くも追いかけてきたタイトル挑戦が無効になったのだ。

がっくりきた三迫は翌年、ノンタイトルマッチで新鋭の矢尾板貞雄と戦って負けた。この敗北でランキングを落とした三迫は、再び世界に挑戦する機会を得られぬまま、その翌年、失意のうちに引退した。

なお、三迫はその後、三迫ボクシングジムを作り、自分の果たせなかった夢を後進に託した。そして輪島功一をはじめ三人の世界チャンピオンをその手で生みだした。

三迫が引退した後、代わって打倒ペレスの一番手に名乗りを上げたのは、ノンタイトル戦で三迫を破った矢尾板貞雄だった。

個人的な話で恐縮だが、私の父は後に多くの日本人チャンピオンを見た上で、「自分が見た最高の選手は矢尾板だ」と言っていた。父に言わせると、速くて、華《か》麗《れい》で、抜群に上手《うま》いテクニシャンということだ。父の弁護をするわけではないが、私が取材した多くのボクシング関係者も口を揃《そろ》えて矢尾板は素晴らしい選手だったと語っていた。

矢尾板は中村ジムの中村信一《しんいち》会長が丹誠込めて作った最高傑作といわれる。中村は白井とペレスの試合を観戦し、ペレスを倒すにはペレスのようなスピードある選手、いやペレス以上に速い選手を作らなければならないと考えた。

白井がペレスとのリターンマッチで敗れた昭和三十年（一九五五）にプロデビューした矢尾板は独特の中村理論を吸収し、スピード豊かな技巧派として順調に実力を上げ、昭和三十三年（一九五八）に東洋チャンピオンになった。当時、東洋タイトルは現代よりもずっとレベルも価値も高かった。矢尾板はこのタイトルを五度防衛し、東洋では無敵といわれるほどになった。

そして昭和三十四年（一九五九）、矢尾板はフライ級の世界チャンピオンだったパスカル・ペレスとノンタイトルマッチを行った。

今日、世界のボクシング評論家の多くがフライ級史上最強ボクサーとしてパスカル・ペレスを推す。一五〇センチほどの小さな身体は全身がゴムでできているのではないかと思えるほどリングをきびきびと動き回り、フライ級とは思えない重いパンチを放った。今とは違って完全に倒れるまでレフェリーがストップしない時代にあって、フライ級でありながらKO率七二パーセントは驚異的だった。

ペレスが来日するのは四年ぶりだった。この時点で白井から奪ったタイトルを七度防衛、デビュー以来の連勝記録も五一まで伸びていた。白井を倒し、三迫のチャンスを奪った憎みてあまりある敵だったが、日本人の観客の多くも矢尾板が勝つとは思っていなかった。何しろ相手は「小さな巨人」パスカル・ペレスである。

ところが、試合は多くの観客の予想を裏切るものとなった。

矢尾板は凄《すさ》まじいスピードでペレスを翻弄《ほんろう》し、まったく的を絞らせなかった。最初の頃は、そのうちに摑《つか》まえてみせるさという不敵な笑みを浮かべていたペレスも、ラウンドが進むにつれ焦《あせ》りの色を見せてきた。ペレスのパンチはむなしく空を切り続け、反対に矢尾板の鋭いパンチを浴びまくった。

矢尾板のフットワークは衰えることなく、ラウンドが進むにつれてますますそのスピードを増した。ペレスが強引に攻めるとさっと体を引き、立ち止まった瞬間に鋭いパンチを浴びせる。ペレスが反撃に転じようとした時には、すでにそこに矢尾板の姿はない。

かつてゴムマリのようだと形容されたペレスの足は衰え、ついに最後まで矢尾板を摑まえることはできなかった。

試合は一方的なものとなり、矢尾板が大差でペレスを下した。ペレスにとってデビュー以来七年目にして初めてつけられた黒星だった。ペレスは「矢尾板はボクサーではなくマラソンランナーになればいい」と負け惜しみを言った。

日本中が沸《わ》いたのはいうまでもない。ノンタイトルとはいえ、憎っくきペレスをついに打ち破ったのだ。

次はタイトルマッチだと多くの日本人は願った。しかしペレスとコシイマネージャーは矢尾板を次の挑戦者に選ばなかった。ペレスが選んだのは米倉健志（本名、健治）だった。

米倉は明治大学のアマチュアボクサーからプロに転向した当時としては異色のボクサーだ。メルボルン・オリンピックや世界ゴールデングローブ大会に出場したほどの実力者で、高度なテクニックを持った米倉のプロ入りは大変な注目を集めた。

そして何より人々が期待した理由の一つが米倉のアマチュア時代の師匠は白井の師でもあったカーン博士だったことだ。カーンは白井以外にプロボクサーを指導しなかったが、アマチュア選手を何人か指導している。米倉はカーンの薫陶《くんとう》を受けた数少ない選手だった。

　昭和三十三年（一九五八）にプロデビューした米倉は翌年、日本チャンピオンになっている。当時、東洋チャンピオンの矢尾板に次ぐ日本フライ級ナンバー2に昇り詰めていた。

　ペレスは矢尾板を回避し、米倉を八度目の挑戦者に選んだ。多くの日本人ファンは矢尾板が選ばれなかったことでがっかりはしたが、矢尾板に匹敵するテクニックの持ち主である米倉にも大いに期待した。

　しかし米倉には一つだけウィークポイントがあった。それは減量苦だった。プロ入りした頃からフライ級の体を維持するのが難しくなっていたのだ。毎回、試合のたびに減量に苦しめられた。実はペレスに挑戦が決まった時は、フライ級からバンタム級への転向を考えていたところだった。

　しかし突然のチャンスに米倉陣営はフライ級で試合をすることに決めた。米倉は必死で減量に取り組んだ。食事を抜き、水を抜いた。その減量の凄《すご》さはとても正視できないものだったという。何とか契約体重にしぼることに成功したものの、コンディションは最悪だった。試合当日、リングに上がった米倉を見て、「黄色い蠟《ろう》人形」と書いた新聞もあった。

昭和三十四年（一九五九）八月に行われたこの試合で、最悪のコンディションにもかかわらず、米倉は最後までベストを尽くした。十五ラウンドにわたってペレスと打ち合い、僅差《きんさ》の判定で敗れた。

なお、この試合を最後に米倉はバンタム級に転向し、後にバンタム級の殺人的パンチャー（その強打で対戦相手を死亡させていた）のメキシコのジョー・ベセラと戦い、きわどい判定で敗れた。後日、その試合のフィルムを見たメキシコ人たちに「ベセラは負けてるじゃないか」と言わしめたほどの不運な判定だった。米倉もツキに恵まれなかったボクサーだった。

米倉はその後、ヨネクラボクシングジムを起こし、三迫同様、自分が果たせなかった夢を後進に託した。そして見事、柴田国明、ガッツ石松をはじめ五人の世界チャンピオンを育て上げた。

三迫も米倉も悲運のボクサーだったが、今こうして振り返ってみると、その戦いは決して無駄《むだ》ではなかったことがわかる。彼らはその貴重な経験を生かして、偉大な指導者として日本ボクシング界を大いに発展させたからだ。

さて、矢尾板から逃げ回ったペレスだったが、世界チャンピオンを認定するNBAからの圧力もあり、ついにその挑戦を受けざるを得なくなった。

同年秋、ペレスは亡命先のドミニカから、矢尾板との防衛戦のために再び日本にやってきた。実は彼は何年も前から祖国アルゼンチンには帰れなくなっていたのだ。

アルゼンチンは戦後ずっと続いたペロン大統領の治下、国家財政が完全に破綻《はたん》していた。妻のエバ（エビータ）が生きていた間は、彼女のカリスマ的な人気によって政権が支えられていたが、エバが死んでから急激に国民の支持を失い、一九五五年（昭和三十）にクーデターが起こって大統領の座を追われたペロンは、パラグアイ経由でスペインに亡命していた。ペロニスタと呼ばれるペロンの支持者や側近も罪に問われたり、国外追放の処分を受けていたが、その中にアルゼンチンの英雄、パスカル・ペレスの名前もあった。ペレスは多くの財産を失い、家族を連れてドミニカに亡命していた。

来日したペレスに付き従っていたのはコシィマネージャーと愛妻エルメニア、そしてスパーリングパートナーの若いボクサーだった。

記者会見の時に日本の記者たちは驚くべき光景を目にする。何とエルメニアとスパーリングパートナーがペレスの目の前で平気でいちゃついているのだ。エルメニアはすらりとしたモデルのような美女で、ペレスよりもずっと背が高い。世界チャンピオンになったペレスがやっとのことで口説《くど》き落とした恋女房だ。ところがその妻は、財産の大半を失い、祖国も失った夫に愛想を尽かし、若いスパーリングパートナーと公然と浮気をしていたのだ。宿泊先のホテルのプールで、水着を着たエルメニアに膝枕《ひざまくら》されながら甘える若いボクサーの姿を見て、多くの記者が呆《あき》れた。しかしペレスは目の前で妻と浮気男がいちゃついているのを見て、怒ることもできずに、見て見ぬふりをしていた。おそらくそれを非難して、エルメニアが彼の元を永久に去ってしまうことを恐れていたのだろう。

記者たちは、「小さな巨人」と恐れられ、白井をはじめ多くの強豪を倒してきたリングの英雄が、実は情けないほど弱々しい男であることを知り、複雑な気持ちになった。

ペレスが失っていたのは妻の愛だけではなかった。アスリートにとって何よりも大事なもの——「若さ」を失っていた。

二十八歳で白井を破って世界チャンピオンになった男は、三十三歳になっていた。かつての獰猛《どうもう》な狼《おおかみ》は今や年老いた狼になっていた。そんなペレスの前に立ちふさがったのは、世界ランキング一位の矢尾板だ。しかも十ヶ月前に彼を完全に打ちのめした若き狼だ。ペレスに勝ち目はほぼないと誰もが思っていた。

ペレスは試合に備えて黙々とトレーニングを積んだ。暗いガレージのジムで、一人暗い目をしてサンドバッグにパンチを打ち込む姿は鬼気迫るものがあったと伝える記者もいた。この時のペレスの気持ちはどんなものだったのだろうか。かつて彼を英雄として称《たた》えた祖国から追放され、命を懸《か》けて稼いだ多くの財産を失い、愛妻は若い男に抱かれ、肉体からは若さと強さが失われた男――。そして勝つチャンスがほとんどない強豪と戦う運命が待っている。

これほど絶望的な状況に追い込まれたボクサーがあるだろうか。ペレスはおそらく運命に抗《あらが》うようにサンドバッグを打ち続けていたのではないだろうか。

昭和三十四年（一九五九）、十一月五日、大阪市扇町公園の大阪プール特設リングでペレス対矢尾板の世界タイトルマッチが行われた。

会場は矢尾板の勝利を確信する二万五千人の観客で埋まっていた。この日、個人的なことだが私の父も会場にいた。

矢尾板は最高のスタートを切った。速い動きでペレスを翻弄し、そして二ラウンドにボディへのパンチでペレスからダウンを奪った。観客は総立ちになった。父は「矢尾板の勝利を確信した」と後に私に何度も語った。

ちなみにこの日のテレビの視聴率は九二・三パーセントを記録した。この時代には視聴率モニターの機械がないはずだから聞き取り調査だろうが、それにしてもすごい。この九二・三パーセントという数字は非公式ながら日本のテレビ史上最高視聴率である。

極端なことをいえば、日本中が矢尾板の勝利を祈ったのだ。この夜、大阪中のタクシーがストップしたといわれている。運転手たちも皆、タクシーをどこかで停めて街頭テレビに釘付けになっていたのだろう。

矢尾板は三ラウンド以降も快調に戦った。しかしペレスは慌《あわ》てなかった。圧倒的なスピード差にもかかわらず、執拗《しつよう》に矢尾板を追い続けた。矢尾板の足を止めるために、彼の弱点であるボディへパンチを集めた。そのパンチはじわりじわりと矢尾板のスタミナを奪った。

そしてペレスは終盤にとうとう矢尾板を摑まえた。十三ラウンド、矢尾板から三度のダウンを奪って、息詰まる戦いに終止符を打った。最後はボディへの強烈なパンチだった。

矢尾板がペレスのパンチに崩れ落ち、ついにリングに沈んだ時、二万五千人の観客は皆泣いたという。父は私に泣いたとは言わなかったが、「悲しかった」と言った。

ペレスもまた勝った瞬間、男泣きに泣いた。これまで多くのタイトルマッチを戦い、勝利して泣いたことが一度もない男が人目をはばからずに号泣《ごうきゅう》したのだ。この夜、絶体絶命の窮地《きゅうち》に追い込まれた男は、自らの拳で「運命」を打ち倒したのだ。

しかしその試合がペレスの最後の輝きだった。翌昭和三十五年（一九六〇）、ペレスはタイ国王に招かれ、「シャムの貴公子」といわれたポーン・キングピッチと世界タイトルを懸けて戦い、ついに敗れた。六年の長きにわたって保持していたタイトルをとうとう失ったのだ。同年、アメリカのロサンゼルスに舞台を移したリターンマッチで再度ポーンと戦い、そこで生まれて初めてのＴＫＯ負けを喫する。多くの偉大なボクサーたちが選手生命の晩年に経験する惨《みじ》めな敗北を、ペレスもまた味わったのだ。若さと同時に、長い間、彼を寵愛《ちょうあい》してきた勝利の女神も去っていったのだ。

我らがファイティング原田がデビューしたのは、この年だった。

第三章 切り札の決断

「自分で決断したことです。
男として後悔したことは一度もありません」

（矢尾板）

六年の長きにわたってフライ級の王座に君臨したパスカル・ペレスを打ち破ったのは「シャムの貴公子」と呼ばれたポーン・キングピッチだった。

ポーン（タイでは基本的にファーストネームがリングネームとなる）はタイ王国始まって以来の世界チャンピオンだ。ちなみにペレスも白井もそれぞれの国が生んだ初めての世界チャンピオンだった。つまりフライ級においてはそれまでボクシング後発国だった国から連続してチャンピオンが生まれたということになる。長い間、アメリカとヨーロッパを中心に動いていたプロボクシングは、第二次大戦後にグローバルなスポーツになりつつあった。

キングピッチは正しくは「ギンペッド」と発音するようだが、タイ語を英語表記する時に綴《つづ》りを間違えたらしく、日本では「キングピッチ」と呼ばれている。ここでも従来の慣習に従ってキングピッチと書くことにする。

ポーン・キングピッチは一九三五年（昭和十）、タイの貧しい農村に生まれた。

タイは敬虔《けいけん》な仏教徒の国で穏やかな国民性で知られているが、一方で昔から格闘技が大変盛んな国でもある。タイ式ボクシングともいわれる「ムエタイ（正しくは〝ムアイタイ〟と発音）」は、タイの農村部では最も一般的なスポーツだ。ただし決してレジャーとしてのスポーツではない。

タイは昔も今も決して豊かな国ではない。貧しい農村に生まれた男の子が貧困から這《は》い上がる数少ない道がムエタイの選手になることだ。そんな少年たちにとって、ムエタイは生きるための道具であり生活の一部でもある。幼い頃からムエタイに親しんできたタイ人ボクサーは抜群の格闘技センスを持つといわれている。ポーンもそうした環境の中で少年時代を過ごした。

ところが彼自身はムエタイの試合経験がない。これはタイが生んだ世界チャンピオンの中では珍しい（タイではムエタイのチャンピオンあるいは強豪が、ボクシングに転向して世界チャンピオンになるケースが多い）。ポーンの才能を見出したタイの実業家トントス・インタラタットが、彼を世界的なボクサーにしようと、最初からボクシングをやらせたのだ。ちなみにタイではムエタイ選手の方が人気も報酬《ほうしゅう》も高いが、ボクサーの方がステイタスは高い。

ポーンはアマチュアで三戦ほどしてからプロ入りし、三年後の一九五七年（昭和三十二）に、二十二歳で東洋フライ級チャンピオンになっている。何度も言うように当時の東洋フライ級チャンピオンのレベルは高い。これを見てもポーンの才能の凄《すご》さがわかる。

翌年、ポーンは東洋タイトルを返上し、ペレスの持つ世界チャンピオンに照準を絞る。これこそがポーンのマネージャーとなったトントスの野望だった。そして二年後の一九六〇年（昭和三十五）四月にタイのルンピニー・スタジアムで、ポーンはペレスを判定で破り、タイ王国史上初の世界チャンピオンになった。

半年後、場所をアメリカのロサンゼルスに移して行われたリターンマッチで、ポーンはペレスに生まれて初めてのテクニカル・ノックアウト（ＴＫＯ）負けを味わわせた。フライ級の王座を六年も守ったペレスを、東洋チャンピオンとはいえ、世界的には無名に近かったタイ人が二度にわたって完璧に打ち破ったニュースは、世界のボクシング関係者を驚かせた。

タイの貧しい農村から出てきた青年は、国王への謁見《えっけん》が許されるほどの国民的英雄となった。

なお、ペレスはタイトルを失った後、愛妻エルメニアも失った。彼女は若きスパーリングパートナーのもとへ走り、ペレスから永久に去った。フライ級のタイトルを九度も守った偉大なチャンピオンだったが、長年の亡命生活と放埒《ほうらつ》な暮らしのために、蓄えはほとんどなかった。彼はタイトルを失ってからも、生活のためにリングに上がり続けるが、若さを失った元チャンピオンは、しばしば無名のボクサーにも不覚を取った。いつしか世界ランキングからも落ち、咬《か》ませ犬的なボクサーになる。

ラストファイトは一九六四年（昭和三十九）、三十八歳の時だ。ノーランカーの選手に無惨《むざん》なＫＯ負けを喫し、ついに体力の限界を悟って引退する。晩年は故国アルゼンチンに帰るが、アルコール中毒になり、貧困のうちに五十歳で死ぬ。「小さな巨人」といわれ、現在に至るまでフライ級史上最強と謳《うた》われた偉大なチャンピオンの、あまりにも寂しい最期《さいご》だった。

＊　＊　＊

白井が失った世界王座の奪還を目指していた日本のフライ級の強豪選手たちは、標的をパスカル・ペレスからポーン・キングピッチへと移した。

話が前後するが、この物語の主人公であるファイティング原田は、ポーンがタイトルを獲得した年にデビューしている。その二年後に彗星《すいせい》のように世界に躍り出ることになるのだが、この頃はまだ海のものとも山のものともつかない新人ボクサーにすぎなかった。

打倒ポーンにまず名乗りを上げたのは関光徳《せきみつのり》だった。関のデビューは昭和三十三年（一九五八）、年齢は原田より一つ上だったが、ボクシングキャリアではおよそ二年先輩だった。彼もまた規則違反の十六歳でデビューしていた。

昭和三十年代の日本を代表するサウスポーの名選手で、切れ味鋭い左ストレートは「名刀正宗」と恐れられた。強打に似合わぬ優しいマスクで、当時のボクサーとしては珍しく多くの女性ファンがついていた。ちあきなおみが芸能界に入れば関光徳に会えるかもしれないと思って歌手になったのは有名な話だ。

今では考えられないが、この頃、ボクシングの人気は非常に高かった。石原裕次郎、小林旭、赤木圭一郎など日活の誇る映画スターが軒並みボクシング映画に出演し、ボクサー役を演じていることからも、それがうかがえるだろう。驚いたことに、当時の日活の撮影所には「ボクシング部」があり、役者やスタッフが撮影の合間にボクシングを楽しんでもいた。

更にこの頃急速に普及が進んだテレビがボクシングブームを後押しした。時おりしも「岩戸景気」と呼ばれる好景気で、日本全体が高度経済成長の時代に入っていた。六〇年安保のあおりを食って倒れた岸内閣の後を継いだ池田内閣は「所得倍増計画」を打ち上げた。実際、国民所得はどんどん上がり、それにつれてテレビの普及率も上がっていった。

昭和三十二年（一九五七）にはわずか七・八パーセントに過ぎなかったテレビの世帯普及率は、年々その数字を上げ、三年後の昭和三十五年（一九六〇）には四五パーセントにまでなっていた。民放各局は番組の有力コンテンツとしてボクシングに目を付けた。そしてこれが当たった。昭和二十九年に日本テレビがボクシング中継を始めたのを皮切りに、三十年にはＫＲテレビ（現ＴＢＳ）、三十四年にはフジテレビ、ＮＥＴ（現テレビ朝日）も参入し、三十年代半ばには一週間すべての曜日のゴールデンタイムでボクシングの生中継があるというほどの盛況を示した。

ボクシングがこれほどの人気スポーツになった下地を作ったのは白井義男だった。皮肉なことに白井の時代にはほとんどテレビ中継がなかったが、彼の引退後にボクシングは一挙に人気スポーツとして火が点《つ》いたのだ。


昭和三十六年（一九六一）、世界ランカーに躍り出た関はポーンの二度目の防衛戦の挑戦者に選ばれた。

十九歳の若武者は堂々と真っ向勝負を挑むが、王者の老獪《ろうかい》なボクシングに翻弄《ほんろう》され、惜しくも判定で敗れる。その若さとキャリアにもかかわらずポーン相手に十五ラウンド戦い抜いた実力は高く評価され、近い将来、必ず世界チャンピオンになるだろうといわれた。しかし長身の関はフライ級を維持することができず、階級を上げてフライ級戦線から離れる。

ちなみにその後の関の軌跡を簡単に述べておこう。翌年、一気に二階級上のフェザー級に転向した関は、その年に東洋フェザー級のタイトルを獲得した（今ならフライ級からフェザー級は四階級違う）。

減量苦から解放された関は無類の強さを発揮する。「東洋無敵」といわれ、このタイトルは引退するまで通算十二度（無敗）も防衛した。しかし関にはツキがなかった。彼の現役時代にフェザー級に君臨した二人のチャンピオン、シュガー・ラモス（キューバ）とビセンテ・サルディバル（メキシコ）はフェザー級史上に燦然《さんぜん》と輝く名王者だった。関はこの二人の歴史的強豪に三度挑戦して三度敗れた（ラモスに一度、サルディバルに二度）。

惜しかったのはサルディバルに挑んだ最初の試合だ。敵地メキシコに乗り込んだこの試合で、関は第四ラウンドにサルディバルを「名刀正宗」といわれた左ストレートで仰向けにダウンさせた。メキシコの誇るアステカの戦士は生涯初のダウンで完全にグロッキーになった。

しかし関はサルディバルにとどめを刺すことができなかった。かろうじて立ち上がったサルディバルは後半に立ち直り、判定できわどく関を退けた。サルディバルはタイトルを通算八度防衛しているが、この時の関との試合が最も苦戦した試合といわれている。メキシコ人たちは「我らが英雄」サルディバルをあわやというところまで追い詰めた関を「東京エキスプレス」と呼んで称賛した。この試合はメキシコのボクシングファンの間で語り草となり、今も彼らの間では「セキミツノリ」の名前は大いに知られている。

関の最後の試合は、サルディバルが返上して空位になったタイトルを、イギリスのハワード・ウィンストンと争った試合だ。ロンドンで行われたこの試合で、関は優勢に進めていながら、九ラウンドに目を切った途端、イギリス人レフェリーにTKO負けを宣告された。敵地で戦う悲運を味わわされた試合だった。関はその試合を最後に引退した。

今日においても関光徳の評価は非常に高い。ポーン、ラモス、サルディバルという三人の歴史的王者と戦うことになったのが彼の不運だった。繰り返すが、当時は八階級に八人の世界チャンピオンの時代だ。同時代の同階級に偉大なチャンピオンが君臨していたら、巡り合わせの不幸を嘆くしかない。関は後に横浜光ジムを開き、畑山隆則《はたけやまたかのり》、新井田豊《にいだゆたか》の二人の世界チャンピオンを育て上げた。

関が敗れた後、打倒「ポーン・キングピッチ」に名乗りを上げたのは野口恭《きょう》だ。野口は三迫仁志《みさこひとし》を育てた「ライオン野口」こと野口進の息子だ。前述のように三迫は世界四位まで昇り詰めながら、ついにベレスの持つタイトル挑戦のチャンスを摑《つか》めなかった。戦前の猛烈なファイターである野口進は、秘蔵っ子の三迫が成し遂げなかった夢を息子の恭に託した。

昭和三十七年（一九六二）、恭は父譲《ゆず》りの勇敢なファイトで戦ったが、彼もまた老獪なポーンの前に敗れ去った。

気が付けば、白井がタイトルを失って八年の月日が流れていた。その間、米倉、矢尾板《やおいた》、関、野口の四人がペレスとポーンの前に無念の涙を呑《の》んでいた。いずれも日本の誇るフライ級の強豪たちだった。この頃「フライ級三羽烏《さんばがらす》」と呼ばれていたファイティング原田、海老原博幸《えびはらひろゆき》、青木勝利《かつとし》は、将来を大いに嘱望《しょくぼう》されるホープとなっていたが、当時は三人ともまだ日本ランカーどまりであり、世界に打って出るには今少し時間がかかるといわれていた。

しかし日本ボクシング界には最後の切り札といえるボクサーがいた。その男こそ、かつてペレスに無念の涙を呑んだ矢尾板貞雄《さだお》だった。

＊　＊　＊

矢尾板は昭和十年（一九三五）、東京で生まれた。奇《く》しくも年齢はポーンと同じだ。

家が貧しく中学時代から新聞配達をして家計を助けた。新聞販売店の店主がボクシング好きで、矢尾板を知り合いの中村ジム（当時は国光拳ジムといった）に連れて行ったのが、矢尾板がボクシングを始めたきっかけだった。

　高校時代はアマチュアでやっていたが、卒業して二年後の昭和三十年（一九五五）にプロになった。この年に白井義男がペレスにリターンマッチで敗れて引退している。その試合を街頭テレビで見ていた矢尾板は、ペレスに勝つにはどうすればいいのだろうかと考えた。ペレスの武器は強烈なパンチ力だったが、もう一つの武器がフットワークのスピードだった。矢尾板が思い至った「打倒ペレス」の結論は、「速さには速さで対抗」というものだった。矢尾板はペレスのスピードを上回るボクサーになろうと決意した。

　それからは毎日のように一五キロのロードワークを自らに課した。それもほとんど全力疾走だ。恵比寿駅前から明治通りをトロリーバスと競走するように新宿に向かって走った。このトレーニングで、高校時代は陸上の長距離選手だった彼の足に更に磨きがかかった。

　こうして矢尾板は抜群のスピードボクサーになった。リングの中を素早く動き、打っては退くという典型的なヒット・アンド・アウェイの名選手になった。昭和三十三年（一九五八）に東洋フライ級の王座を獲得し、世界ランキングに顔を出した矢尾板は、翌昭和三十四年（一九五九）、ノンタイトルマッチとはいえ十年間不敗を誇ったペレスに初めての敗北を味わわせた。ペレスは矢尾板のスピードにまったくついていけず、自慢の強打は完封された。試合後、ペレスが悔《くや》し紛れに「矢尾板はマラソンランナーになればいい」と言ったのは、もはや矢尾板のフットワークについていけないと打ち明けたようなものだった。

しかし十ヶ月後、国民の期待を一身に背負ったタイトルマッチで矢尾板は敗れた。当時の日本人の期待がいかにすごかったかは、テレビ中継の視聴率九二・三パーセントという数字が示している。

前にも述べたように、この試合の第二ラウンドに矢尾板がペレスからダウンを奪っている。最高のスタートを切ったかに見えたこのダウンが、矢尾板の敗北につながったというのだから、ボクシングは怖い。実はこの時のダウンは、ペレスがバランスを崩した時にたまたま矢尾板のパンチが当たったもので、リングに膝《ひざ》を付いたペレスにはダメージはほとんどなかったのだ。しかし矢尾板陣営はこのダウンで、「いける」と判断した。

三十七年後、当時を振り返った矢尾板は、私に「若かったのです」と言った。

「もし、自分に十分なキャリアがあれば、ペレスにはダメージがなかったことがわかったでしょう。そうしたら、もっと冷静に戦えたはずです」

セコンドの中村信一会長もまた矢尾板同様判断を誤った。中村は矢尾板に「チャンスだ、いけ！」と命じた。矢尾板も積極的に攻めた。しかしそれは矢尾板本来のボクシングではなかった。

スピードを生かし、打っては離れるヒット・アンド・アウェイのスタイルを忘れてペレスと打ち合った矢尾板は、いつのまにかずるずると相手にペースを握られ、十三ラウンド、ついにペレスの強打の前にノックアウト負けを喫した。

半年前の圧倒的なスピード差でペレスに的を絞らせなかったボクシングを展開していれば、はたして矢尾板こそが白井義男に次ぐ日本人二人目の世界チャンピオンに輝いていた可能性は高い。その意味ではまさに運命を分けたダウンだった。


失意の矢尾板はしかし再起をかけて、パスカル・ペレスからポーン・キングピッチに移ったタイトルを追った。この時、矢尾板と中村会長はとんでもない行動に打って出る。海外へボクシング遠征の旅に出たのだ。

普通、ジムの会長は自分のところの有望選手は大事にマッチメーキングする傾向が強い。自信を付けさせるため、あるいは強豪につぶされないため、またレコード（戦歴）に傷をつけないためなどの理由で、危険な相手と試合させることはあまりない。しかし中村会長の指導方法は逆だった。次々と強豪をぶつけて選手を強くしていくというものだった。

ペレスに敗れた翌年の昭和三十五年（一九六〇）、中村会長は矢尾板を連れて二月にタイ、七月にフィリピンに遠征する。

更に翌昭和三十六年(一九六一)、このコンビは三ヶ月にわたって南米ベネズエラとブラジルへの遠征に出かけた。現地のホテルに泊まりながら、地元のジムでトレーニングをし、土地の強豪選手と戦うというもので、まさに武者修行と呼べるものだった。

南米の選手はアジアの選手と違い、体を柔軟に動かしてバネを生かしたボクシングをする。中村は矢尾板にボクシングの幅を身に付けさせるために、そんな南米の強豪選手と戦って経験を積ませようとしたのだ。

南米遠征の第一戦はフライ級の世界ランカー、ベネズエラの強豪ラモン・アリアスだった。この試合は矢尾板がテクニックで優ったが、判定はアリアスに上がった。完全なる地元判定だった。この敗戦で、敵地ではもっと積極的な試合をしないと負けにされると悟った矢尾板は、次の試合でベネズエラの国内チャンピオン、ネルソン・エストラーダを打ちまくり、文句のない判定で勝った。

この試合を、たまたま観戦していたブラジル人ボクサー、エデル・ジョフレのマネージャーが、矢尾板にジョフレとやらないかと声をかけた。ジョフレは前年、世界バンタム級のチャンピオンになったボクサーで、後に史上最高のバンタム級チャンピオンと評価されるほどになる不世出《ふせいしゅつ》の名選手だ。

矢尾板は中村とともにブラジルに飛び、ジョフレとノンタイトル十回戦を戦う。この試合で、矢尾板は一階級上（現在なら二階級上）のチャンピオンと堂々と渡り合った。惜しくも最終ラウンドにノックアウトされたが、それまでの九ラウンドはむしろ矢尾板がよく戦い、無敵の王者を大いに苦しめたといわれている。

しかし矢尾板にジョフレの印象を聞くと、戦っている間は勝てる気がしなかったと語った。

「ジョフレとはほとんどリング中央では戦えなかった。彼は鳥を追うように私をコーナーからコーナーへと追い詰めた。試合中はずっと圧力を受け続けていた」

抜群のスピードボクサー矢尾板を全ラウンドにわたってコーナーに封じ込めたというのだから、全盛期のジョフレはもの凄い追い足を持った選手だったのだろう。

敗れたとはいえ、一階級上の世界チャンピオンを最終ラウンドまで苦しめた矢尾板の評価は逆に跳ね上がった。矢尾板自身もこの試合で得るものは多く、また大いに自信を付けた。

矢尾板のボクシングが変わったのは南米遠征の後だといわれる。それまでの矢尾板はたしかにスピードはあったが、ややもすると線が細いというイメージもあった。しかし南米遠征を終えて帰国した矢尾板はそれまでにはないたくましさを身に付けていた。

遠征の翌年、中村はその成果を試すように、矢尾板を東洋ジュニア・フェザー級のチャンピオンの坂本春夫にぶつけた。両者の間には三階級の差がある（現在なら四階級の差）。当時でも常識外れのマッチメークといわれた。しかし矢尾板は階級差をものともせず、坂本を四ラウンド、左フック一発でノックアウトした。三階級も上の東洋チャンピオンを失神させた矢尾板の凄みに観客は声を失った。

多くの真剣勝負の修羅場《しゅらば》をくぐり抜けてきた剣豪は、相手の白刃《はくじん》の一閃《いっせん》を髪の毛一筋で見切り、鋭い一撃で相手を倒すという。そんな剣豪のごときボクシングをする矢尾板を、後にノンフィクションライターとなる報知新聞のスポーツ記者だった佐瀬稔《させみのる》は、「リングの兵法者」と呼んだ。

おりしもブームになっていたテレビのボクシング中継のお陰もあり、矢尾板は人気ボクサーになり、テレビ・ボクシングのスターになった。私の父が矢尾板の試合をテレビ観戦していたのもこの頃だったのだろう。父は生前ずっと、「自分が見た最高の選手は矢尾板だった」と言っていた。

当時のテレビのゴールデンタイムに中継される試合のほとんどはタイトルマッチではない。その多くが日本人同士のノンタイトルマッチだ。しかし人々はその試合にタイトルがかけられていようがいまいが関係なく、男と男が二つの拳で殴り合う真剣勝負を心から楽しんだ。もちろん日本タイトルマッチや東洋タイトルマッチだと視聴率は更にアップした。

昭和三十年代半ば、日本タイトルマッチのチャンピオンのファイトマネーは十万円は下らなかったという。東洋タイトルマッチだと五十万円以上。昭和三十六年（一九六一）の大卒の初任給が一万五千七百円だったから、いかにすごいギャラだったかがわかる（平成二十四年の平均は二十万五千円）。

矢尾板の当時の年収は軽く三百万円を超えていた。現在の約三千九百万円に相当する。

強豪選手を次々に倒した矢尾板は長らく世界フライ級一位にランクされていた。押しも押されもせぬトップコンテンダー（チャンピオンのタイトルに挑む挑戦者）だ。

中村会長はしかし矢尾板にさらに試練を与えた。何と世界バンタム級一位のメキシコのジョー・メデル（正しくは「ホセ・メデル」だが、日本では「ジョー・メデル」と呼ばれていた）との十回戦を行わせたのだ。

これは大変なことだった。当時は世界に階級が八つしかなく、しかもチャンピオン認定団体も一つしかない時代に、フライ級一位とバンタム級の一位が対戦するのだから、今なら世界タイトルマッチでも見られないほどの黄金カードだ。

ちなみにジョー・メデルという選手は長い間バンタム級の世界一位にランクされ

た強豪だ。同時代にエデル・ジョフレという怪物チャンピオンがいたせいで、ついにチャンピオンになれなかったが、その不運もあって「無冠の帝王」と呼ばれることもある。奇しくもこの試合は、歴史に残るバンタム級の強豪とフライ級の強豪が戦った一戦となった。

メデルは「ロープ際の魔術師」と呼ばれるカウンターの名手だ。矢尾板と対戦した前年にも来日し、関光徳をロープ際に誘い込んで右のクロスカウンターでノックアウトし、日本人観客の度肝を抜いた。また後にはファイティング原田を左フックのカウンターでノックアウトしている。だが対する矢尾板もまたカウンターの名手だ。

昭和三十七年（一九六二）三月に行われたこの試合は恐ろしいほどの高度な技術戦だったと伝えられる。矢尾板は当時を述懐《じゅっかい》して、「あの試合は互いに読み合いでした」と言った。将棋の達人同士が相手の手を読み合うように、リングの上ですごい駆け引きがあったという。

試合は判定でメデルの手が上がった。二人が二ポイント、一人が一ポイントという僅差《きんさ》だった。敗れた矢尾板はランキングが落ちなかった。世界のボクシング関係者が、フライ級不動の一位として認めていたのだ。

この本を書くにあたって、私は矢尾板に会った。紳士的で丁寧《ていねい》な物腰だったが、古武士《こぶし》を思わせる風貌《ふうぼう》に鋭い眼光が印象的だった。

取材時（平成二十年）、七十三歳の矢尾板は非常に頭脳明晰《めいせき》な人だった。彼のボクシング理論は素晴らしく、現在においても日本一の解説者であるのは多くのボクシング関係者が認めるところである。インタビューしたこの日も、産経新聞からボクシングの解説を頼まれていて、観戦ノートを持参していた。見せて貰ったノートには、観戦した試合の各ラウンドごとに詳細な戦いぶりが書かれていて、そこにまた技術的な細かいことがびっしりと書きこまれていた。矢尾板によると、ボクシング解説を始めて四十七冊目のノートだという。

現役時代の記憶も驚くほど確かで、私が持参した矢尾板本人の対戦表を見せると、「この時の相手はこういう選手で、こんな癖《くせ》があって、試合はこういうふうに進んだ」と一つ一つ詳しく語ってくれた。その分析は冷静で客観的なもので、自分の至らない部分や相手の長所も素直に認めたものだった。当時、矢尾板はいつか対戦するかもしれないという相手の試合は必ず観戦し、その選手の長所、弱点、癖、スタイルなどを徹底的に研究した。当時はビデオもなく、選手の試合を見るには会場へ行かなければならない。矢尾板は暇さえあれば試合会場に足を運んでいたという。

私は矢尾板の話を聞きながら、彼の本当の凄さはここにあったのかと思った。孫《そん》子《し》の兵法に「敵を知り、己《おのれ》を知れば、百戦危うからず」という言葉があるが、その点でも矢尾板は「リングの兵法者」と呼ばれるにふさわしいものだった。

昭和三十七年（一九六二）、矢尾板はまさにボクサー生命のピークを迎えていた。フライ級においては長い間、不動の世界一位だった。ポーンが関や野口と防衛戦をしたのも、一説では矢尾板を避けたからだといわれる。しかしＮＢＡの勧告もあり、ポーンも矢尾板の挑戦を受けざるを得なくなった。

この年の六月、矢尾板はポーンの四度目の防衛戦の挑戦者に選ばれた。試合はその年の十月に行われることになった。

矢尾板にとって、ペレスに敗れて以来二年ぶりの世界タイトル戦だった。あの時すでに矢尾板は世界一流の技を持っていたが、キャリアの浅さで大魚を逃がした。しかし今の矢尾板は昔の彼ではない。数多くの強豪と戦い、修羅場をかいくぐってきた男は、とてつもないボクサーになっていた。老獪《ろうかい》なポーンといえども矢尾板には敵《かな》わないだろうと誰もが思った。

日本人の悲願である世界タイトルの奪回は目前に思われた。

＊　＊　＊

日本中が期待に胸を膨《ふく》らませていたその時、驚くべきことが起こった。矢尾板が五度目の東洋タイトルを防衛した六月二十四日の翌日、報知新聞が「矢尾板引退」を報じたのだ。

このニュースは日本中を驚かせた。青天の霹靂《へきれき》とはまさしくこのことだった。タイトルマッチを四ヶ月後に控えたボクサーが突如引退を表明したのだ。しかも矢尾板は日本中の期待を背負ったボクサーであり、負ける要素が見えないばかりか、自身のボクサー生活のピークを迎えていた。一体、何があったのか――。

矢尾板の突然の引退のニュースは日本国内に留まらなかった。UPI通信は「報知新聞によれば」という但《ただ》し書きで、世界にこのニュースを打電した。矢尾板引退は国際的なニュースだったのだ。

矢尾板は引退の理由として、膝《ひざ》の故障をあげたが、それを信じる者は誰もいなかった。なぜなら東洋タイトルを見事に防衛した直後のことだったからだ。その試合もいつもの華麗《かれい》な矢尾板で、膝の故障を思わせる動きではなかった。

多くの関係者が矢尾板に翻意《ほんい》を勧めたが、矢尾板は頑《がん》として撤回しなかった。コミッションが間に入り、矢尾板と中村会長の三者会談が行われた。しかし矢尾板の意志は固く、引退は確定した。

この間、多くの憶測が乱れ飛んだ。そのほとんどが矢尾板と中村会長の確執《かくしつ》をめぐってのものだった。

中村信一会長は新聞記者たちに、「矢尾板はいくじなしだ」と言った。また、「金銭的なトラブルだ」とも言った。暗に、矢尾板は金に汚い男だとほのめかしもした。中村の発言の多くが矢尾板を非難するものだったが、矢尾板はそれに対して一切反論しなかった。

矢尾板はその後も、引退の理由を決して語らなかったが、今回（平成二十年）、私の前で、初めて四十六年前の引退の理由を語ってくれた。

多くの関係者が想像していたように、引退の理由は中村会長への不満だった。

中村信一は毀誉褒貶《きよほうへん》の激しい人だった。独特のボクシング理論で高く評価される一方で、戦前の軍隊式を思わせる精神論を押し出した激しいトレーニングを課すことでも有名だった。練習生を自宅の合宿所に住まわせ、私生活も含めてすべてを管理した。子供のいなかった中村夫妻は練習生を自分の子供のように可愛《かわい》がる反面、彼らの自由意志を認めない一面もあった。

自分の言うとおりにしない練習生には罵詈雑言《ばりぞうごん》を浴びせかけ、「二度とこのジムに来るな」と追い払うことも珍しくなかった。選手が負けると、「いくじなしめ」と罵《ののし》り、時には手を上げることもあった。新人王戦に出場したボクサーたちが揃《そろ》って負けて帰ってきた時、中村は激怒して、全員を地面に座らせ木刀で殴ったこともあった。酒癖が悪く、酔った上でのトラブルも多かった。

中村はジムの選手はマネージャーの持ち物と思っているふしがあった。だから中村ジムでは入門した練習生は長続きしなかった。しかしこれは一人中村だけでなく、こうした古い体質を引きずっているジムは少なくなかった。白井義男とカーン博士の関係こそがむしろ例外的なものだった。

矢尾板はしかしそんな厳しい会長の下で、愚痴《ぐち》もこぼさずに練習を続けてきた。そんな二人を理想的な師弟関係と書くマスコミもあった。記者の目には、白井とカーンの関係とは違った、日本の武士の道場の師弟を思わせる関係に映ったのだ。

しかし一見一枚岩に見える師弟関係にも、実は長年にわたって小さなヒビが入っていた。目指すところは一緒でも、マネージャーと選手は同じではない。厳しいトレーニングを課すのはマネージャーでも、実際に体を使って痛い目をみるのは選手である。ボクサーは戦うロボットではない、心を持った人間だ。マネージャーにはボクサーの痛みと苦しみがわかっていなければならない。それでこそ選手は何もかも預けてくれるのだ。

カーンと白井の関係がまさにそれだった。白井が三度目の防衛戦を迎える前、白井の目の古傷が試合中にカットするかもしれない場合に備えて、カーンはアメリカから新発売の止血剤を取り寄せた。そしてそれが実際に効くかどうかを調べるために、彼はカミソリで自分の手を切り、その傷口に薬を塗った。そして血が止まるのを確認すると、それを白井に見せて、「ヨシオ、これで万が一、試合中に目を切っても大丈夫だ」と言った。白井が、この人のために頑張ろうと思ったのはいうまでもない。

白井が負けると、カーンは彼を慰《なぐさ》め、共に泣いたが、中村は違った。ジムのボクサーが負けると、平気で怒りをぶつけた。

矢尾板が世界タイトルマッチでペレスに負けた時も、中村は矢尾板を怒鳴《どな》りつけた。苦しい思いをして戦った末に、無念の敗北を喫したボクサーを怒鳴りつけるのは絶対に間違っている。そんなことをされたボクサーは心が折れる。

ペレスに負けて中村に怒鳴られた夜、矢尾板は手帳にこう書いている。

「この会長と再契約したのは失敗だった」

日本のボクシング界は一旦ジムの会長と契約したら、その選手は基本的に永久に他のジムへ行けないシステムになっている。現在では少しは緩和されてはいるが、実際にジムを移籍しようとすれば、莫大な移籍金がかかる上に、水面下ではかなりのトラブルがある。日本ボクシング界の悪弊《あくへい》だが、昭和三十年代のボクシング界では、移籍はまず不可能だった。選手がその会長とどうしてもソリが合わないとなれば、引退するしか道はなかった。そういう制度のもとで、会長が選手を私物化する傾向があったのは否《いな》めない。会長と合わないばかりに引退したボクサーは決して少なくない。

もっともジムの会長にしてみれば、素人《しろうと》を一から教えて育て、多くの金を投資したのに、強くなってから他のジムに移籍されたらたまらない。だから会長側にも言い分はあるが、よくないのは当時、多くのジムでは選手に支払う金額が不明朗だったことだ。日本のジムでは会長がマネージャーとプロモーターを兼ねていて、選手はたいてい自分のファイトマネーがいくらで契約されているかも知らされていなかった。選手は会長（マネージャー）がお手盛りで与える金額を黙って受け取るだけだった。要するに、正しい契約スポーツの世界ではなかったのだ。これは中村ジムも例外ではなかった。

矢尾板はペレスとのタイトルマッチの直前、中村と新たに三年の再契約を結んでいた。ペレスに敗れた夜が、矢尾板の心が中村から離れた決定的な日だったが、それでも矢尾板は三年間は耐えて頑張ろうと決めた。もし彼が本気で中村会長の下ではやれないと思ったなら、この時引退していたはずだ。彼がその後もボクシングを続けたのは、心の底に、二人の関係が修復することを期待するところがあったのかもしれない。

もしこの三年間で中村が態度を変え、矢尾板の心をほぐすことができたなら、はたして日本のボクシング界はその後まったく違った展開になっていたかもしれない。

しかし二人の溝《みぞ》はその後も埋まることはなかった。再契約して三年目の昭和三十七年（一九六二）には、矢尾板の心は完全に中村から離れていた。この年の初め、矢尾板は親しくしていた報知新聞の鬼頭鎮三《きとうしげみ》記者（後に朝日新聞に移籍）に「このまま中村会長とうまくいかないようだったら、ボクシングを辞めるしかない」と打ち明けている。

余談になるが、鬼頭記者は元早稲田大学のボクシング部の選手で、カーン博士の教えを受け、三年生の時に全日本バンタム級のチャンピオンにもなっている。カーンが「世界チャンピオンになれる器《うつわ》」と信じた素質の持ち主だっただけに、プロにならず新聞社に入った時、カーンを激怒させた過去もある（その後、関係は修復した）。鬼頭記者はボクシングに対する愛情も深く、だからこそ矢尾板も鬼頭に相談したのだろう。

そしてこの年の六月、東洋タイトルマッチを一週間後に控えたある夜、事件が起こった。

この日、連日の厳しいトレーニングで疲れがたまっていた矢尾板はスパーリングで新人ボクサーに何度も打たれた。どんな強いボクサーにもこんな時がある。コンディションの悪い時には動きも鈍く、格下の相手にも打ち込まれることは珍しくない。矢尾板は自分のコンディションが最悪なのを悟り、練習を少し早めに切り上げて、自室で休んだ。

その夜、酒に酔った中村が部屋にやってきて、寝ている矢尾板を怒鳴りつけた。昼間の不甲斐《ふがい》ないスパーリングをなじり、いつもの「いくじなし」を連発した。そして、「そんなにいくじなしなら、引退しろ！」と言い、便箋《びんせん》を持ってきて、これに引退届を書け、と言った。

おそらく中村は威《おど》しのつもりで言ったのだろう。「やめてしまえ」「引退しろ」は彼の口癖のようなものだった。中村は矢尾板が詫《わ》びを入れると踏んでいたのかもしれない。

矢尾板は中村の妻に相談した。会長の怒りを奥さんに解いて貰おうと思ったのだ。しかしジムの共同経営者でもある中村の妻は、「会長が引退しろと言ってるなら、そうしたら」とすげなく言った。それを聞いた時、矢尾板は「もはや、これまで」と思った。

矢尾板は会長に「そこまで言うなら、引退します」と言って引退届を書くと、その夜のうちに合宿所を出た。

矢尾板はその間、ジムには一切顔を出さず、ほとんど練習をしなかった。ただ契約した試合（東洋タイトルマッチ）だけはやろうと体重だけは契約リミットに落とした。

一週間後の六月二十四日、矢尾板は五度目の東洋タイトルを防衛すると、その夜、鬼頭記者に「今日限り引退する」と打ち明けた。

翌日、報知新聞の紙面に「矢尾板引退」の衝撃的な文字が躍った。

このニュースは全国のファンに衝撃を与えたが、多くのボクシング関係者は事態を深刻には受け止めなかった。矢尾板と中村会長の確執は以前から一部で知られていたが、今回の引退騒動は一時的な衝突と思われ、まもなく元の鞘《さや》におさまるだろうと思われていた。何よりも四ヶ月後に世界タイトルマッチが決まっている。まさか矢尾板もそのチャンスを棒に振ることはしないだろうと多くの人は思った。

しかし矢尾板の決意は固かった。彼は古いタイプの日本人だった。一旦こうと決めたら、誰が何と言おうと信念を曲げなかった。

矢尾板は日本ボクシングコミッションに引退の本当の理由を手紙に書いて提出した。それには長年にわたる中村会長への不満が書きつらねられていた。矢尾板には自分が引退することで、旧態依然としたボクシング界に一石を投じたいという思いがあった。選手は決して会長の私物ではなく、対等の契約関係であるべきだと思っていた。自分はできなかったが、この後に続く若者たちを自分と同じような不幸にはしたくないという思いがあった。

しかしコミッショナーは矢尾板の引退理由を発表することなく握りつぶした。そして矢尾板を緊急入院させ精密検査を受けさせた。コミッショナーは、表向きはあくまで膝の故障による引退としたかったのだ。矢尾板ほどのスターがジムの会長への不満を理由に引退したとなれば、影響力が大きすぎること、また日本のジムシステムを揺るがすことにもなりかねないことなどを考慮したのだろうと思われる。

一週間の検査入院の後、コミッション・ドクターは、二ヶ月の安静が必要と発表し、コミッショナーは引退届の受理を保留した。これには実はもう一つの理由があった。それは矢尾板の引退が正式に決まる前に、その年の十月に決まっていたタイトルマッチのポーンへの挑戦者の代役を探す必要があったからだ。当時、世界タイトルマッチは一大イベントだった。これを中止にすることは多くの関係者に多大な迷惑がかかる。おそらくこの時、水面下では多くの人が動いたことだろうと推察される。

七月十八日、突然、矢尾板の代役としてファイティング原田がポーンに挑戦するという発表がなされた。

当時、日本フライ級のランキングは一位が海老原博幸、二位にファイティング原田だった。この時、裏側でどのような動きがあって原田に決まったのか、直接かかわった関係者のすべてが故人となった今となっては詳細はわからない。ただ、はっきりしていることは日本側の意向だけで代役が決まったのではないということだ。当然、王者ポーン・キングピッチ側の了承が必要だった。チャンピオンとしては、代役に自分の王座を脅《おびや》かすような選手が立てられるのは敬遠したい。つまり原田に白羽の矢が立ったということは、ポーンが原田なら大丈夫だと判断したということだ。

実はこの頃、原田は一階級上のバンタム級への転向を考えていた。昭和三十五年（一九六〇）に十七歳でフライ級の新人王を獲得した後も、原田の連勝記録は続き、この年（昭和三十七年）までデビューから負け無しの二五連勝をマークしていた。しかし食欲旺盛《おうせい》な十代の若者にとって一一二ポンド（約五〇・八キロ）の体重を維持し続けるのは苦しい。そこで会長の笹崎僙《ささざきたけし》は原田をバンタム級へ転向をさせることを考え、六月にバンタム級世界七位のメキシコのエドモンド・エスパルサと対戦させたのだ。もしその試合に勝てば、原田はバンタム級へ転向するはずだった。

しかしこの試合で原田は技巧派のエスパルサに翻弄され、判定で敗れる。連勝記録もストップした。ところがこの敗北が原田にチャンスを与える結果になったのだから運命とは皮肉なものである。キングピッチ陣営はバンタム級の選手に負けた原田を与《くみ》しやすしと見て、矢尾板の代役としてファイティング原田が挑戦者となることを了承した。

またこの時点では、原田はフライ級の世界ランキングに入っておらず、世界挑戦の資格がなかったが、これもおそらく関係者がアメリカのリング誌やＮＢＡに働きかけ、翌月の世界ランキングで十位にランクされた。その二ヶ月後、矢尾板の引退が正式に発表された。

矢尾板に代わって挑戦者に躍り出た十九歳の若武者、ファイティング原田は見事このチャンスをものにして世界チャンピオンに輝くことになる。

私はこのいきさつを書きながら、つくづく人の運命の不思議を思う。

矢尾板こそは白井が去った後の日本ボクシング界を支えた最大のスターだった。しかし彼は栄光を手にする直前、そのチャンスを捨て、結果として、ファイティング原田にそれを与えることになった。そして、原田が栄光に包まれたボクシング人生を歩むのと交錯《こうさく》するように、一人静かに表舞台を去っていった。

矢尾板がポーンと戦っていれば、日本人として二人目の世界チャンピオンに輝いていたと言う評論家は多い。長らく不動の世界一位にランクされていた矢尾板の実力は国内外の多くの専門家が認めるものだった。引退の一年前には、ファイティング原田とエキシビションマッチ（勝敗をつけない模範試合）四回戦を戦い、テクニックで原田を圧倒していた。その原田が攻略したポーンに矢尾板が勝てた可能性は高い。

もし矢尾板が世界チャンピオンになっていたら、歴史は大きく変わっていただろう。原田はおそらくバンタム級へ転向し、原田に続く日本人三人目の世界フライ級チャンピオンになった海老原にも、世界挑戦の機会は訪れなかったかもしれない。そうすると後の二人の世界チャンピオンの人生も大きく変わった可能性がある。いや、日本のボクシング界そのものが大きく変わっていたに違いない。しかしそれらはあくまでも仮定の話だ。歴史にイフはない。

私が矢尾板に「もし、ポーンと戦えば、勝てましたか？」と聞くと、矢尾板は笑いながら「ボクシングだけはやってみなくてはわからない」と答えた。

この言葉は何度も矢尾板から聞かされた。矢尾板は勝つために相手を徹底的に研究する。しかし戦う前に「確実に勝てる」と思ったことは一度もないという。矢尾板の答えを聞いた時、この人はボクシングの怖さを本当に知っている男だという気がした。

矢尾板の引退はしかしボクシング界を変える一助になった。多くのジムの会長が第二の矢尾板のケースが出ることを恐れて、選手の待遇を改善したからだ。その意味では矢尾板の引退は決して無駄《むだ》にはならなかった。

矢尾板は自分が捨て石になろうという決意だった。彼の引退をスクープした報知新聞の鬼頭は、「矢尾板君は志《こころざし》の高い男だった」と語った。そしてこう付け加えた。

「もし、矢尾板君が金だけの理由で引退を言い出したのなら、多くの関係者の説得によって、引退を撤回《てっかい》していただろう」

ボクシング界の古き体質に一石を投じた矢尾板だったが、当時の業界は矢尾板に辛《つら》く当たった。中村会長は矢尾板がボクシング界で仕事ができないように様々な圧力をかけたが、他のジムもそれに同調した。

しかしその一方で矢尾板の助けになろうという人たちが大勢いた。フジテレビは業界の圧力をはねのけて矢尾板をテレビの解説者にした。また産経新聞も彼と記者として契約した。矢尾板を知る人たちは誰もが彼の誠実さ、男らしさ、気っぷの良さを口にする。矢尾板は古き良き日本人の美徳を持った男だった。だからこそ彼を助けようという人たちが多く現れたのだ。

それから約半世紀、今や矢尾板貞雄はボクシング界の誰からも畏敬《いけい》される存在となっている。取材中、多くのジムの会長やチャンピオンから矢尾板に対する尊敬の言葉を聞いた。矢尾板自身は世界チャンピオンにはなれなかったが、彼の残した業績は日本ボクシング界に永久に残るだろう。

インタビューの最後に、矢尾板に「あの時、引退したことを残念だったと思う時はありませんか」と尋《たず》ねた。すると矢尾板は力強く答えた。

「自分で決断したことです。男として後悔したことは一度もありません」

その顔にはむしろ清々《すがすが》しいものがあった。

第四章

スーパースター

「海老原、左が折れても、右でやります。死ぬまでやる」（エディ）

昭和三十七年（一九六二）七月、矢尾板《やおいた》の突然の引退により、ファイティング原田がポーン・キングピッチの挑戦者に選ばれた。

この時、原田は十九歳。プロになってわずか二年余りだった。デビュー以来二六勝一敗の好成績をマークし、日本フライ級の二位にランクされていたが、いまだ世界ランキングには入っていなかった。当時は世界タイトルに挑戦するには、世界ランキング六位以内に入っていなければならなかった。挑戦が決まった翌月、原田は何とか世界フライ級の十位に滑り込むようにランクされたが、日本ボクシング・コミッショナー及び関係者が水面下で工作を行ったといわれている。

実は代役挑戦が決まる直前、原田はフライ級からバンタム級への転向を考えていた。

デビューした頃は痩《や》せた少年だった原田も、育ち盛りの肉体でフライ級の体重を維持することが難しくなっていた。当時、彼の体重は、試合のない時は六〇キロを超えていたが、それを試合のたびに一〇キロも落とすのだ。苦しくないはずはない。そこでジムの会長の笹崎僙《ささざきたけし》は原田を一階級上のバンタム級（一一八ポンド〔約五三・五キロ〕以下）へ転向させようとしたのだ。

転向のもう一つの大きな理由は、その年の初めに発表された矢尾板貞雄《さだお》の世界挑戦だった。矢尾板ならポーンを破って世界フライ級チャンピオンになるだろう、そうすればもうフライ級では世界に挑戦するチャンスは巡《めぐ》ってこない――そう考えた笹崎は、前述したように、この年の六月、原田のバンタム級への転向を狙って、メキシコから世界バンタム級七位のエドモンド・エスパルサを呼び寄せた。原田にとって初めての世界ランカー相手の試合だった。

昭和三十七年六月十五日、日大講堂で行われた試合で、デビュー以来二十五人の相手をことごとく粉砕《ふんさい》してきた原田のラッシングパワーがエスパルサには通じなかった。試合巧者のエスパルサは、原田のラッシュをスウェーバックでかわし、随所《ずいしょ》でカウンターを当てた。スウェーバックとは、上体を後ろにそらせてパンチをよける防御法で、体の柔軟さと強い背筋を持った中南米の選手が得意とする技だ。

世界ランカーのテクニックに翻弄《ほんろう》された原田は、いいところをまったく見せることなく、初めての敗北（判定負け）を喫《きっ》した。笹崎は試合後の記者会見で、「原田は練習の半分も力を出せなかった」と悔しげに語った。

原田もまたこの敗戦で、「世界」の壁の厚さ、そして、これまでのような一本調子のラッシュだけでは一流ボクサーには通用しないということを学んだ。エスパルサに勝って世界ランクに入り、バンタム級での王座獲得を目指すという笹崎の描いた青写真はもろくも崩れた。

しかし、この敗北が原田にチャンスを与えることになるのだから、運命とは面白い。王者ポーンは、エスパルサに敗れた原田相手なら十分防衛できると思い、原田の代理挑戦を認めた。

エスパルサに負けてくさっていた原田は、笹崎会長から「ポーンに挑戦しないか」と言われた時、迷わずに「はい」と答えた。世界チャンピオンに対する恐怖感はまったくなかった。むしろ世界チャンピオンと戦えるということに喜びを感じたという。

かつてカーン博士が白井に、「世界チャンピオンのダド・マリノとやらないか」と言った時、白井は即座に、「ノー・サンキュー」と答えている。「その頃の世界チャンピオンというのは雲の上の存在で、まともに戦ったら殺されると思った」と、後に白井は述べている。日本フライ級バンタム級の二階級制覇の白井をして怖《お》じ気《け》づかせたほど、昭和二十年代の日本人ボクサーにとって、「世界チャンピオン」という存在は恐ろしいものだったのだ。

それから十年、日本ボクシング界は、十九歳の若者が世界チャンピオンと戦えると聞いて喜ぶまでになっていた。白井をはじめ多くの日本人ボクサーが、「世界はそれほど遠いものではない」ということを、その戦いぶりで教えてくれたお陰に他ならない。多くのボクサーたちが茨《いばら》の道を切り拓いてきたのだ。

棚《たな》ぼた式に世界チャンピオンの代理挑戦者になった原田だったが、ビジネス的にはかなりの代償を支払ったといわれている。王者側は日本の足元を見て、ファイトマネーを吹っかけた。通常のフライ級王者のタイトルマッチの倍の金額だったが、会長の笹崎はそれを呑《の》んだ。王者はさらに原田側にとって厳しい条件も突きつけてきた。それは、もし原田が勝った場合、三ヶ月以内にポーンが指定する場所でポーンの挑戦を受けるというものだった。いわゆる「リターンマッチ条項」だ。笹崎はそれも呑んだ。

さらに屈辱《くつじょく》的なことがあった。世界タイトルマッチを認定するWBA（世界ボクシング協会。この頃、NBAが発展解消してできた新しい組織）は、この試合にポーンが勝っても正規の防衛戦には含まないとした（正式には「アンクレジット・タイトルマッチ」という）。つまり原田には挑戦者の資格は無いと見られていたのだ。

原田を格下の挑戦者と見ていたのはWBAだけではない。日本のボクシング関係者やボクシング記者たちも原田が勝つ可能性は極めて低いと見ていた。なぜなら原田は東洋チャンピオンはおろか日本チャンピオンにもなっていなかったからだ。白井を含む過去五人のフライ級の挑戦者たちは、いずれも東洋タイトルか日本タイトルの持ち主だったことを考えると、明らかにランクの落ちる挑戦者だった。それに過去、関光徳《せきみつのり》、野口恭《きょう》といった二人の世界ランカーを下したポーンの強さは、日本のボクシング関係者、それに記者たちには十分知られていた。原田が日本の誇るホープなのは皆が認めるところだったが、ポーンには歯が立たないと思われていた。記者たちの事前予想は「二―八」で原田不利というものだった。

この「原田、絶対不利」の予想の中で、原田は燃えた。

「なにくそ！　と思ったよ。それで、もう四ヶ月、死に物狂いで練習した」

と原田は語った。

昭和三十七年（一九六二）十月、王者ポーン・キングピッチが来日した。過去、二人の日本人挑戦者を破っている王者の三度目の来日だった。辣腕《らつわん》で知られるトントスマネージャーは、これまで何度も日本のジム同士で挑戦権を競わせ、ファイトマネーの釣り上げに成功していた。国際的なビジネス感覚に劣る国内のジムマネージャーはトントスにいいようにあしらわれていた。当時、テレビ局がバックにつくようになっていたが、ポーンのファイトマネーはテレビ放映権料を含めても興行的に赤字になるくらいの額に跳ね上がっていた。日本のジムにとっては半ば意地のような挑戦だった。

ポーンが来日した時、原田は羽田空港に王者を出迎えに行った。そこで挨拶《あいさつ》を交わしたのだが、この時、原田は非常に不愉快《ふゆかい》な印象を持った。ポーンに挨拶して握手の手を差し伸べた時、タイの王者は横を向いて関係者と喋《しゃべ》り、原田を無視したのだ。原田はよほど悔しかったのか、それから約半世紀経った今も、私のインタビューに、

「あの時は本当に頭に来た。なめやがって！　と思ったね。この野郎に絶対に勝っ

てやると思った」

と語った。

ポーンが原田を無視したのは、たまたま挨拶のタイミングが悪かったか、あるいは風習の違いか言葉の壁があったせいかもしれない。もしかしたら、今から戦う相手に対してにこやかに挨拶できないという気持ちがあったのかもしれない。しかしこの時の対応が、原田の闘志に火を点《つ》けたのはたしかだった。


十月十日、東京蔵前国技館で世界フライ級タイトルマッチが行われた。

当日の観客数は七千人、一年前、同じ蔵前国技館で関光徳が挑戦した時の観客が一万人だったことを見ると、この試合の観客の期待度の低さがうかがえる。

私はこの本を書くにあたって、あらためてこの試合のビデオを見た。まず驚いたのが、試合前の原田の表情だ。何と、リングアナウンサーに呼ばれた原田は満面の笑みをたたえているではないか。まるで今から楽しい遊びをするのを待つ子供のような表情だ。今まさに世界タイトルマッチを戦う男が、リングに上がって、にこにこするなど考えられるだろうか。しかも当時の世界タイトルマッチの持つ重みは現代とは比べものにならないことを考えると、原田の笑顔は異様でもある。

原田にインタビューした時、彼は非常に印象的な言葉を何度も口にしていた。それは「試合するのが楽しくてしかたがなかった」というものだ。試合が怖くなかったのですかと聞くと、彼は愉快そうに「怖いことなんか全然ないよ」と答えた。「苦しい練習を積み重ねてきて、それをやっと発散できるんだ。楽しくないはずないじゃないか」

こう言い切れるほど、原田の練習量は凄《すご》かった。もちろん個々の性格による違いはあるが、思う存分に練習をした男だけが、こういう境地になれるのかもしれない。

さて、運命のゴングが鳴った。

小柄でがっしりした原田とは対照的に、王者のポーンは痩せ形で背が高い。リーチのある左ジャブを突き、右ストレートで相手を仕留めるというオーソドックスなボクシングをする。しかしそのパンチは見た目よりもはるかに強烈だった。ポーンと戦った関と野口は口を揃《そろ》えて、「強いパンチだった」と言っている。

ポーンはその強いパンチで原田を中に入れまいとする。身長とリーチで劣る原田は内側に入らないと勝負にならない。リーチのある相手の強いパンチをかいくぐって懐《ふところ》に飛び込むのは勇気がいる。しかし原田はゴングと同時にポーンのジャブとストレートをはずして飛び込んだ。

いきなりのラッシュ攻撃にポーンは戸惑《とまど》った。当時の世界タイトルは十五ラウンドだ（現在は十二ラウンド）。序盤から飛ばせば、スタミナが持たない。それに何より、大舞台だ。最初は慎重にというのがセオリーだ。しかし原田はそんなセオリーを無視して、ゴング開始と同時に打ちまくった。

この先制攻撃は功を奏した。ポーンは原田の思わぬラッシュにたじたじとなり、最初のラウンドを落とした。

第二ラウンドには原田の強烈な右フックが決まり、ポーンはロープに詰まった。試合は十五ラウンドの長丁場というのに、原田はまるでこのラウンドで終わりかというような激しいラッシュを見せた。かろうじてこのラウンドをしのいだポーンだったが、一方的に打ち込まれた。終了間際は観客の大歓声で、原田もポーンも終了ゴングが聞こえないまま、激しくパンチを交換するというエキサイトした一幕もあった。

しかし百戦錬磨のポーン・キングピッチ陣営は慌《あわ》てなかった。相手は十九歳のグリーンボーイ、そのうちに勢いが鈍ってくるだろうし、手の内も見えてくるはずだ。後半にゆっくり料理すればいいと考えていたのだろう。実際、原田がデビューして二年半なのに対して、王者のプロキャリアは八年、年齢的にも二十六歳とピークを迎えていた。しかもポーンは後半に強いボクサーだった。事実、ポーンと戦った関も野口も、いずれも後半になって完全にペースを握られて、一方的にポイントを失って敗れている。

またポーンには恐ろしい武器があった。それはクリンチ（組みついて相手の攻撃を逃れる防御法）の際、グローブを縛《しば》ってあるロープの結び目で相手選手の目をこするという反則だ。この試合の十数年後に、同じくタイのジュニア・ウェルター級世界チャンピオン、センサク・ムアンスリン（元ムエタイのチャンピオン）が日本で行った防衛戦で、クリンチの際、挑戦者のライオン古山の目の傷にグローブの紐《ひも》を結んでいるガムテープの縁をこすりつけて傷口を広げようとしているのを見て、ぞっとしたことがあるが、こうしたダーティー・テクニックはタイのボクサーのお家芸なのかもしれない。ポーンに野口恭がこれでひどい目に遭《あ》ったというのを聞いていた原田は、クリンチの時はポーンの手を押さえ込み、このテクニックを封じた。

原田の勢いはラウンドを重ねても落ちなかった。それどころか、ますます勢いがついてきた。最初は余裕の表情だったポーンも次第に焦《あせ》りの色を浮かべだした。

この日の原田は実に素晴《すば》らしかった。記者たちを驚かせたのは、ジャブの突き合いでリーチの長いポーンに優ったことだ。普通、ジャブはリーチの長い選手が圧倒的に有利である。しかもポーンはジャブを得意とし、関も野口も彼の長く鋭いジャブにさんざん苦しめられたのだ。しかしこの試合では、リーチの短い原田がポーンよりも先にジャブを当てている。これは原田の踏み込みが速いことに他ならない。原田が鋭い踏み込みと同時に打つジャブがポーンの顔面を何度も捉えている。原田のフットワークの素晴らしさは踏み込みだけではない。引き足の速さも見事だった。飛び込んでパンチを当てた次の瞬間には、ポーンの射程外に逃れている。打たれたポーンが一瞬遅れてジャブ、あるいは右ストレートのカウンターを打っても、もうそこには原田はなく、ポーンのパンチは何度も空を切った。そしてポーンが空振りした直後、原田は再び踏み込んで、ジャブあるいは右ストレートを打ち込むのだ。

原田はこの試合の一年前に矢尾板とエキシビションマッチ（模範試合）を戦い、矢尾板のテクニックに翻弄されている。その時に矢尾板が持った原田の印象は、「横の動きだけで、縦の動きがない」というものだった。エスパルサにもそこを突かれて敗れたのだ。しかしこの時の敗戦によって、会長の笹崎と原田は横の動きだけでなく、前後の動きのフットワークを取り入れた。世界タイトルマッチのための大改造だったが、若い原田は見事にそれにこたえた。

この日の原田はまさに変幻自在の動きで、ポーンに的を絞らせなかった。ビデオを見て感心したのは、右ストレートが恐ろしく速いことだ。原田の武器の一つが左ジャブから右ストレートのコンビネーション・パンチで、俗に言う「ワン・ツー」だが、この試合の原田の「ツー（右ストレート）」は恐ろしく速かった。言葉に左ジャブが打たれたと思った次の瞬間には右ストレートが伸びているのだ。言葉にすると、「ワン・ツー」ではなく、「ワ・ツー」という感じだ。しかもその右は内側からすっと入るストレートと、外側からややオーバーハンド気味に入る二種類あった。ポーンは原田のこの速い右に、早い段階で得意の左ジャブを殺された。左を単調に突くと、原田の右クロスを喰らう恐れがあったからだ。ジャブを封じられたポーンは原田の突進を防ぐことができなかった。

もう一つ、この試合のビデオを見て驚いたことがある。それは原田のつま先だ。何と、ずっと踵《かかと》を上げたまま、つま先立ちで激しいフットワークを使ってリングを飛び回っているのだ。注意深く見ていると、まったく踵をリングに付けていない。これは生半可《なまはんか》な練習でできるものではない。恐ろしいまでの脚力とスタミナがないと無理だ。

原田はこうして序盤に完全にペースを握った。しかしリングサイドの記者たちは楽観視していなかった。スタミナ配分を無視したあまりのハイペースに、後半の息切れを心配したのだ。それにポーンの後半の強さには定評がある。

ジャブを封じられたポーンは、試合の中盤あたりから、右アッパーをさかんに繰り出し始めた。低い位置から入ってくる原田をアッパーのカウンターで迎え撃とうというものだ。これは戦前から恐れられていたポーンの武器の一つだった。

ポーンの右アッパーは何発かカウンターとなって原田を捉えたが、原田の前進を止めることはできなかった。原田は被弾を恐れず、勇敢に懐に飛び込むと、二倍三倍のパンチをポーンに浴びせた。ポーンはペースを取り返すことができないまま、試合は後半にさしかかった。

第八ラウンドにポーンは左瞼《ひだりまぶた》の上を切り、鮮血を流した。このラウンド、原田はポーンを猛攻した。以後、左顔面を血で染めて戦う王者と、その返り血を浴びて戦う原田――試合は凄惨《せいさん》な様相を呈してきた。

第十ラウンドに奇妙なことが起こった。何と、ゴングが鳴ってもポーンがコーナーから出ないのだ。ゴングと同時に飛び出している原田はすでにポーンのコーナーのすぐそばまで来ている。タイ人レフェリーのヒランヤレカは一旦原田をリング中央に戻し、ポーンにコーナーから出るように命じている。ポーンはそれに応じて、ゆっくりとコーナーから出て、戦いが始まった。ビデオを見ると、この時、ポーンは試合を放棄しかかったように見える。

実はボクシングの試合において、気力が潰《つい》えたボクサーがゴングに応じないケースはたまにある。ボクシングは実にメンタルなスポーツで、ボクサーは常にぎりぎりの状態で戦っているため、一分間のインターバルの間に闘争心がくじけることは起こりうるのだ。もちろんその逆にボクサー本人は戦う気力横溢《おういつ》なのに、セコンドが止めるケースもある。ただこの時のビデオを見る限り、ポーンが一瞬戦意を失ったかに見える。

しかし一旦コーナーを出たら戦うのもまたボクサーだ。戦意を失ったボクサーがセコンドに無理矢理押し出され、そのラウンドで相手をノックアウトする試合も何度も見ている。ボクサーの闘争心とはそれほど謎《なぞ》めいている。

ところで話をこの場面に戻すと、本来、レフェリーはダウンとみなしてカウントを取らなければならない。しかし、レフェリーのヒランヤレカは原田の攻撃を中断させている。不可解なレフェリングといわざるを得ない。

このラウンドも原田が一方的に王者を攻めた。七千人の観客は床を踏みならし、「ワッショイ！　ワッショイ！」という大声援を送った。ポーンはこのラウンドもポイントを落とした。

残されている採点表を見ると、十ラウンドまでポーンが取ったラウンドはほとんどない（日本人審判が十二ポイント、アメリカ人審判が八ポイント、タイ人レフェリーが三ポイント差をつけていた）。いかに原田が一方的に試合を進めていたのかがわかる。ポーンにはもうＫＯ以外に逆転の道は残されていなかった。

そして迎えた十一ラウンド——このラウンドも最初から原田が飛ばしたが、二分半過ぎに原田の右クロスが当たって、ポーンががくんと腰を落とした。かろうじてダウンを免れたポーンだったが、原田はこのチャンスに猛烈なラッシュを見せた。ポーンは自コーナーに追い詰められ、なすすべもなく原田に滅多打ちされた。

原田は左右のパンチを雨あられとポーンの顔面と頭に降らせた。これまで十ラウンド三十分にわたってパンチを打ち続けた原田のどこにこんなスタミナが残っていたのだろうかというくらいの凄い攻めだった。後に欧米のボクシング評論家から「狂った風車」と呼ばれた鬼気迫るラッシュだ。今日、ビデオで見ても鳥肌が立つほどで、現代のボクサーで、これほど猛烈に打ち続けることができるボクサーがいるとは思えない。

ちなみにボクサーがラッシュする時は無酸素運動である。この時の原田は約二十秒間、無酸素運動で数十発のパンチを繰り出した（翌日の新聞には「八十発」という文字が躍ったが、ビデオで見るとそこまでの数ではない）。

レフェリーがスタンディングカウント（当時は「ロープダウン」といった）を取ると、ポーンはそのままコーナーの一番下のロープの交差したところにしゃがみこむように腰を下ろした。

そして両方の手をロープにかけながら、レフェリーがカウントするのをぼんやりと眺めている。

この時の気持ちを原田に聞くと、

「頼むから立たないでくれ、と祈るような気持ちだったよ」

と笑いながら言った。

この時、タイ人レフェリーのヒランヤレカは故意かどうかわからないが、同胞のダウンにゆっくりとカウントを取っている。いわゆる「ロングカウント」と呼ばれるものだ。ビデオでたしかめると、二秒以上遅い。

しかしポーンにはもはや立ち上がる気力は残っていなかった。レフェリーのカウントが十まで数えられ、原田のKO勝ちが決まった。タイムは十一ラウンド二分五十九秒だった。

白井義男がタイトルを失って以来の、日本人二人目の世界チャンピオンが誕生した劇的な瞬間だった。

勝ちが決まった瞬間、原田は喜びを表すでもなく、ニュートラルコーナーからゆっくりと自コーナーへ戻った。観客席から投げられた座布団がリングに舞う中、セコンドたちがリング中央で原田を迎え、高々と抱きかかえた。その時、初めて原田は少し恥ずかしそうに両手を挙げて観客にこたえている。さきほどまでの鬼のようなボクサーではなく、照れ屋の若者に戻っていた。

＊　＊　＊

翌日の新聞は各紙第一面でこの快挙を報じた。

白井義男がタイトルを奪われて八年の歳月が流れていた。その間、日本を代表する多くの強豪が挑んで跳ね返されてきた壁を、十九歳の若者が乗り越えたのだ。原田は一夜にしてスーパースターになった。

親父にステーキを食わしてやりたいと思って始めたボクシングで、プロデビューしてわずか二年半で世界チャンピオンに輝いたのだ。

ここであらためて、この八年間の日本人ボクサーたちの挑戦の歴史を振り返ってみたい。

昭和三十年（一九五五）　白井義男　（フライ級　王者パスカル・ペレス　）
昭和三十四年（一九五九）　米倉健志　（フライ級　王者パスカル・ペレス　）
昭和三十四年（一九五九）　矢尾板貞雄　（フライ級　王者パスカル・ペレス　）
昭和三十五年（一九六〇）　米倉健志　（バンタム級　王者ジョー・ベセラ　）

昭和三十五年（一九六〇）　高山一夫　（フェザー級　王者デビー・ムーア　）
昭和三十六年（一九六一）　関　光徳　（フライ級　王者ポーン・キングピッチ）
昭和三十六年（一九六一）　高山一夫　（フェザー級　王者デビー・ムーア　）
昭和三十七年（一九六二）　野口　恭　（フライ級　王者ポーン・キングピッチ）

いずれも日本を代表する強豪だが、誰一人としてチャンピオン・ベルトを奪うことができなかった。

この章で初めて登場した高山一夫について、少し触れておこう。高山は昭和三十年代の日本の中量級（当時は日本ではフェザー級は中量級と呼ばれていた）を代表する名ボクサーで、長らく日本チャンピオンの座にあった。しかしこの頃は、日本人ボクサーがフェザー級（一二六ポンド〔約五七・一キロ〕リミット）以上の体格で、世界に挑むことは難しいといわれていた。高山がチャンピオンのデビー・ムーア（アメリカ）に挑戦した時は、同じ体重であるにもかかわらず、「小型車ルノーが大型トラックにぶつかるようなもの」と言われたほどだ。高山は二度にわたってムーアと戦ったが、世界の厚い壁に跳ね返された。二度目の挑戦の時は、無類のタフネスを誇った高山がダウンを奪われ、大差の判定負けを喫した。

なお、日本人にフェザー級の凄さを見せつけたムーアだが、後に挑戦者シュガー・ラモス（キューバ）とのタイトルマッチでKOされ、その直後に亡くなった。ラモスは生涯に二度も対戦相手を死に至らしめ、その強烈なパンチは多くのボクサーたちにとって恐怖の的だった。後に関光徳が挑んだ時は、観客は本気で関の命を心配したほどだ。

ちなみに米倉が挑んだバンタム級のチャンピオン、ジョー・ベセラ（メキシコ）もリングで相手選手を死に至らしめたボクサーで、「殺人パンチャー」と呼ばれていた。この頃のボクシングは現代のようにレフェリーによるストップが早くなく、どちらかが完全に倒れるまで試合をさせる傾向が強かった。それだけに一歩間違うと、リング禍《か》（試合による死亡事故、あるいは大きな事故）になるケースが少なくなかった。

これらのことから想像できるように、この時代のボクサーは現代よりもずっとハードでタフだった。昔は世界ランキングに入るまで何十試合もこなさなくてはならなかったため、強靱《きょうじん》なボクサーでなければとても生き残れなかったのだ。

今は危険性が重視されていて、強いパンチでダウンした場合、仮に立ち上がっても、レフェリーがダメージが大きいとみなせば、そこでストップするケースが多い。また、どちらかがロープに追い込まれて一方的に連打されると、決定的パンチが当たる前にストップするケースも多い。一見ストップは妥当に思えるが、実際にはそこで倒しきれるかどうかはわからない。というのは、一九六〇年代のボクシングのビデオを見ていると、一方的に打ちまくった後に、攻めている方が疲れてしまい、その後逆転されるというケースが少なくないからだ。だからといって、とことんやらせれば、リング禍の危険がぐっと増す。

そのあたりがボクシングという競技の難しいところである。スポーツとしての安全性と面白さが反比例するからだ。

ちなみにファイティング原田のボクシングスタイルは良くも悪しくも古いボクシングスタイルだ。無尽蔵《むじんぞう》のスタミナを武器に全ラウンドにわたって打ちまくる。相手は少々テクニックに優っていたとしても、最終的に原田の休むことないラッシュ戦法に屈してしまう。

私は原田のビデオを何試合も見ながら、現代のボクサーが当時のルールで原田に勝つのは至難のような気がした。十二ラウンド制で、しかもわずかな差でもポイントをつける現代ルールなら、もしかしたら原田を攻略できるボクサーがいるかもしれないが、十五ラウンド制で、どちらかが完全に倒れるまでやらせる昔のルールなら、原田に勝てるボクサーは想像がつかない。

原田は二十一年の長きにわたって日本ボクシング協会の会長職を務めてきたが(平成二十二年五月に勇退)、会長時代に、ラウンド制について面白いことを言っている。
「ボクサーの安全性、健康管理を考えれば、ボクシング協会会長としては十二ラウンド制は大賛成だ。しかし、ボクサー『ファイティング原田』としては、断固十五ラウンドでやりたい！」

さて、一夜にしてシンデレラボーイとなった原田だったが、チャンピオンの座に着いた喜びに浸《ひた》っている余裕はなかった。

ポーン・キングピッチと交わしたリターンマッチの契約があったからだ。それによれば、原田は三ヶ月以内にキングピッチ側が指定する場所で元王者の挑戦を受けなければならない。もちろん興行権もキングピッチ側に握られているから、笹崎ジム側には多くの金は入らない。しかしリターンマッチに勝てば、その後は王者としての権利を謳歌《おうか》できる。そのためにも何が何でも防衛しなくてはならない。

ハードな試合をした原田に体を休める暇はなかった。これはポーンも同じだ。いや、ＫＯによる大きなダメージを蒙《こうむ》ったポーンの方が体力的にはきつかったといえる。

原田は試合後、少し休養しただけで、すぐに猛練習に入った。

試合は一月にタイのバンコクで行われるということになった。半年前にバンタム級への転向を計画していたほどの原田だけに、寒い十二月に体重を落とさなければならないことは予想以上に厄介《やっかい》なことだった。後に原田の減量苦は有名になるが、この時の防衛戦から減量との過酷な戦いが始まった。

年が明けた昭和三十八年（一九六三）一月十二日、バンコクのナショナル・スタジアムで原田の防衛戦が行われた。

この試合、原田は試合開始前から不運に見舞われる。

この日のナショナル・スタジアムは超がつくほどの満員だった。入りきれない観客がスタジアムの周りを十重《とえ》二十重《はたえ》に取り囲んでいた。最初、この日は国王が観戦する予定だったが、あまりの観客の多さに観戦を取り止めたほどだ。会場の中は超満員の電車の中のようだったという。会場入口からリングへ向かう通路までも立錐《りっすい》の余地なく人が覆《おお》い尽くしていた。そのため選手がリングに行こうにも行けないというハプニングが起きた。

原田たちはぎゅうぎゅう詰めの観客の中を揉《も》みくちゃにされながらリングに向かったが、一向に前に進めない。信じられないことに、控え室からリングに到達するまで、わずか五〇メートルの距離を行くのに三十分もかかった。リングに着いた時、原田は体力をかなり消耗していた。しかも途中、原田は多くの観客に足を蹴られ、リングに上がった時は、両足が真っ赤に腫《は》れていた。

一方、ポーンは原田がリングに着いてから、板の上に乗せられて、観客の頭の上を運ばれてやってきた。試合前の、この両者の体力ロスの差は大きい。

観客はリングのすぐ下までびっしりと埋まり、そのため原田側のセコンドはリング下に降りることができず、試合中はリングの縁（エプロン）にいて指示を送らなければならなかった。

若い原田は試合開始のゴングが鳴ると同時に、三ヶ月前と同じように激しいラッシュを見せた。原田はこの日も素晴らしく、開始早々からポーンにいいパンチを何度も当てた。

敵地であるにもかかわらず、序盤から優位に試合を進めた原田は、第八ラウンドに強烈な右ストレートをポーンの顎《あご》に決め、そのままロープに詰めて連打し、ついにダウンを奪った。ポーンは何とか立ち上がったが、完全に足に来ていた。原田が攻め込もうとしたその時、ラウンド終了のゴングが鳴った。

残されたビデオを見ると、このゴングは明らかに数秒早い。つまりポーンを救うためにラウンドを終了させた可能性がある。これをお読みになっている読者の中には、「そんなことはないだろう」と思われる方もいるかもしれないが、日本以外の国ではこういった不正は決して珍しくない（ボクシングの世界では「ショート・ラウンド」という)。

更に驚くことがあった。タイ人レフリーのヒランヤレカはこのダウンをスリップと判定したのだ(スリップではポイントにならない)。ビデオで見る限り、明らかなダウンである。

続く九ラウンドも原田は得意のラッシュでポーンからダウンを奪ったが、これもスリップと判定された。ビデオでは原田のパンチがはっきりとポーンの顎を捉えている。

ポーンは原田の強いパンチを何度も受けながらも耐えぬき、試合は終盤へともつれこんだ。後半は原田の手数が減った。試合前の体力ロスが響いていたのかもしれない。最終ラウンドはKOを狙って必死に攻めたが、ついにポーンを倒すことはできなかった。

だが十五ラウンドを戦い抜いた時、原田は「勝った」と思った。リングサイドの日本人記者団も、原田の勝ちと見た。

しかし判定はポーンに上がった。

この時、リングサイドにいて一部始終を観戦した報知新聞の鬼頭鎮三《きとうしげみ》記者は、

「あの試合ははっきり原田の勝ちだった」と私に言った。

「原田は東京の試合よりもむしろ出来がよかったくらいだった」

一流のボクシング記者で、自らもアマチュア全日本チャンピオンに輝いたこともある鬼頭の言うことだけに信憑性《しんぴょうせい》が高い。おそらくは地元判定だったのだろう。これはよくあることなのだ。ボクシングファンの私にとっても悲しいことだが、プロボクシングの世界では、ボクシング界に長くあった悪しき伝統だ。敵地においては、KO以外では勝つことが難しいというのは、ボクシング界に長くあった悪しき伝統だ。サッカーのアウェー以上に厳しい世界だ。また当日の異様な雰囲気もある。ポーンのパンチが当たるとスタジアム内には大歓声が轟《とどろ》いたが、原田のパンチが当たっても静かなままだった。採点をする審判がこの印象に影響された可能性もないとはいえない。

ただ、この試合、原田は後半スタミナをなくしたともいわれている。ラウンドごとの採点は残されていないが、原田は最後の三ラウンドを落としたという。もしそうなら、試合開始前の体力の消耗が響いていたのかもしれない。

原田自身、半世紀経った今も、「あの試合は負けたとはまったく思っていない」と語る。

彼は淡々と、しかしはっきりと言った。

「僕は生涯で七回負けている。しかし、バンコクでポーンと戦った試合、それとシドニーでファメションと戦った試合は、今でも僕の勝ちだったと思っている」

ホームタウンデシジョンとはいえ、失ったタイトルは戻らない。

日本人悲願の世界タイトル奪回は、わずか三ヶ月の短い夢と終わってしまった。

原田はしかし気持ちを切り替えた。まもなく二十歳になろうとしていた原田の体は、もはやフライ級にとどまるのは無理だった。彼はポーンに負けたことで、思い切って階級をバンタム級に上げることを決意した。

原田が不世出《ふせいしゅつ》のチャンピオンとして、大活躍するのはバンタム級になってからである。

＊　＊　＊

原田のバンタム級の話に移る前に、フライ級のその後について触れておきたい。

五十年にわたるフライ級の歴史の中で、初めて王座の返り咲きに成功したポーン・キングピッチは、その年の九月の防衛戦で、世界一位の海老原博幸《えびはらひろゆき》の挑戦を受けた。

海老原はこの時まで三九勝一敗一分け。この一敗は三年前の東日本新人王戦で原田に判定負けしたものだ。それ以来、海老原は負け無しの三〇連勝（19ＫＯ）を続けていた。実は一年前に原田が矢尾板の代理挑戦者に決まった時も、専門家の間では、「原田よりも海老原の方が強いのではないか」という声もあったほどだ。

海老原の育ての親は協栄ジム会長の金平正紀《かねひらまさき》。後に日本一のボクシングジムに発展した協栄ジムだが、当時は馬小屋を改造したジムに、練習生は海老原一人という貧乏ジムだった。ボクサーを引退してトンカツ屋を開いた金平正紀がアルバイトにやってきた海老原少年を見て、即座にトンカツ屋をたたみ、二人で世界チャンピオンを目指したという伝説を持つコンビがようやく摑《つか》んだチャンスだった。

金平が見込んだ通り、海老原の才能は素晴らしかった。前述したように、原田に負けて新人王にはなれなかったが、メインイベンターになってからは、日本と東洋の強豪選手を次々と打ち破った。その中には東洋チャンピオンのチャチャイ・ラエムファパー（タイ。後の世界チャンピオン）を破った星もある。

サウスポーの海老原の左ストレートの切れ味は凄《すさ》まじく、フライ級でありながら、一発で相手をノックアウトする威力を持っていた。そのパンチは「カミソリ」と呼ばれ、当時のフライ級のボクサーたちの恐怖の的だった。

昭和三十八年（一九六三）九月十八日、東京体育館で観客一万人を集めて行われた試合で、海老原は開始早々、観客の度肝を抜いた。ゴングが鳴っていきなり、左のショートストレートでポーンをダウンさせたのだ。

必死で立ち上がったポーンだが、再び海老原の鋭い左ストレートが顎を打ち抜いた。仰向けに倒れたポーンは何とか起き上がろうとするが、海老原の強烈なパンチに、首だけしか起こすことができず、全身を痙攣《けいれん》させたまま、テンカウントを数えられた。タイムは一ラウンド二分〇七秒。日本ボクシング史に残る衝撃的なノックアウトシーンである。

こうして海老原は日本人として三人目の世界チャンピオンになった。八年もの長い期間にわたって日本人の世界チャンピオンが出なかったのに、わずか一年足らずの間に二人も世界チャンピオンが誕生したのだ。長い雌伏《しふく》に耐えた日本のボクシング界が一気に爆発した感があった。

しかし海老原もまた短命王者に終わった。四ヶ月後の昭和三十九年（一九六四）一月、バンコクのラジャダムナム・スタジアムで行われたリターンマッチで、彼もまたポーンの軍門に降《くだ》った。海老原は二ラウンドにダウンを奪ったが、この時もスリップと判定され、十五ラウンドを戦った末に判定で敗れたのだ。この試合もあからさまな地元判定だった。

なおこの試合、海老原は何者かにリングシューズの中に苛性《かせい》ソーダを入れられたといわれている（硝酸《しょうさん》という説もある）。試合が終わってリングシューズを脱いだ海老原の足の裏はずるりと皮が剝《む》けていたという。

後年、金平会長は、自分のジムの世界チャンピオンの挑戦者に薬入りのオレンジを差し入れて（いわゆる「毒入りオレンジ事件」）、ボクシング界を永久追放されたが（後に復帰が認められた）、もしかすると、この時の苦い経験が元になっていたのかもしれない。

ポーンは地元判定に助けられたとはいえ、フライ級の王座に二度も返り咲くという離れ業《わざ》を演じた。しかも二度とも自分を完璧にノックアウトした若いボクサーを相手にして、リターンマッチでタイトルを奪還したのだから、これは大変な偉業といっていい。

海老原も「原田vsキングピッチ」戦を見ているだけに、バンコクで戦うからには、倒さなければ勝てないという覚悟で戦っただろう。その必死の海老原相手に十五ラウンドを戦い抜いたのだから、ポーンもさすがといわざるを得ない。

気の強い海老原は帰国した後、引退すると言った。金平がカムバックするように頼んでも、「恥ずかしくて、日本人観客の前でおめおめと試合なんかできない」と言った。そして、どうしても試合をしろというなら、外国でするとと言った。それも弱いのは嫌だ、飛びきり強いのとやりたい、と。海老原とはそういう男だった。

作家の沢木耕太郎がカシアス内藤というボクサーをテーマにした「クレイになれ

なかった男」(『敗れざる者たち』所収)というノンフィクションの中に、伝説的トレーナーのエディ・タウンゼントが語る場面がある。何人もの世界チャンピオンを育てたタウンゼントは、沢木に向かって、「カシアス内藤は、うまさと才能は抜群だったが、ガッツがなかった」ということを言った後に、突然、海老原をもちだして、こう付け加えている。

「海老原、左が折れても、右でやります。死ぬまでやる」

このセリフには若干の説明が必要だ。有名な話だが、海老原の弱点の一つは拳の骨だった。あまりに強力なパンチに自らの拳が耐えきれず、試合中に指を骨折するのだ。グローブで保護されているにもかかわらず、拳の骨を折るほどのパンチ力とはどれほど強烈なものなのだろう。このことだけでも海老原の強烈なパンチ力が想像できる。

海老原が試合中に指を骨折したのは七度。しかし彼はただの一度も試合を放棄していない。KO負けもなければ、レフェリーにストップされたこともない。まさに「死ぬまでやる」ボクサーだった。タウンゼントが「ほんとのガッツ」と称《たた》える所以《ゆえん》だ。もし、海老原の拳の骨が丈夫だったなら、原田以上の偉大なチャンピオンになっていたという専門家は少なくない。現代ならセラミックを埋め込む手術などでカバーできただろう。

金平は「カムバックするなら海外で」という海老原のために、アメリカでの試合を組んだ。その相手はメキシコのエフレン・トーレスだった。

トーレスはレベルの高いメキシコの国内チャンピオンで、「アラクラン（さそり）」の異名を取る売り出し中の強豪だった。世界ランクの上位に顔を出し、世界チャンピオン目前といわれていた（後に世界フライ級のチャンピオンになっている）。フライ級とは思えない強力なパンチ力を持ち、海老原と戦う直前まで一三連続KO勝ちをマークしていた。

普通に考えれば、復帰戦で選ぶ相手ではない。しかし海老原はむしろ嬉々《きき》としてロサンゼルスに乗り込み、トーレスと戦った。そして十二ラウンドの激闘を制し、見事判定で勝利を得た。

こうして海老原はカムバックに成功し、再びフライ級の王座奪回に向けて始動することになる。

ちなみに一年後、海老原は王座挑戦権を懸けて再びトーレスと戦い、七ラウンドに壮絶なノックアウト勝ちする。この試合を観戦していた熱狂的ボクシングファンとして知られるハリウッド・スターのライアン・オニールは後に「生涯で見た最高の試合の一つ」と語っている。

ところで、フライ級の王座に二度も返り咲いたポーンだが、海老原に勝った三ヶ月後、ローマでサルバトーレ・ブルニ（イタリア）と戦い、判定負けであっけなくタイトルを失った。ブルニはずっとヨーロッパで戦ってきた三十三歳のベテランだったが、世界的には無名のボクサーだった。

今日でもブルニの評価は決して高くはない。にもかかわらずポーンが敗れたのは、原田、海老原という歴史的な強豪と一年ちょっとの間に四度も戦ったことによる肉体的なダメージのせいだといわれている。しかもそのうちの二回は強烈なKO負けだ。ボクサーがノックアウト負けしたダメージは常人が想像する以上に大きい。一度のKOで、選手生命が断たれてしまうことも珍しくないのだ。もしかしたらポーンの体は原田と海老原によって壊されていたのかもしれない。

ポーンはその後、二戦（一敗一勝）したが、再度、王座に挑むことなく、三十一歳で引退している。そして十六年後、四十七歳の若さで亡くなった。

しかしポーンのタイ・ボクシング界に果たした業績は計り知れない。彼の後、タイからは多くの世界チャンピオンが輩出《はいしゅつ》したが、その道を切り拓いたポーン・キングピッチは、「タイの英雄」と呼ぶにふさわしい。

現在、彼の出身地であるプラチュワップキーリーカン県フワヒン郡には、「キングピッチ公園」が作られ、彼の銅像が建てられている。

第五章 フライ級三羽烏

「努力はかならず報われる。練習は裏切らない。
そのことを証明するためにも、何が何でも勝ちたかった」（原田）

今も世界中の男たちの心を熱く燃やすボクシングだが、その歴史は驚くほど古い。一説にはボクシングは世界で一番古いスポーツの一つといわれている。おそらく人類が二足歩行を始めたと同時に、男たちは二つの腕を使って戦ったのだろう。

紀元前四〇〇〇年頃の古代エジプトにボクシングを表す象形文字があり、紀元前三〇〇〇年頃のエーゲ文明の遺跡からもボクシングをする二人の男の絵が描かれた壺《つぼ》が発見されている。文章での最も古い記述は、ギリシャの詩人ホメロスが書いた叙事詩「イーリアス」だ。第二十三巻に、「トロイア戦争」の後、死者を弔《とむら》うための葬祭競技で行われたボクシングの戦いが記されている。この試合をプロモートしたのはアキレスで、勝者のエピウスにはバラを、敗者のエウリアレスには酒杯が与えられたとある。

ギリシャ時代の古代オリンピックでは、ボクシングの優勝者には大きな名誉が与えられた。はるか古代ギリシャの民衆もまた、男が二つの拳を武器として戦う競技を見て熱狂したのだ。ちなみに古代ギリシャ語では握りしめた拳を"PUGME"といい、その形から、この競技は"PUXOS"（箱）と呼ばれるようになった。これが"BOXING"の語源になった。余談だが、英語の"BOX"には「箱」という名詞の意味の他に、「ボクシングする」という動詞の意味もある。現代のボクシングの試合において、レフェリーが試合開始の合図に「ボックス！」（ボクシングをしろ、という命令形）と言うのはそのためである。

ギリシャでは名誉の競技であったボクシングは、ローマ時代になるとスポーツではなくなり、残酷な格闘ショーとなった。ローマ市民は奴隷《どれい》の拳闘士が互いに殺し合う酸鼻《さんび》な見世物を喜んで観戦したのだ。しかしそんな残酷な見世物が長く続くはずはなく、時代が下るとともに廃《すた》れていき、西ローマ帝国の滅亡と同時にボクシングはスポーツとしてもショーとしても姿を消した。

しかし男が二つの拳を武器として戦うことそのものがなくなったとは思えない。ボクシングはスポーツというよりも、実戦的な格闘技、護身技として伝えられていったと考えられる。特に兵士にとっては、こうした技術は不可欠だ。おそらく様々な国で、独自の格闘技として発達していったと思われる。

ボクシングが競技として再び歴史に登場するのは、十八世紀の大英帝国においてだ。一七〇〇年代の初め頃、ジェームス・フィッグという無学文盲《むがくもんもう》の荒くれ者が近隣の力自慢をことごとく殴り倒して、英国の初代チャンピオンと認められた。この頃のボクサーたちの肖像画を見ていると、全員、頭をつるつるに剃《そ》り上げている。これは当時のボクシングの試合では髪の毛を摑《つか》んでもかまわなかったからだ。驚くのはそれだけではない。投げるのもありなら目を潰《つぶ》すのもあり、なんと首を絞めることも許されていたのだ。

その後、目潰し、頭突き、首を絞めることは禁止されたが、グローブの着用はなく、どちらかが完全にグロッギーになるまで戦うというルールも変わらなかった。その ため試合の度に死者や障碍者《しょうがいしゃ》が頻出《ひんしゅつ》し、さすがに近代に至って、あまりの残酷さに英国議会がボクシングそのものを禁止する方向で動き始めた。

しかし貴族の中にはこの競技を「男のスポーツ」として擁護《ようご》する者が少なくなく、一八六七年にロンドンのアマチュア競技クラブが、「新しい十二のルール」というのをこしらえた。一ラウンド三分、ラウンドごとに一分の休憩、ダウンしてテンカウントまでに立てないと負け、といった今日のボクシング・ルールに非常に近いものができた。そして最も大きなルール変更は「グローブの着用」だった。

このルールはクィーンズベリー侯爵《こうしゃく》ジョン・ショルト・ダグラスが保証人となったことから「クィーンズベリー・ルール」と呼ばれているが、このルールの誕生こそが「近代ボクシング」の幕開けとされている。

しかし新ルールは当時のボクシング界にすぐに採用されたわけではなかった。民衆やボクサーたちは「ベアナックル（素手）」で戦ってこそ、真の勇者と思っていたからだ。

「クィーンズベリー・ルール」ができてしばらく経った頃、海を越えたアメリカで伝説的な男が登場した。最後のベアナックルのチャンピオンで、「ビッグ・ジョン」あるいは「ジョン・L《エル》」とも呼ばれるジョン・ローレンス・サリバンだ。サリバンは一八〇〇年代の後半、同時代の多くの強豪ボクサーたちと戦い、そのすべてに勝った。

彼には多くの伝説が残されているが、カリブ海を荒らしまくった海賊船のボスと一騎打ちしたエピソードが面白《おもしろ》い。サリバンに打ち倒された海賊のボスは、死に際にこう言った。

「お前は一体何者だ。俺を打ち負かすことができるのは、ジョン・L・サリバンしかいないはずなのに――」

おそらく作り話であろうとは思うが、こうした伝説が一人歩きするほど、サリバンの強さは人々の間で語り伝えられた。

事実、サリバンの強さは圧倒的で、ついには誰も挑戦する者がいなくなった。その彼に挑んだのが、何と元銀行員という経歴を持つジェームス・J・コーベットだ。

一八九二年にニューオーリンズで行われたタイトルマッチは、初めてクィーンズベリー・ルールで行われた世界タイトルマッチとなった。つまり世界で初めてグローブを使用してのタイトルマッチとなり、その意味でもエポックメーキングな試合となった。

　この試合は不思議な展開を見せた。ゴングが鳴って、いつものようにサリバンが大きな体でリング中央にやってきたが、コーベットはサリバンに近付かない。

　当時の試合は、リング中央で二人の男が足を踏ん張り、互いに力任せのパンチを打ち合うというものだった。相手のパンチをこらえて、自分のパンチを相手に叩き込む。極端な言い方をすれば、不死身比べみたいなところがあった。

　ところが、コーベットはサリバンに近付かないで、彼の周囲をくるくるまわるだけだ。当時の観客は一体どういうことだろうと思ったに違いない。

　突然、コーベットがするすると近付くと、サリバンにパンチを打った。打たれたサリバンが打ち返そうとすると、コーベットはさっとサリバンから離れ、サリバンのパンチの射程外に逃れる。サリバンがコーベットに近付くと、コーベットは足を使って離れる。サリバンが立ち止まると、逆にコーベットがさっと近付いて、パンチを打つ。そして同じように素早くサリバンから離れる。

　戸惑《とまど》っていた観客にもコーベットの作戦がわかってきた。どうやら、コーベットはサリバンと男らしく打ち合う気はなく、打っては離れ、打っては離れを繰り返すつもりなのだということが。

　最初のうちは、サリバンも余裕の表情を浮かべていた。コーベットのパンチはいずれも腰の入っていない軽いもので、サリバンに大きなダメージを与えるものではなかったからだ。サリバンとしてはそのうちに摑まえるつもりでいたのだろう。何しろサリバンのパンチは強烈だ。一発お見舞いすれば、痩《や》せた元銀行員などは簡単に倒れるだろう。

しかしラウンドが進むにつれ、サリバンの顔が次第に腫《は》れ上がってきた。グローブを付けた軽いパンチでも、数多く当てられれば、ダメージが蓄積する。それにサリバンはスタミナを失いつつあった。彼は何度も空振りを繰り返していた。ボクシングにおいて空振りは最もスタミナを消費するといわれている。

ところで当時のボクシングの試合はラウンド数が正式に決められていなかった。二十ラウンド以上の試合も珍しくなく、時には七十五ラウンドというのもあった。ただ、この時の「サリバンvsコーベット」の試合が何ラウンドの契約であったのかは、記録が残されていない。

十ラウンドを過ぎると、サリバンは息が上がってきた。ムキになってコーベットを追いかけても、逃げるコーベットを摑まえることができなかった。長年の不摂生《ふせっせい》で、膨《ふく》らんだ腹をかかえたサリバンは素早く動けなかったのだ。無駄《むだ》にコーベットを追いかけることで、サリバンはますますスタミナを消耗した。

二十ラウンドを超えると、サリバンはコーナーから出るのがやっとの状態になってきた。頃合はよしと見たコーベットは二十一ラウンドのゴングが鳴ると、サリバンに近付いて、パンチを連打した。サリバンは打ち返そうにも、もう体力はほとんど残っていなかった。今や足も使えず、満足に防御も取れなくなったサリバンは、コーベットに思うままに打ちまくられ、ついにリングに沈んだ。観客には信じられない光景だったに違いない。

サリバンは何とか起き上がろうとしたが、もはやその力は残っていなかった。テンカウントが数えられ、一時間二十分を超える激闘に幕が降ろされた。史上最強の男がついに敗れたのだ。

勝ったコーベットはしかし英雄にはなれなかった。「卑怯《ひきょう》な男」というレッテルを貼られ、人気はまったく出なかった。一説には、実の父親からも、「偉大なるジョン・Lをあんな風に痛めつけるとは」と言われて嫌われたという。

この試合がボクシングの歴史を変えたといわれている。

それまで、ただパンチ力と耐久力を比べるだけだったボクシングに「フットワーク」という新しい戦法が導入されたからだ。ボクシングはただ殴り合うだけではない、打たせずに打つというテクニックで戦えば、より効果的に相手を攻略できるということに、多くのボクサーが気付いたのだ。

実はサリバンとコーベットの試合以前にも、体重の軽いボクサーたちはフットワークを取り入れていた。当時は階級制が曖昧《あいまい》で、重い選手と軽い選手が平気で戦っていた。軽い選手は重い選手とまともに打ち合うとどうしても不利になる。そこで足を使ったり、体を振ったりして、相手のパンチをかわして打つという戦法を編み出していた。もしかしたらコーベットはそうした軽い選手の戦い方から学んだのかもしれない。

ただ世界ヘビー級のタイトルマッチは注目度が違う。そのビッグマッチでフットワークを使ったヒット・アンド・アウェイの戦法は、多くのボクサーや観客に対するアピール度が桁外《けたはず》れだった。

これ以降、多くのボクサーがボクシングにフットワークを取り入れ、ボクシングは飛躍的な発展を遂げることになった。

そして一九一〇年代に、革新的な技術が生まれた。それはコンビネーション・ブローといわれるものだ。ボクシングの世界の「コンビネーション・ブロー」とは、複数のパンチを組み合わせて打つこと、またはその組み合わせのことをいう。たとえば「左ジャブ、右ストレート、左フック」というものだ。今日ではすべてのボクサーがコンビネーション・ブローを打つ。現代では、世界チャンピオンになるには、数種類以上のコンビネーションを持っていないと駄目《だめ》だともいわれている。

長い間、ボクサーのパンチはほとんど単発パンチだった。ボクシングの技術は、いかに強い一撃を相手の急所にお見舞いするかということで、様々なテクニックが考え出されてきた。余談だが、空手の練習などでは今もそうした一撃重視の名残《なごり》がみられる。突き（パンチ）の練習をする時は、足を踏みしめて一発一発に力を込めて突く。一方、ボクサーのシャドーボクシングは、前後左右に動きながら素早いパンチを複数打つ練習をする。

このコンビネーション・ブローを飛躍的に発展させたのが、一九一〇年代から二〇年代にかけて活躍したベニー・レナードである。ニューヨークの貧しいユダヤ人ゲットー出身のレナードは一撃の強烈なパンチではなく、複数のパンチをたたみかけることで、相手にダメージを蓄積させてノックアウトするという方法を編み出した。「ゲットーの魔術師」と呼ばれたレナードは、このコンビネーション・ブローのお陰で、ライト級の歴史に残る名チャンピオンになった。

こうして一八〇〇年代の終わりから一九〇〇年代の初めにかけて、ボクシングの技術はアメリカで大発展を遂げた。そこからまた多くの天才ボクサーたちが、様々なテクニックを開発し、ボクシングは単なる殴り合いから、高度な技術を持ったスポーツへと進化したのだ。

ちなみに英語で「サイエンス（science）」という言葉がある。日本語に訳すと

「科学」という言葉だが、実は「サイエンス」には「ボクシングの技術」という意味があるのだ。少し大きな英和辞典なら、その意味が載《の》っている。アメリカのボクシング・ライターはテクニックの優れたボクサーのことを「彼はサイエンスを持っている」と表現し、逆に下手《へた》くそな選手は「サイエンスがない」と言う。

つぎに階級のことについて簡単に述べておこう。

長い間、ボクシングの世界には階級はなかった。つまり重い男も軽い男も同じ条件で戦っていたのだ。かつての柔道の無差別級のようなものだ。しかし技術がそれなりに上がってくると、体重の軽い男は重い男に勝てないことが明らかになってきた。そこで「ヘビー級」と「ライト級」の二つ（文字通り「重い」「軽い」の二つ）に分けた。しかしそのうちに、ヘビー級のボクサー相手には勝てないが、ライト級のボクサー相手なら勝つというボクサーが出てきた。そこでそうした中間の体重のボクサーのために「ミドル級」が作られた（文字通り「真ん中」だ）。

しかしそのうちにそれぞれの階級の間に位置し、同じように上の階級には負けるが下の階級には勝つというボクサーが現れた。そこで各階級の間に、新たな階級が作られていった（最も新しい階級はフライ級で、一九一六年に作られた）。

こうしてできた八つの階級が長い間、ボクシングの階級だった。そしてプロボクシングの世界は五十年以上、基本的には、この八つの階級で戦われてきた。あらためて記すと左記のようになる。

フライ級　（一一二ポンド（約五〇・八キロ）以下）
バンタム級　（一一八ポンド（約五三・五キロ）以下）
フェザー級　（一二六ポンド（約五七・二キロ）以下）
ライト級　（一三五ポンド（約六一・二キロ）以下）
ウェルター級　（一四七ポンド（約六六・七キロ）以下）
ミドル級　（一六〇ポンド（約七二・六キロ）以下）
ライトヘビー級　（一七五ポンド（約七九・四キロ）以下）
ヘビー級　（一七五ポンド超）

昔からのボクシングファンは、この八つの階級こそが理想的だと思っている。なぜなら、この階級は実に上手《うま》く作られていて、普通に戦えば、軽いクラスのチャンピオンは重いクラスのチャンピオンにほとんど勝てないからだ。ジュニア・クラスができるまで、五十年の歴史の中で、上記の八階級のうち二階級を制覇したチャンピオンは十人ほど。同じく三階級を制覇したボクサーは二人しかいない。ボクサーにとって階級の壁を乗り越えるのはいかに困難かがわかる。それだけに複数階級制覇のチャンピオンは偉大なるチャンピオンなのである。

しかし一九六〇年代頃から、世界チャンピオンを増やせば興行的に旨味《うまみ》があるということで、正規クラスの間に「ジュニア・クラス」を次々に作り始めた（それ以前にも、何度かそういうクラスが作られてはいたが、権威がなく、いつのまにか消滅していた）。

そうして作られたジュニア・クラスは長い間、正規クラスよりも一ランク下に見られていたが、一九九〇年代から呼称を「スーパー」と変え（例：ジュニアバンタム級→スーパーフライ級）、一見、正規クラスをパワーアップしたようなネーミングにしてしまった。今では、ボクシングに詳しくない人の中には、「フライ級」よりも「スーパーフライ級」の方が上のように思っている人もいる。悪貨が良貨を駆逐《くちく》するといった感じだ。

現在（二〇一二年）は、ボクシングの階級は左記のようになっている。

ミニマム級　（一〇五ポンド〔約四七・六キロ〕以下）
ライトフライ級　（一〇八ポンド〔約四九・〇キロ〕以下）
フライ級　（一一二ポンド〔約五〇・八キロ〕以下）

スーパーフライ級　（一一五ポンド（約五二・二キロ）以下）
バンタム級　（一一八ポンド（約五三・五キロ）以下）
スーパーバンタム級　（一二二ポンド（約五五・三キロ）以下）
フェザー級　（一二六ポンド（約五七・二キロ）以下）
スーパーフェザー級　（一三〇ポンド（約五九・〇キロ）以下）
ライト級　（一三五ポンド（約六一・二キロ）以下）
スーパーライト級　（一四〇ポンド（約六三・五キロ）以下）
ウェルター級　（一四七ポンド（約六六・七キロ）以下）
スーパーウェルター級　（一五四ポンド（約六九・九キロ）以下）
ミドル級　（一六〇ポンド（約七二・六キロ）以下）
スーパーミドル級　（一六八ポンド（約七六・二キロ）以下）
ライトヘビー級　（一七五ポンド（約七九・四キロ）以下）
クルーザー級　（二〇〇ポンド（約九〇・七キロ）以下）
ヘビー級　（二〇〇ポンド超）

これら十七階級のチャンピオンを認定する団体が主要なもので四つもあることは前述した通りである。

チャンピオンの価値は、世界に八人しかいなかった時代に比べて、大幅に下落したといっても過言ではない。

＊　　＊　　＊

話を昭和三十八年（一九六三）に戻そう。

前年にファイティング原田が世界フライ級チャンピオンになったことで、日本では空前のボクシングブームが起こった。それ以前から、テレビではボクシング中継が大きな人気を博していたが、原田の王座獲得によって、その人気が爆発した感があった。

なんと、一週間のすべての曜日において、ゴールデンタイムでボクシング中継が行われるようになったのだ。もちろんそのほとんどの試合がタイトルマッチではない。多くが日本人同士のノンタイトル戦だ。中には四回戦（新人クラス）の試合専門の番組まであった。

そしてこのボクシングブームを支えた一番の人気は「フライ級三羽烏《さんばがらす》」の存在だった。

　これまでにも何度か語ってきたが、昭和三十年代の半ば、日本のフライ級に、歴史に残る三人の天才ボクサーが生まれた。それが海老原博幸《えびはらひろゆき》、青木勝利《かつとし》、原田政彦だ。

　ほぼ同時期にデビューした三人はそれぞれにスタイルが違った。飽くなき前進で打ちまくる「ラッシュの原田」、きびきびとした動きでタイミングのいい鋭い左ストレートで仕留める「カミソリの海老原」、そしてフライ級とは思えない重量級パンチで相手を沈める「メガトン・パンチの青木」。矢尾板引退の後、日本のボクシング界はこの三人を中心に動いたといっても決して過言ではない。

　三人の中で、最も才能があるといわれたのが、「黄金のサウスポー」とも呼ばれた青木だった。そのボクシングセンスは群を抜いていたといわれる。天性の勘《かん》でパンチを避け、豪快なメガトン・パンチを狙い打つと、相手は一撃でリングに沈んだ。それは軽量級では見られない派手なKO劇だった。若い頃の青木のKO率は七割もあり、海老原を上回るものだった。ぶかぶかのグローブで、しかも早いストップがない時代で、そのKO率の高さは異常である。ふてぶてしい言動で不良少年の魅力を醸《かも》し出していた青木は、原田と海老原を凌《しの》ぐ人気を持ち、観客動員でも二人を上回っていた。人なつっこい性格は誰からも好かれ、女性ファンも多かった。

古いボクシング評論家の中では、今でも「ボクシングセンス、勘、パンチ力、どれを取っても、天才的だった」と言う人は少なくない。過去、現在を通しても、日本ボクシング界で三本の指に入る才能の持ち主と言う専門家もいるほどだ。

青木の桁外れの才能は、「三羽烏」の一人、原田も認めるところだった。原田は私のインタビューに答えて、

「三人の中では、青木が一番才能があったでしょう」

とはっきり答えている。そして「自分が一番下手だった」と認めている。「しかし、ドンケツだったからこそ、一番練習した」と言った。

しかし青木には大きな欠点があった。それは天才にありがちな練習嫌いだった。

青木にしてみれば、練習などしなくとも、リングに上がれば簡単に相手をKOできるのだから、苦しいジムワークで汗を流す理由がなかったのだろう。弱小ジムの大スターで、お山の大将であった青木に、会長も強く注意することができず、彼の我《わ》が儘《まま》は直されることはなかった。「鬼の笹崎《ささざき》」にビシバシ鍛えられた原田や、馬小屋を改造したジムで金平《かねひら》とマンツーマンでやっていた海老原とは、正反対の環境だった。

三人は昭和三十五年（一九六〇）の東日本新人王戦のフライ級に出場した。現在

に至るも、この年ほどレベルの高い新人王戦はなかったといわれる。

青木はこの大会の準々決勝で、原田の同門である斎藤清作《せいさく》（後のコメディアン、たこ八郎）と引き分けた。斎藤も後に日本チャンピオンになっている強豪選手だったが、実力は青木の方が上というのが衆目の一致した見方だった。しかし斎藤には恐ろしいガッツがあった。相手に打たせてから打つという特異なボクシングスタイルの斎藤は、青木のメガトン・パンチを何度も喰らいながらも、歯を食いしばって耐え、後半、スタミナを切らした青木を攻めて、引き分けに持ち込んだ。そしてポイント合計で、斎藤が「勝者扱い（トーナメントのための特別処置であり、勝者ではない）」となり、準決勝へと駒を進めた（なお、前述したように斎藤は次の準決勝で同門の原田と当たり、ジムの説得によって棄権した）。

決勝戦は「原田vs海老原」という後の世界チャンピオン同士の対決となり、原田が海老原から二度のダウンを奪って判定勝ちした。海老原がダウンしたのは、この時の二度だけであり、また日本人に負けたのはこの試合だけである。海老原にツキがなかったのは、六回戦の試合だったことだ（プロボクシングの世界は選手のレベルとキャリアによって、四回戦、六回戦、八回戦、十回戦とラウンドが決められている。新人王戦は六回戦以下）。後半はむしろ海老原が優勢に進めていたといわれるが、六ラウンドしかない試合で、二度のダウンによるポイントを挽回《ばんかい》するのは容易ではなかった。

「三羽烏」の中で原田がまず頭一つリードした形になったが、決定的な差がついたわけではない。海老原は原田に負けた後は無敗だったし、青木も敗者扱いによる不運な敗退で新人王は逃したが、連勝を続けていた。

そして昭和三十六年（一九六一）四月、海老原と青木がフライ級の六回戦でホープ対決として激突した。

この時、海老原は一一勝一敗。青木は一六勝一分け――当時の記録を見ながら、思わずため息が出る。六回戦とは思えない夢のようなカードだ。驚くのが、これほどの成績を上げている両者が今なお六回戦ボクサーだということだ。当時の恐ろしいまでのレベルの高さが想像できる。また、今ならこんなホープ同士が激突することは絶対にない。互いのジムがホープに傷がつくことを恐れて、危険な相手とはまず試合を組まないからだ。そして国内の強豪選手と戦わなくても、世界チャンピオンは一つの階級に四人、その上下の階級を入れれば全部で十二人もいるのだから、世界挑戦のチャンスはいくらでもあるのだ。なまじホープ同士が戦って負けたりしたら、そのチャンスも失いかねない。近年、日本人ボクサーと一度も戦わないで「チャンピオン決定戦」に出て世界チャンピオンになった日本人ボクサーがいたが、そんなことが可能になるほど、「世界」の価値が落ちてしまったのだ。しかし当時のボクシングはそんな甘い世界ではなかった。チャンピオンに挑戦するには、まず同国内の強豪を倒さなければならない。また当時のボクサーやジムの会長には、ライバルから逃げてなるものかという気概《きがい》があった。いやむしろライバルといわれている男を倒してこそ、満天下に力を示せると考えていた。

「カミソリ」と「メガトン・パンチ」のどちらが強いか、と大いに注目を集めた一戦だったが、海老原が第二ラウンドに、カミソリ・パンチを決めて、青木をKOした。

初めての挫折《ざせつ》を経験した青木だったが、すぐに再起した。育ち盛りの青木は階級をバンタム級に上げた。

バンタム級に移ってからは、青木のパンチに一層の凄《すご》みが出て、当時の日本記録である「七連続KO勝ち」をマークした。その頃は今のようにレフェリーによるストップが早くなく、完全にKOするまでやらせたから、七連続KOというのは凄い記録だった。その中には、かつて白井義男を苦しめたフィリピンの強豪、レオ・エスピノサを倒した星が光る。

そして翌年の昭和三十七年（一九六二）十月、青木は、日本最高のテクニシャン、米倉健志を破って、東洋バンタム級チャンピオンに輝いている。かつて世界フライ級チャンピオンのパスカル・ペレス、それに世界バンタム級チャンピオンのジョー・ベセラと合計三十ラウンドにわたって激闘を繰り広げた歴戦の雄が、十九歳の青年の強烈なパンチでダウンを喫して判定で敗れたのだ。米倉はこの試合を最後に引退した。

当時、日本最高のテクニシャンといわれていた米倉を引退に追いこんだ青木の強さに、ファンはあらためて舌を巻いた。しかし青木にとって不運だったのは、同じ月に、原田が世界フライ級チャンピオンに輝いたことだ。マスコミの脚光はすべて原田に向いてしまった。

「三羽烏」の一人、原田が世界チャンピオンになったことは、青木の闘志に火を点《つ》けた。ライバルの原田に負けてなるかと、青木はバンタム級の王座に照準を定めた。

青木は原田がチャンピオンになった半年後、世界バンタム級のタイトルに挑戦した。この頃、青木は二年前に海老原に負けてから負け無しの二〇連勝（14KO）をマークしていた。日本中が、原田に次ぐ三人目の世界チャンピオン誕生を期待した。

チャンピオンはブラジルのエデル・ジョフレ。当時から、その強さは日本にも伝わっていた。現代にいたるも「バンタム級史上最強」といわれる名チャンピオンだ。しかしいかにジョフレが強くても、青木の「メガトン・パンチ」も世界レベルのパンチだ。そのパンチが弱点といわれるジョフレの顎《あご》を捉えれば、KOのチャンスも大いにある。

昭和三十八年（一九六三）四月四日、東京の蔵前国技館で世界バンタム級タイトルマッチが行われた。

第一ラウンド、青木はいきなり得意のメガトン・パンチを決めて、ジョフレをふらつかせた。さらに二ラウンドも青木は重いパンチを何度も決め、明らかにポイントを奪った。

最強といわれるチャンピオン相手に、優勢に戦う青木の姿に、観客は、何かが起こるという期待に胸を膨《ふく》らませた。

しかしジョフレはただ者ではなかった。最初の二ラウンドにじっと青木の攻撃パターンを見ていたのだ。

第三ラウンド、突如、ジョフレが攻撃に出た。強烈な左右パンチを繰り出し、青木を防戦一方にさせると、左のボディブローを青木のリバー（肝臓）に叩き込んだ。青木はたまらず倒れた。苦悶《くもん》の表情を浮かべながらもカウント9で立ち上がった青木に、ジョフレは同じパンチを見舞った。倒れた青木はリング上でのたうちながら悶絶《もんぜつ》し、テンカウントを聞いた。あまりにも恐ろしいパンチに、蔵前国技館は静まりかえった。

青木はジョフレに負けたことがよほどショックだったのか、それから五ヶ月も試合から遠ざかっている。それまではデビューからほぼひと月ごとに試合をしていた青木にとって、最長のブランクだった。

そしてその年の九月、東洋バンタム級のタイトルマッチで、フィリピンのカーリー・アグイリーにKO負けしてタイトルを失った。この試合、青木にはまったく覇気が見られなかった。明らかな練習不足と、モチベーションの低下によるものだった。

そしてまたもや巡《めぐ》り合わせの不運というか、青木が東洋タイトルを失った十三日後、「三羽烏」の一人、海老原博幸が強烈な一ラウンドKOで世界フライ級タイトルを獲得している。「三羽烏」の光と影がくっきりと浮かび上がった。

今こうして当時の記録を見ると、青木勝利という選手は、不運な星の下に生まれたような気がしてならない。十九歳で東洋バンタム級のタイトルを獲得した同じ月には、原田が世界チャンピオンとなり脚光を浴びることなく、青木が東洋タイトルを失った直後には海老原が世界タイトルを獲得して、明暗が象徴されている。

三羽烏の中では最も才能があると自他共に認める天才が、まるで二人の引き立て役になった感があった。

しかし海老原の世界タイトル獲得は、くさりかけていた青木の闘争心に火を点けた。

二ヶ月後にカムバック戦で勝利すると、その後は三連続一ラウンドKOし、メガトン・パンチが完全復活した。そして翌年の昭和三十九年（一九六四）三月に、半年前にKOで敗れたアグイリーをKOして東洋バンタム級のタイトルを奪い返した。この試合は青木のベストファイトの一つに挙げられている。心身共に気合いが入った青木の強さは誰もが認めるところだった。

青木はジョフレへ雪辱《せつじょく》するために、再び世界バンタム級の王座に照準を定めた。

しかしその前に決着をつけなければならない相手がいた。それはデビュー当時からの宿敵、ファイティング原田だった。

＊　　＊　　＊

原田は昭和三十八年（一九六三）一月のポーン・キングピッチ戦に負けた後、減量苦のフライ級で戦うことを諦《あきら》め、一階級上げてバンタム級に転向することになった。

一口に一階級といっても、ジュニア級（現スーパー級）がなかった当時は、階級の壁を乗り越えるのは簡単なものではない。下の階級では無敵だったが、上の階級に上げた途端、並の選手になってしまうという例も少なくない。

原田の転向第一戦は、世界チャンピオンの座から滑り落ちて二ヶ月後に行われた。相手は日本バンタム級一位の河合哲朗。カムバックの転向第一戦で選ぶ相手としては危険な相手だった。しかしこの試合、原田は一ラウンドにダウンを奪い、以後自在なボクシングで判定勝ちした。

その後も順調に勝ちを収め、五ヶ月足らずで四連勝（２ＫＯ）を飾っている。転向は成功した。減量苦から解放された原田のラッシングパワーはフライ級の時よりも凄みを増した。

ランキングもじわじわ上げ、転向して半年後には世界バンタム級の四位にランクされた。そしてこの年の九月、世界チャンピオンへの挑戦権を懸《か》けて、世界三位のジョー・メデル（メキシコ）と戦うことになった。

メデルはバンタム級の「無冠の帝王」と呼ばれた強豪だ。同時代にエデル・ジョフレという怪物王者がいたため、世界チャンピオンにはなれないでいたが、その実力は折り紙付きだった。原田と戦う二年前にも来日し、東洋無敵の関光徳《せきみつのり》をカウンターでKOしている。その翌年にも来日し、矢尾板貞雄《さだお》を判定で破っている。この試合は世界バンタム級一位と世界フライ級一位が戦った歴史的な試合である。

原田にとっては危険な相手ではあったが、希望的な見方もあった。この試合のひと月前、メデルはメキシコで世界ランカーのマニー・バリオス（メキシコ）と引き分けていたことだ。バリオスにはその四ヶ月前にも判定で敗れており、メデルの全盛期は過ぎているという噂《うわさ》もあった。

実は、この試合の八日前に、海老原がポーンを一ラウンドでKOして世界タイトルを奪っている。

「海老原がフライ級チャンピオンになったから、俺はバンタム級で世界を狙うという気持ちだった」

と原田は語った。

この試合、原田は一ラウンドから得意のラッシュ戦法に出た。何度もいいパンチをメデルに当てた。序盤から原田がポイントを取った。試合は戦前の予想を大きく裏切り、ほぼ一方的に原田ペースとなった。観客は熱狂した。過去、二人の日本の誇る強豪選手を打ち破ったメデルを、原田が一方的に攻めているのだ。

しかしメデルは慌《あわ》てなかった。ガードを固めながら、じっとチャンスをうかがっていた。

メキシコのボクサーは好戦的で、打ち合いを好む選手が多い。しかしメデルはメキシカンには珍しくカウンターを得意とするボクサーだった。二年前、関を倒した時も、自分からロープを背にして、関を誘い込んだ。そして攻め込んでくる関を、右のクロスカウンターで仕留めたのだ。それはまさしく芸術的なクロスカウンターで、日本の記者たちはメデルを「ロープ際の魔術師」と呼んだ。

第六ラウンド、原田がラッシュでメデルをロープに詰めようとしたその時――メデルの左フックがカウンターとなって、原田の顎を打ち抜いた。原田は前のめりになって顔からリングに崩れた。

原田はそれでも懸命に立ち上がった。原田は奪われたポイントを挽回しようと、猛烈なラッシュをかけた。左右フックを打ちながら前進する原田に対して、メデルは後退しながらカウンターを狙った。右ストレートのクロスカウンターを浴びた原田は、またもやダウンした。

しかし原田は気力を振り絞って立ち上がった。そして最後の力を振り絞ってメデルに襲いかかった。メデルは冷静に原田の攻めをかわしながら、再び下がりながらカウンターを打った。顎を打ち抜かれた原田の体はリングに崩れるように落ち、レフェリーはその瞬間、試合をストップした。

原田が三四戦目にして初めて経験した痛烈なTKO負けだった。強烈なバンタム級のパンチの洗礼を受けたのだった。

ちなみに青木がジョフレにKOされたのは、この半年前だ。日本の誇るバンタム級の強豪二人を一蹴《いっしゅう》した世界のバンタム級の壁の厚さを、ファンは存分に思い知らされた。

原田はこの試合に負けてランキングを落とし、バンタム級の王座挑戦は遠のいたが、大きくなった体ではもうフライ級に戻ることはできない。となれば、何が何でもバンタム級で戦う他はない。もしバンタムで生き残ることができなければ、ボクサーとしての生命は終わる。まさに背水の陣だった。

メデル戦に敗れた後、原田は自分のボクシングを見直した。フライ級では通用したラッシュ戦法もバンタム級の世界レベルでは通用しないことに気付いたのだ。メデルに倒されたのは、攻めが単調だったからだ。同じパターンで攻めれば、カウンターの上手い選手に、タイミングを合わされる。そうならないためには、フェイントを有効に使う必要がある。メデル戦後、原田は攻めの中にフェイントを巧みに使うようになった。

さらに原田はフットワークに活路を見出した。前後左右の動きをさらに磨く、そしてパンチをより多彩に打ち分ける――これらを練習に取り入れた。

「俺はもともとパンチ力があるほうじゃなかったから。手数で圧倒するしかなかったんだ。相手が一つ打てば二つ三つと打つ。これが俺のボクシングだった」

そんな原田のボクシングを支えていたのは、無尽蔵《むじんぞう》ともいえるスタミナだった。開始ゴングから試合終了のゴングまで休み無しに打ち続ける原田の驚異的なスタミナは、豊富な練習量によって作られたものだった。

原田のボクシングはメデル戦後に変わったといわれる。以前のラッシュ戦法の幅が広くなり、フライ級の時代よりも多彩な攻撃ができるようになった。

原田は再び連勝街道を走り続け、バンタム級のランキングを上げていった。しかし日本のバンタム級には、もう一人の強豪、青木勝利がいた。二人の激突は避けられなかった。

昭和三十九年（一九六四）十月、原田と青木は世界バンタム級の挑戦権を懸けて戦うことになった。

原田は元世界フライ級チャンピオンで現世界バンタム級二位、青木は現役の東洋バンタム級チャンピオン、今では信じられない黄金カードである。

この試合、戦前の両陣営の舌戦《ぜっせん》が凄かった。ある雑誌の会長の笹崎と原田の対談記事の中で、原田が「青木は勝てない相手じゃない」と口を滑《すべ》らせた。それを読んだ青木陣営が頭に来て、同じ雑誌に「原田を倒してやる」という発言をした。そして「原田など、練習しなくても勝てる」と言った。

それを読んだ原田は、新聞記者たちの前で「青木を三ラウンドでKOする」と宣言した。すると青木が「二ラウンドまでに原田を倒す」と言った。

いつのまにか両陣営、両選手とも、感情的になり、互いに憎悪《ぞうお》をぶつけた。記者たちもまたそれを煽《あお》った。

原田は大言壮語《たいげんそうご》するような人間ではない。また人を悪《あ》し様《ざま》に罵《ののし》るような性格でもない。ちなみに原田が「KOラウンド」を予告したのはこれが最初で最後だ。ここまでヒートアップしたのは二人の相性が悪かったということもある。原田自身は「青木が嫌いではなかった」と言っているが、当時の両者を知る関係者は、「二人の仲は良くなかった」と証言する人が多い。

同じ年に同じ階級でデビューして、常に周囲から比較されライバルといわれていたから、自然に互いがそういう感情になったのかもしれない。これが他のスポーツなら違ったかもしれないが、ボクシングという競技は、互いに殴り合って相手を打ちのめすスポーツだ。「ライバル心」は時として「憎しみの感情」に変化することもあったのだろう。

ただ面白いのは、原田と海老原は仲が良く、よく一緒に遊びに行ったりもしたことだ。海老原は青木とも仲が良かった。これは海老原の性格かもしれなかったが、原田と青木はウマが合わなかったのだろう。

もしかしたら原田は青木に対して嫉妬《しっと》のような感情を抱いていたのかもしれない。前にも書いたように、原田自身、青木の桁外れの才能を認めていた。原田は自分にパンチ力がなかったから、連打で相手を圧倒するしかないと、懸命に練習した。原田の試合はいつも自己の能力をいっぱいに使ったものだったが、青木はそうではなかった。たいていの試合は、一発で相手を倒した。青木に対するコンプレックスが憎しみに転化した可能性はある。

原田は当時のインタビューで「青木にだけは絶対に負けるわけにはいかない」と答えている。その理由をこう言っている。

「俺が青木に負けたら、努力するということが意味を失う。一所懸命に練習しているボクサーが、ろくに練習しないボクサーに負けるなんてことがあったら、おかしいじゃないですか」

これは原田の偽《いつわ》らざる本音だった。それから五十年近く経っても、原田は青木戦を振り返って同じことを言った。

「俺が(練習しない)青木に負けるようなことがあったら、すべての努力しているボクサーに申し訳が立たない。努力はかならず報われる。練習は裏切らない。そのことを証明するためにも、何が何でも勝ちたかった」

どんな試合も「楽しくてたまらなかった」と言う原田が、青木戦だけは「楽しむ気持ちはなかった」と答えている。事実、原田がここまで闘志を剝《む》き出しにした試合はない。

この試合は昭和三十九年(一九六四)十月二十九日、蔵前国技館で一万一千人の観客を集めて行われた。東京オリンピックが閉会して六日後のことだった。アマチュアの祭典の後、命を懸けたプロの試合に観客が殺到したのだ。この試合は「世紀の一戦」と呼ばれた。二年前、原田がポーン・キングピッチから世界タイトルを奪った同じ場所だったが、その時の観客が七千人であったことを考えると、いかに「原田vs青木」が注目の一戦であったかがわかるだろう。

ボクシング関係者の戦前の予想は「判定なら原田、KOなら青木」というものだった。

ゴングと同時に原田はラッシュをかけた。青木のメガトン・パンチがカウンターとなって原田の顎を捉えた。一瞬、腰を落としかけた原田だったが、燃えるような闘争心で原田はなんとかこらえた。そして逆に鋭い連打を青木に浴びせ、青木からダウンを奪った。青木はすぐに立ち上がったが、原田のパンチで二度目のダウンを喫した。

一ラウンドは何とかしのいだ青木だったが、続く二ラウンドでも原田のパンチを受けてダウンした。戦前、互角の勝負と予想された試合は、大きく予想を裏切り、序盤から原田が一方的に攻めまくる展開となった。

第三ラウンドは原田がまた一方的に青木を攻めた。そして終盤、原田の凄《すさ》まじい右フックが青木の顎にまともに決まった。青木は仰向けにダウンし、大の字になった。懸命に立ち上がろうと手をついて体を起こしたが、力尽きて再び仰向けに倒れた。レフェリーは非情にテンカウントを数えた。

KOタイムは三ラウンド二分五十四秒。何と原田は予告したラウンドで青木を仕留めた。

なお、この試合は年間最高試合に選ばれた。

ライバルとの大試合に敗れた青木は以後、急速に輝きを失い、翌年から何と五連敗を喫した。東洋タイトルも失い、若いボクサーの咬《か》ませ犬的なボクサーになった。後に世界チャンピオンとなる小林弘、柴田国明、それに東京オリンピックの金メダリストからプロに転向して売り出し中の桜井孝雄などの踏み台にされた。

青木は最後の二年間で一二戦して一〇敗もしている。「間違いなく世界チャンピオンになれる器」といわれた稀代《きたい》の天才は、その桁外れの才能を開花させることなく、本来なら全盛期を迎えていいはずの二十五歳という若さでひっそりと引退した。

青木のその後の人生を書くのはしのびない。引退後は酒に溺《おぼ》れ、生活は荒れ、三十歳の時には、包丁で自殺未遂まで起こしている。その後も、暴力事件や無銭飲食、タクシーの無賃乗車などを繰り返して、警察沙汰《ざた》になる事件を何度も起こした。一世を風靡《ふうび》した人気ボクサーだっただけに、その転落人生はマスコミの好餌《こうじ》となった。

やがて行方《ゆくえ》不明となり（一説にはホームレスになったという噂がある）、今では生死さえ明らかではない。

青木は豪放磊落《ごうほうらいらく》で強気な男と思われていたが、彼をよく知る人たちは「本当は気が弱い男」と言う。その証拠に、試合が近付くと、恐怖心から何度もジムから逃げて姿をくらましたといわれる。リング上での豪快な姿からは想像もつかないが、どうやら真実であったようだ。ジョフレとの世界タイトル戦の直前にも、合宿所から逃げ出したという話が伝わっている。

青木の強気な言動は、あるいは弱い心の裏返しであったのかもしれない。彼のその後の人生の転落もまた、その弱い心のせいだったのだろうか。

原田に「鬼の笹崎」がついていたように、海老原に人生を懸けた金平がついていたように、もし青木勝利にいい指導者がいれば、彼は世界チャンピオンになっていたかもしれない。そうなればまったく別な人生が待っていたことだろう。

さて、ライバル青木を倒した原田は、いよいよ世界バンタム級の王座に挑むことになる。

第六章

黄金のバンタム

「俺は一度もノックアウトされたことがない。
だからストップはしないでくれ。これが俺の最後の試合だ」（ロス）

東洋チャンピオンの青木勝利《かつとし》を破って名実共に日本のバンタム級のトップになったファイティング原田は、世界一位にランクされ、ついにチャンピオンに挑むことになった。

相手は二年前に青木をKOしたエデル・ジョフレだ。

エデル・ジョフレこそは、ブラジルが生んだ史上最強のチャンピオンで、不世《ふせい》出《しゅつ》のボクサーと呼ばれていた。

一九三六年（昭和十一）、ブラジルのサンパウロで生まれたジョフレは、アマチュアで一五〇戦一四八勝二敗という驚異的なレコードを残し、一九五七年（昭和三十二）に二十一歳でプロ入り。三年後の一九六〇年に世界バンタム級の王座を獲得、以来、八人の挑戦者をことごとくノックアウトで退けている。戦績は五〇戦四七勝（うちKO勝ちが三七）、キャリアの初期に三つの引き分けがあるだけで、デビュー以来八年間無敗。王者になってからの五年間はノンタイトル戦を含めて対戦相手のすべてをKOに下し、十七連続KO勝ちを続けていた。

最高級のテクニック、破壊的な強打、そして鉄壁のガード――ボクサーにとってもっとも大事な三つを兼ね備えたジョフレはまさに「ミスター・パーフェクト」と呼ぶにふさわしく、当時、世界のボクシング関係者がこぞって「パウンド・フォー・パウンド（Pound for pound）」のナンバー1と評価していた。「パウンド・フォー・パウンド」とは、階級の違うボクサー同士を比べるのに、同じ体重として仮定して戦わせれば誰が一番強いのかということを見るボクシング界の独特の評価システムだ。当時は十一階級で十一人の世界チャンピオンが認定されていたが（一九五〇年代の後半から、三つのジュニア階級が新設されていた）、その中でも最も安定感のある王者といわれていたのが、エデル・ジョフレだった。

ジョフレの評価の高さは現役時代にとどまらない。引退して四十年近く経った今も、世界中の専門家たちが「バンタム級史上最強のボクサー」として名を挙げる偉大なるボクサーだ。

余談になるが、ボクシングマニアの間でよくいわれる言葉の一つに、「黄金のバンタム」という言葉がある。その意味は次のようなものだ。

「ボクシングの世界では、昔からバンタム級がすごくレベルが高く、怪物クラスのチャンピオンが輩出《はいしゅつ》する階級である。そのためにこの階級は『黄金のバンタム』といわれている」

ボクシング専門誌にもそう書かれていることがあるし、テレビのボクシング中継を見ていても解説者がそう言っているのを耳にすることがある。それくらい「黄金のバンタム（級）」という言葉は広く浸透している。

しかしそれらはすべて誤りである。「黄金のバンタム」という言葉は、実はエデル・ジョフレ個人に与えられた称号なのだ。「黄金のバンタム」――ポルトガル語で「ガロ・デ・オーロ（Galo de Ouro）」というのはエデル・ジョフレの代名詞なのだ。そのネーミングがあまりに知れわたったため、いつのまにか「黄金のバンタム」というのは、「バンタム級」そのものの尊称と誤解されるに至ったのだ。過去、様々な時代に様々な階級で偉大なチャンピオンが生まれたが、「黄金の〇〇（級）」と呼ばれたボクサーは一人もいない。それだけでもいかにジョフレが凄《すご》かったか想像できるだろう。

「ジョフレvs原田」戦は当初、四月七日に行われることになっていた。原田はそのつもりで二月に一週間、さらに三月に一週間、伊豆での合宿の予定を組んだ。ところが三月初めに、ジョフレから延期要請が入った。二月に風邪《かぜ》を引き、十分な練習ができなかったというものだ。当然、原田側は拒否するが、世界チャンピオンの権限は強く、結局、王者側の言い分が通って五月十八日に延期されることになった。実はこの時、原田は疲労のピークで減量もうまくいっていなかった。皮肉なことにこの延期のお陰で、試合当日、原田のコンディションは最高に仕上がった。

昭和四十年（一九六五）四月、ジョフレは家族をともなってやってきた。父親のアリスチデスと妻のマリー、それに一歳半の幼い息子マルセルを連れての来日だった。

アリスチデスはジョフレのトレーナーでもある。元ボクサーの父はジョフレが幼い頃からボクシングのエリート教育を施《ほどこ》し、息子を世界最高のチャンピオンにした。父はまずジョフレに徹底的に防御を教え込んだという。ジョフレの鉄壁のガードは父の薫陶《くんとう》によるものだ。それを証明するかのように、ジョフレの顔には傷一つない。

羽田空港に出迎えに行った原田に、ジョフレは左手でマルセル坊やを抱き、右手で握手した。約束していた記者会見は、「息子が風邪を引いては困るから」という理由で中止になった。記者たちは、ジョフレ一家がまるで家族旅行にでも来たかのような印象を受けた。

試合前の記者たちの予想は八—二でジョフレが有利というものだったが、それさえも原田にとっては甘い数字といえるほどだった。ボクシング関係者の中に、原田に勝機があると考える者は一人もいなかったが、それは当然だったろう。相手は史上最強のバンタム級チャンピオンであり、しかも二年前に原田をノックアウトしたメデルを二度までもリングに沈めているのだ。四年前には、全盛期の矢尾板をも倒している。原田は世界バンタム級の一位にランクされていたが、ジョフレの前にはランキングは一切無意味だった。「黄金のバンタム」に勝てるボクサーは世界に存在しないといわれていたのだ。

原田自身、マスコミに「圧倒的不利」と書かれても怒りはしなかったという。

「それは当然だと思ったよ。何しろ、俺自身でさえ、勝てるとは思わなかったものの」

滞在中のジョフレは余裕たっぷりだった。しかし決して人を小馬鹿にしたような態度は取らなかった。それどころか、非常に紳士的なボクサーだった。その態度は、原田にも強い印象を与えた。原田はその時の印象をこう語った。

「まさしくジェントルマン。礼儀正しくて、人間的にも素晴らしかった。ああ、これが世界チャンピオンの器《うつわ》なんだなと思ったよ」

そしてこう続けた。

「俺もこういう人間になりたいと思ったよ」

しかしいかに尊敬した相手でもボクサーは戦わなければならない。原田は史上最強のボクサーとの試合に備えてトレーニングに入った。

笹崎《ささざき》会長はこれまでにはないほどの凄《すさ》まじい猛練習を原田に課した。朝、六時半に起きると一五キロのロードワーク。ボクサーのロードワークは単に走るだけではない。速く走ったりゆっくり走ったりして変化とリズムをつける。普通に走るよりもはるかにきつい。ジムに戻ると、炭水化物を一切抜いた朝食を摂《と》る。その後、昼寝をして午後三時から練習開始。シャドーボクシング、サンドバッグ打ち、ミット打ちを二十ラウンド以上。夕方に軽い食事をした後（ちなみに食事は一日二回）、夜は再びロードワークとスパーリング。

しかも減量に苦しむ原田は、ジムではいつもストーブをがんがん焚《た》き、蒸し風呂のような中で、何枚も厚着をした上にビニール製の雨合羽《あまがっぱ》を着込んでのトレーニングだった。原田の練習を取材していた記者が熱気と疲労で倒れたほどの過酷な状況で何時間も練習を続けたのだ。普段六五キロ以上ある体を五三・五キロまで絞るのだ。しかも世界タイトルマッチの十五ラウンドを戦いきるスタミナとパワーを維持しつつ、体を削《けず》っていくのだ。常識では考えられない。

しかしこの過酷な減量とトレーニングは、原田の心の底に眠っていた闘争心を引きずり出した。「これだけ練習したんだから、負けてたまるか」という勝利への執《しゅう》念《ねん》が出てきたのだ。

当時、原田の練習を取材していた元日刊スポーツの佐藤邦雄記者は、私にこう語った。

「原田のトレーニングと減量は人間の限界を超えていると思った。前年に行われた東京オリンピックの選手たちを取材したことがあったが、オリンピック選手も敵《かな》わないほどの激しいトレーニングだった」

一方のジョフレは余裕の練習だった。名古屋のジムを借りて短いスパーリングの他は、名古屋球場で軽いランニングをする程度だった。そのランニングも、グラウンドで遊ぶ息子のそばを行ったり来たりといったものだった。それを微笑《ほほえ》ましく見守る妻。まさに一家団欒《だんらん》を絵に描いたような光景だった。

両者の練習を見た佐藤記者は言った。

「もし、これで原田が負けるようなら、神も仏もあるもんかと思ったよ」

しかし佐藤はジョフレに気の緩《ゆる》みがあることも見抜いていた。

「ジョフレ絶対有利は動かないが、奇跡が起きるとすれば、その一点だろう。ひょっとすれば——と思った」

＊　＊　＊

昭和四十年（一九六五）五月十八日、名古屋の愛知県体育館で世界バンタム級のタイトルマッチが行われた。ジョフレ二十九歳、原田二十二歳である。

実は試合直前まで大いに揉《も》めていたことがあった。それは使用グローブの問題だった。この試合では日本製グローブを使うことが決まっていたが、数日前になって、ジョフレ側がそれに難色を示したのだ。ジョフレは日本製のグローブをはめた時、握り具合が悪いと感じたらしく、アメリカ製のグローブに変えるよう要求した。この交渉はまとまらず、試合当日になってもジョフレのマネージャーは首を縦に振らなかった。ようやく了承したのは試合開始の数時間前だった。

もしこの時、ジョフレが使い慣れていたアメリカ製のグローブに変更していたら、試合結果もまた違ったものになったかもしれない。

この試合のレフェリーは、アメリカ人審判のバーニー・ロスだ。リングアナウンサーがロスを紹介すると、彼は奇妙なことをした。大きな叫び声を上げて両手で自分の胸を叩き、それからシャドーボクシングを始めたのだ。観客はあっけに取られた。

彼がこんな行動を取ったのはある理由があった。これについては後に詳しく述べる。この試合におけるロスの存在は実に大きなものがあったのだが、この時は観客の誰もそれを知る者はない。

リングに上がった原田は無精《ぶしよう》ヒゲを伸ばしていた。そしていつものように嬉しそうな笑顔を浮かべていた。その表情からは、これから史上最強のボクサーと戦うという悲壮感は感じられなかった。

ブラジル国歌に続いて「君が代」が演奏され、試合開始のゴングが鳴った。

一ラウンド、試合開始のゴングが鳴ると同時に、原田はコーナーから駆け出すように出た。

この時、赤コーナー（チャンピオンサイド）のリングサイド席で観戦していた、ボクシングファンで知られる作家の三島由紀夫は報知新聞の観戦記に、「黒いトランクスで、向うのコーナーから弾丸《だんがん》のように飛び出した原田を見て、私は鋭い、痛いような希望を感じた」（昭和四十年五月十九日）と書いている。三島が「痛いような希望」と表現した気持ちはわかるような気がする。

原田はジョフレに肉薄すると、いきなりラッシュをかけた。

ジョフレは原田のラッシュを予期していたのか、打ち合いに応じることはせず、ガードを固めて様子を見た。

原田は攻勢の主導権を取り、積極的に手を出した。しかしジョフレはたまにジャブを出すくらいで、守りに徹した。このラウンドは原田がポイントを取ったが、ジョフレにはそれも計算のうちという余裕があった。青木戦でも見せた序盤のスタイルだ。ラウンド終了のゴングが鳴ると、ジョフレは「なかなか、よくやるよ」とでも言うかのように、原田の頭をグローブで撫《な》でている。

コーナーに戻ったジョフレはここでも余裕を見せ、一分間のインターバルの間も椅子に座ることなく、父アリスチデス・トレーナーの指示を聞いていた。

二ラウンド、原田は更に積極的に仕掛けた。左ジャブを連打し、またボディ攻撃も盛んに行った。一ラウンドに見せた激しいラッシュではなく、素早いフットワークで出入りの大きいボクシングをした。このラウンドでもジョフレはあまり手を出さずに原田の攻撃を見ていたが、二分過ぎになって右ストレートを原田の顔面に見舞った。互角のラウンドだった。

三ラウンドになって、ようやくジョフレが左を打ちながら前に出てきた。原田はジョフレとの打ち合いを避け、足を使って距離を取った。しかしジョフレは原田の動きを読み、終盤に強い左右パンチを原田に命中させた。ジョフレが取ったラウンドだった。

四ラウンド、ジョフレは再び前に出たが、原田はジョフレの射程から逃れるようにフットワークを使って周囲を回る。原田の素早い動きに、ジョフレは自慢の強打を叩き込むタイミングがなかなか摑《つか》めない。原田はそんなジョフレの隙《すき》を見て、さっと近付いては連打した。

一分二十秒過ぎに大きなドラマが起こった。リング中央で両者がパンチを交換する中、原田の右アッパーがまともにジョフレの顎《あご》を打ち抜いたのだ。

この一撃でジョフレはロープまで吹っ飛んだ。原田はジョフレをロープからコーナーに追い詰めて、猛烈なラッシュをかけた。

ジョフレはほとんど手を出すこともできず、原田に滅多打ちにされた。それは信じられない光景だった。世界最強と謳《うた》われた怪物ボクサーがノックアウト寸前のピンチに見舞われているのだ。原田のラッシュはまさに三年前にポーン・キングピッチをノックアウトした時の再来だった。愛知県体育館の一万の観客は大歓声を上げた。

原田のラッシュは凄《すさ》まじかった。コーナーに詰まったジョフレはなすすべもなく打たれた。現在なら間違いなくダウンを取られている。いや、ストップの早いレフエリーなら、ここでTKOを宣する可能性もあるほどの一方的な攻撃だった。

ジョフレのクリンチ（相手の体に抱きついて攻撃を逃れる防御法）で短い中断があった後、原田はまたもや右アッパーを決めた。ジョフレはぐらつき、再びロープに詰まった。原田は一気にノックアウトを狙って、ラッシュをかける。ジョフレはまったく抵抗できず、ガードを固めるのが精一杯だった。ノックダウンは時間の問題と思われたが、惜しくも四ラウンド終了のゴングが鳴った。

ジョフレをあと一歩まで追い詰めながら仕留めることができなかった原田は悔《くや》しそうにコーナーに戻ったが、会場は興奮のるつぼと化していた。

しかしジョフレはこのラウンド終了後もコーナーに戻って椅子には座らなかっ

た。それはまさにチャンピオンのプライドとも思えた。

この時、リングサイドでマリー夫人に抱かれていたマルセル坊やが観客の異様などよめきを怖がって泣き出した。しかし夫の危機に動転していた夫人は息子をあやすことさえ忘れていた。

続く五ラウンド、ゴングと同時に飛び出した原田はいきなり右フックをジョフレに浴びせる。さらに鋭い左ジャブを連続して当てた。ジョフレは得意の左アッパーを二発打ったが、いずれも空振りに終わる。前のラウンドのダメージが残っているようだった。観客の目には、このラウンドで原田が試合を終わらせると見えた。

原田はリング中央でジョフレに迫り激しく連打した。場内はもう大歓声だ。ジョフレは防戦一方だった。後一押しでノックダウンを奪える——場内は大きな期待で膨《ふく》れあがった。しかし観客は次の瞬間、肝《きも》を冷やすことになる。

二分過ぎ、ジョフレの左アッパーが原田の顎を捉《とら》えた。さらに左ジャブから左フックが原田を襲った。原田の動きが鈍った。ジョフレが強烈な右フックを原田に叩きつけると、原田は大きくぐらついた。一瞬で攻守が逆転した。

ジョフレはノックアウトを狙って一気に攻めた。力強いワン・ツーを連打し、左フックを二発叩き込んだ。前のラウンドでノックダウン寸前のピンチに陥ったジョフレのどこにこんな力が残されていたのかというような強烈なパンチだった。ジョフレの渾身《こんしん》のパンチを受けて、原田は完全にグロッギーになった。ビデオで見直しても、この時、よく原田は倒れなかったと思う。それほど強烈なパンチだった。観客は悲鳴を上げた。

原田はよろめきながらクリンチにいこうとした。ジョフレはそれをふりほどき、さらに強いパンチを打ち込もうとしたところでラウンドが終了した。原田は絶体絶命のピンチをゴングに救われた。

しかしジョフレの強打を受けた原田は意識を半ば失っていた。朦朧《もうろう》となった原田は帰るコーナーを間違え、ジョフレのコーナーに戻ったのだ。そこにジョフレがいることに気付き、ご丁寧《ていねい》にもジョフレに後ろに行けと合図している。

慌《あわ》てて駆け付けた笹崎たちに連れ戻された原田を見て、テレビのアナウンサーも思わず声を上擦《うわず》らせた。原田の意識を飛ばしてしまうほどの強烈なパンチ力を見せられた観客は、あらためて「黄金のバンタム」の底知れぬ凄さを見た。原田がこの深いダメージから回復するのは不可能に思えた。

しかし六ラウンド、ジョフレは積極的に前に出てこなかった。前のラウンドで打ち疲れたのか、敢えて積極的に手を出さなかった。もしかしたら、もういつでも倒せると思ったのかもしれない。あるいはジョフレにも四ラウンドに受けたダメージが残っていたのかもしれない。一方、原田は一分のインターバルでかなり体力を盛り返していた。リズミカルに前に出ていい左ジャブを打った。観客は原田の驚異的な回復力に驚いた。これが二十二歳の若さかもしれなかったが、これまでの凄《すさ》まじいばかりの練習が彼を支えたのだろう。

しかし二分過ぎに、ジョフレは原田に強い左フックを何発か当てた。しかし原田も負けじと右ストレートをジョフレの顔面に決め、ロープに詰めて連打した。ほぼ互角のラウンドだった。

七ラウンド、ジョフレはいよいよ伝家の宝刀、右アッパーを繰り出し始めた。「ジョフレ・アッパー」と呼ばれ、世界のバンタム級のボクサーたちを恐れさせた凶器のようなパンチだ。一撃で相手を葬《ほうむ》り去ることのできるアッパーだ。

しかし原田は素早い動きとクリンチで、何度もそれをかわした。終盤、ジョフレは唸《うな》るような右アッパーを空振りした。思うように戦えないもどかしさからか、ジョフレは終盤から何度も自分のコーナーに目をやった。

八ラウンド、九ラウンドと両者一進一退の攻防を繰り広げた。驚くべきは原田のスタミナだった。五ラウンドに意識を失うようなダメージを受けながら、その後は回復し、素早いフットワークでジョフレを攻めた。九ラウンドあたりからジョフレは連打よりも一発を狙いだしたが、原田の鋭い動きに的を絞れないようだった。九ラウンド終了してコーナーに戻ったジョフレは少し首をかしげる仕草《しぐさ》をしている。

おそらく、こんなはずではなかったと思っているのだろう。ジョフレとすれば、早々にKOで片づけてしまうつもりが、こんなラウンドまで戦うハメになるとは夢にも思っていなかったのだろう。

試合は十ラウンドを迎えた。ジョフレは過去九回のタイトルマッチをすべてKOで勝っているが、そのうち三人は十ラウンドにKOしている。かつてノンタイトル戦で矢尾板貞雄《さだお》をノックアウトしたのも十ラウンドだ。ジョフレにとって縁起《えんぎ》のいいラウンドだ。

自らもそれを知ってか、ジョフレはこのラウンド、初めから攻勢に出た。ジョフレが積極的に出てきたと知った原田は逆に足を使って距離を取った。観客は原田がアウトボクシングする姿に驚いた。足を使って逃げる原田を、疲れているジョフレは追い切れない。

この時、テレビ中継の解説者席にいた矢尾板貞雄は、ジョフレの足が衰《おとろ》えているのを見て取った。矢尾板は四年前、サンパウロでジョフレとグローブを合わせている。当時、世界屈指のスピード・ボクサーだった矢尾板を、ジョフレは鋭いフットワークでコーナーからコーナーへと追い込み、十ラウンドでノックアウトしている。その時の追い足がなくなっていたのだ。

同じ年に矢尾板は原田とも四ラウンドのエキシビションマッチ（無判定試合）を

戦っている。その試合ではラッシュ一辺倒の単純な攻撃しかできなかった原田は、四年の歳月を経て、前後左右に動き回るフットワークを身に付けていた。矢尾板はテレビ解説をしながら、全盛期を過ぎつつある者と全盛期を迎えつつある者の戦いを目《ま》の当たりに見て、複雑な気持ちになったという。

中盤、一瞬の隙《すき》を狙った原田はジョフレに左右フックを浴びせる。ジョフレはガードを固めるだけで手が出ない。原田が取ったラウンドだ。

このラウンド終了後、観客はジョフレのコーナーを見て驚いた。何と、試合開始から一度もインターバルの間に椅子に座らなかったジョフレがついに椅子に腰を下ろしたのだ。プライドの高い王者が、疲労したことを自ら認めた瞬間だった。

十一ラウンド、両者は距離を取ってジャブを突き合った。ジョフレのジャブの方が鋭かったが、手数は原田が優《まさ》った。ほぼ互角のラウンドだ。

試合は十二ラウンドを迎えた。このラウンド、原田が積極的に攻める。終盤、ジョフレは左フックを当てるが、原田の前進を止めることができない。しかしジョフレのガードも固く、原田も決定的なパンチを当てることはできなかった。

試合は接戦のまま、最後の三ラウンドを迎えた。実はジョフレにとっては初めて迎えるラウンドだ。過去九回のタイトルマッチで最も長く戦ったのは十二ラウンドだったからだ。

十三ラウンドは一進一退、終盤、ジョフレが強いパンチを打ちながら前に出るが、原田はクリンチで逃れる。

十四ラウンド、原田が右フックを当てると、ジョフレも右フックを当てた。中盤、ジョフレが強い右ストレートを原田の顎に打つ。さらに左、右と続けた。原田はクリンチに逃れようとするが、ジョフレはKOを狙って、力を込めた右ストレートを何発も打つ。さらに左フック、右アッパー、左フックと多彩なパンチを繰り出す。終盤、原田は強烈な右ストレートを叩き込まれ、ぐらついた。しかし原田は耐え抜き、終了間際には逆にジョフレをロープに追い込んで連打する驚異的な反撃を見せた。

試合はとうとう最終ラウンドまでやってきた。原田が史上最強のバンタム級チャンピオンとここまでほぼ互角に戦ったのだ。十五ラウンド開始のゴングが鳴るとは誰も予想していなかっただろう。しかし一番予想していなかったのはジョフレ陣営かもしれない。

最終ラウンド開始のゴングが鳴り、両者がリング中央に出ると、レフェリーのロスが、二人にグローブを合わせるように指示した。最終ラウンドを迎える儀式だ。日本人チャレンジャーとブラジル人チャンピオンはリング中央で両方のグローブを合わせた。

すぐに原田がラッシュしてジョフレをコーナーに詰めた。中盤、原田のワン・ツーが決まる。しかし二分過ぎ、ジョフレの右フックが原田を捉える。

そして終盤、ついにジョフレの右アッパーが原田の顎を打ち抜いた。原田の顎が跳ね上がったが、原田は耐えた。疲れ切ったジョフレにはもはや原田を一撃で倒す力が残っていなかったのだ。

両者が激しく打ち合う中、試合終了のゴングが鳴った。

終了の瞬間、ジョフレと原田は互いの肩に手を回し、健闘を称《たた》え合った。両者は肩を組んだまま、互いのコーナーに行き、セコンドに挨拶《あいさつ》した。

ジョフレは原田の健闘を祝福するかのようにグローブをはめた手で拍手し、さらに観客に向かって、原田に拍手を送るように促《うなが》した。

両者がコーナーに戻ってから、判定が出るまで二分以上あった。判定の集計に手間取っているのだ。テレビの解説者にも観客にもどちらが勝ったのかわからなかった。リングサイドで観戦していた佐藤記者も、判定がどう出るかはまったく予想がつかなかったという。それほどきわどい試合だった。まさに両者が力と技の限りを尽くして戦った試合だった。

やがてレフェリーのバーニー・ロスがリング中央に出た。観客は固唾《かたず》を呑《の》んで彼のコールを待った。

レフェリーは原田を指さした——奇跡が起こった瞬間だった。

我らがファイティング原田が世界最強の男「黄金のバンタム」に勝利したのだ。

誰もが予想だにしなかったことが起こったのだ。一瞬、静まりかえった愛知県体育館は、遅れて割れんばかりの大歓声に包まれた。

しかし次の瞬間、一万の観客はさらに感動的な光景を目にした——何とジョフレが満面の笑みをたたえて原田を高々と抱きかかえて祝福したのだ。

このことは原田もはっきりと覚えていた。

「本当にジョフレというチャンピオンはすごい男だと思った。負けた瞬間、悔しさを見せずに、笑顔で自分を抱きかかえて祝福するなんて、できることじゃないよ。しかもジョフレは生まれて初めて負けたんだよ。タイトルまでも失って——。悔しくないはずないじゃないか、それなのに——。ああいう男こそ、男の中の男というのだろうな。本物のチャンピオンだよ」

原田の言うように、残されたビデオで見ても、感動的な光景だ。あらためてジョフレは人間的にも偉大な男だったのだということがわかるシーンだ。試合の二日後の朝日新聞の「天声人語」でも、この時のジョフレの立派な態度は称賛された。

＊　＊　＊

この試合は、四十年以上経った今ビデオで見直しても、実に判定が難しい試合だ。どちらが勝ってもおかしくない試合だったが、あるいはジョフレが若干有利だったかもしれない。ボクシング研究家の間では、ジョフレが勝っていたという者もいるほどだ。

判定は二―一だった。日本人ジャッジは一ポイント差で原田の勝ち、もう一人のアメリカ人ジャッジは逆に二ポイント差でジョフレの勝ちだった。決め手となったのは、レフェリーであり主審でもあったバーニー・ロスの判定だった。ロスは二ポイント差で原田の勝ちにした。もし、ロス以外のレフェリーだったら、原田の奇跡の勝利はなかったかもしれない。

私はこの試合を語る前に、バーニー・ロスがレフェリーについたことが運命的だったと言った。それは決して大袈裟《おおげさ》ではない。本稿をお読みの読者の方も、ロスの凄絶《せいぜつ》な人生を知れば、納得して貰えると思う。

バーニー・ロス（本名バーネット・デビッド・ラソフスキー）は一九〇九年（明治四十二）、ニューヨークでロシア系ユダヤ人の移民の子として生まれた。ロスが二歳の時に一家はシカゴのマックスウェル・ストリートというユダヤ人街に移り住む。この街は当時シカゴで有名な貧民街だった。貧乏人の子沢山だったラソフスキー家には十人の子供がいた。

父はキャンディーストアを経営していたが、ロスが十四歳の時に不幸が訪れる。何と店に強盗が押し入り、数ドルの売上を守ろうとした父親が射殺されたのだ。この時のショックで母親は精神を病んで地方の病院に送られ、十人の兄弟は離散した。

ロスは生きるために様々な仕事をした。やがて賞品目当てでアマチュア・ボクシングを始める。大会などで得た賞品の時計を売って金を稼ぐためだ。さらにギャングの使い走りのようなこともする。当時、アメリカ合衆国は禁酒法時代でギャングたちが跋扈《ばっこ》していた。ロスの住んでいたシカゴは悪名高いアル・カポネが牛耳《ぎゅうじ》っていた（カポネこそ実質の市長ともいわれていたほどだった）。普通にいけばロスはギャングになり、半生を刑務所で暮らしたか、抗争で殺されていただろう。しかし運命はロスをそんな境遇から救い出す。

一九二九年二月十四日、シカゴで有名な「セント・バレンタインデーの虐殺《ぎゃくさつ》」

が起こった。アル・カポネの手下たちが警官に扮《ふん》して、敵対するギャング六人をマシンガンで撃ち殺した事件だ。殺されたギャングの中にはロスの兄貴分もいた。

　この事件を機に、十九歳のロスは自分の将来を真剣に考えた。このままギャングの手下のようなことをしていれば、自分もいつかはこんな目にあって死んでしまう。そう思ったロスは、ギャングの世界から足を洗い、プロボクシングの世界に飛び込んだ。

　息子がボクサーになったことを知った母はボクシングを辞めてくれるように頼んだ。しかし愛する母の頼みでも聞くことはできなかった。その代わり、ロスは母にこう約束した。

「もし、こっぴどくやられたら、その時はボクシングを辞めるよ」

　同じ年、ウォール街の株価大暴落から世界恐慌《きょうこう》が始まった。街には失業者が溢《あふ》れ、拳一つで大金を稼げるボクシングの世界に多くの若者が飛び込んだ。皮肉なことにこの時代にアメリカのボクシングは全盛時代を迎えることになる。

　ロスはアマチュアで鍛えたテクニックで勝ち上がり、たちまち人気ボクサーになった。

　ロス自身はパンチ力はさほどではなかったが、常に正面から堂々と打ち合い、どんな時でも逃げたりはしなかった。観客はロスの勇敢なファイトに称賛を送った。

ロスはまた打たれ強く、どんな強打を叩きこまれても、倒れなかった。パンチ力のある相手の強打にもひたすら耐え抜き、最後には必ず相手を打ちのめした。ロスは生涯一度もダウンをしなかったと伝えられる。

一九三三年（昭和八）に世界ライト級のタイトルと世界ジュニア・ウェルター級のタイトル（この頃一時的に作られたマイナーなタイトル）の二冠を保持していた天才ボクサー、トニー・カンゾネリを壮絶な打ち合いの末に破って、一挙に二つのベルトを手に入れた。

カンゾネリを再戦で退けた後、翌一九三四年（昭和九）、ロスは一階級上げて、当時世界最強といわれていた世界ウェルター級チャンピオンのジミー・マクラーニンに挑戦した。今も語り草となっているほどの激しい試合をものにしたロスは見事、三階級制覇を成し遂げた。マクラーニンには再戦でタイトルを奪い返されるが、三戦目で再度マクラーニンを破り、王座に返り咲いた。

その後、ロスはウェルター級王座を三度防衛したが、一九三八年（昭和十三）にとんでもない化け物と戦うはめになる。

後にフェザー級、ライト級、ウェルター級の三階級を同時制覇（!）することになる、「殺人ハンク（Homicide Hank）」ことヘンリー・アームストロングの挑戦を受けたのだ（ハンクはヘンリーの愛称）。

アームストロングはロスに挑戦する前年にフェザー級のタイトルを獲得し、それを保持したまま一気に二階級も上げてロスの持つウェルター級タイトルに挑戦してきたのだ。その体重差は二一ポンド（約九・五キロ）もある。この時、アームストロングは増量してもウェルター級の体重に届かず、水をがぶ飲みして体重計に乗った。

アームストロングというのはちょっと常人には想像できない心肺機能の持ち主で、全ラウンドにわたってひたすら打ちまくることができた。「永久機関（Perpetual Motion）」という異名を持つ彼の脈拍は一分間にわずか二十五回だったという。残されているビデオを見ても、異常体質ではないかと思うくらい、休むことなく手を出し続けている。

試合をこなすペースも超人的で、ロスに挑戦する前年には二十七試合戦って全勝、うちKO勝ちが二六という信じられない戦績を残している。後にウェルター級チャンピオン時代の一九三九年（昭和十四）十月には、僅《わず》かひと月の間に五度も世界タイトルを懸《か》けて戦い、全部勝つ（うち4KO）という離れ業《わざ》を演じている。

この「戦闘マシーン」のような化け物と戦うのは危険すぎると、ロスの周囲の人は止めたが、ロスは敢然とアームストロングの挑戦を受けた。

第二次世界大戦が始まる前年の一九三八年にニューヨークのロングアイランドで

行われたこの試合で、ロスは一ラウンドに老練なテクニックを見せ、アームストロングを翻弄《ほんろう》した。しかしロスの見せ場はそこだけだった。二ラウンド目からはアームストロングがロスを滅多打ちにした。人々は偉大なチャンピオン、バーニー・ロスが手も足も出ないままに無惨に打たれる信じられない光景を目の当たりにして声を失った。

中盤以降はロスがいつ倒れるかという様相になってきた。観客の目にもロスはもう気力だけで立っているのがはっきりとわかった。

終盤、インターバルの間にレフェリーのアーサー・ドノバンがロスのコーナーにやって来て言った。

「バーニー、もう見ていられない」

名レフェリーとしても有名なドノバンは、かつてロスがアマチュアの試合に出て賞品稼ぎをしていた同じ時代に、レフェリー修行をしていた古い友人でもあった。彼は友をアームストロングの攻撃から救おうとした。

「これ以上戦っても無駄《むだ》だ。俺はこの試合を止めるぞ」

それを聞いたロスは、ドノバンに懇願《こんがん》した。

「俺は一度もノックアウトされたことがない。だからストップはしないでくれ。これが俺の最後の試合だ」

ドノバンはロスの頼みを聞き入れた。

ロスはセコンドにも「どんなに惨《みじ》めに打たれても、絶対にスポンジを投げるな」と頼んだ。アメリカのリングではセコンドがリングにスポンジを投げ入れると、その選手は自動的にＴＫＯ負けとなる（記録上はノックアウト負けと同じに扱われる）。

終盤、ロスはアームストロングの強打に耐え抜いて、ついに最終ラウンド終了のゴングを立ったまま聞いた。この試合のビデオは残っているが、それを見てもアームストロングの連打とロスの耐久力は驚異的である。一説によると、アームストロングが偉大なチャンピオン、ロスに敬意を表して、敢えてノックアウトしなかったともいわれている。おそらくそれは正しいのではないかと思う。アームストロングが本気で倒しにかかったら、いかにタフなロスでも最後まで立っていられなかっただろう。

アームストロングに一方的に敗れたロスは、その試合を最後に引退した。かつてプロ入りした時に、母親と交わした約束を守ったのだ。実に潔《いさぎよ》い引き際《ぎわ》だった。

ロスの波瀾《はらん》の人生が始まるのは、実はこの後だ。引退して三年後、日本軍による真珠湾攻撃によって、太平洋戦争が勃発《ぼっぱつ》した。愛国心に燃えるロスはただちに海兵隊に志願して、入隊を果たした。

アメリカは第二次世界大戦で、多くの有名なスポーツ選手を何人も徴兵して軍隊に入隊させている。有名人だからといって特別扱いしないと同時に、国民全体を鼓《こ》舞《ぶ》するためだ。現役の世界チャンピオンや現役大リーガーのトップ選手などもこの時期、多くが兵役に就いている。しかしロスのように自ら志願する者は多くはない。

軍もまた実際には有名スポーツ選手を危険な前線に送ることはせず、安全な後方部隊に勤務させていた。しかし三十三歳のロスは後方勤務を拒否し、前線で戦うことを希望した。彼は引退した後も「戦う男」だったのだ。

そして一九四二年（昭和十七）、ロスが所属する海兵隊の部隊は南太平洋のガダルカナル島に派遣された。この島こそ、アメリカ軍海兵隊と日本陸軍が初めて銃火を交えることになった島だ。

そこでロスがいた部隊は史上最悪の戦闘を経験することになる。一九四二年九月、ロスの中隊は飛行場奪回を目指す川口支隊の部隊と正面衝突し、多くの兵隊が命を失った。ガダルカナル島の戦いにおいては、ほとんど米軍の圧勝に終わったが、一度だけ日本軍が米軍を追い詰めた戦いがあった。その戦いにロスのいた中隊が巻き込まれたのだ。砲弾が飛び交う中でタコツボ（戦場での一人用の壕《ごう》）に三日三晩も閉じこめられ、仲間のほとんどが戦死した。

「私は泣いた。祈った。そしてこれまでの一生を思い出した」

と後にロスは語っている。

この激戦でロスは九死に一生を得たが、瀕死《ひんし》の重傷を負って、野戦病院に送られた。看護婦は彼の激痛を抑えるためにモルヒネを幾度も注射した。医者たちの懸命な治療の甲斐《かい》あって、彼は命を取り留めた。除隊したロスだったが、あらたな苦難が待ち受けていた。闘病中のモルヒネの影響で、重い麻薬中毒患者になっていたのだ。

ロスは麻薬に溺《おぼ》れ、一時は廃人同様になった。しかし彼は不屈の闘志で麻薬と戦うことを決意し、禁断症状に苦しみ抜きながらも、ついにそれを克服した。

そしてすっかり元気になったロスは、社会にカムバックした。彼はボクシングのレフェリーになって、再びリングに戻ってきたのだ。

観客はロスがリングに上がると喜んだ。不幸な生い立ちにも負けずに三階級制覇を成し遂げた偉大なる元チャンピオンであり、ガダルカナルの激闘を戦い抜いた英雄であり、そして麻薬中毒から立ち直った勇敢な男――ロスはリング・アナウンサーに名前を呼ばれると、自分が麻薬から完全に立ち直った証拠を見せるために、胸を叩き、シャドーボクシングをして見せた。観客はロスの元気になった姿に熱い拍手を送った。

「ジョフレvs原田」戦の前に、ロスがシャドーボクシングをして見せたのは、そういうことだったのだ。しかし残念なことに、ロスの半生を知らない日本の観客の目には、風変わりなアメリカ人レフェリーとしか映らなかった。

原田がジョフレに挑んだこの試合に、レフェリーとしてロスがやってきたことはまさしく運命的だった。なぜなら原田の戦いぶりは、かつてのバーニー・ロスの戦い方に非常によく似ていたからだ。相手のパンチを恐れず、勇敢に飛び込んで、果敢なラッシュをする原田のスタイルは、まさしくロスのスタイルだった。

これは私の個人的な見解だが、ロスは原田の勇敢な戦いぶりを見て、自分の若き日を思い出したのではないだろうか。「黄金のバンタム」といわれ、史上最強と謳われたエデル・ジョフレに対して、恐れることなく勇気を持って立ち向かった原田の姿に、どんな強豪相手にも勇敢に戦ってきた自分の姿を重ね合わせたというのは穿《うが》ちすぎた見方だろうか。だからこそ、二人のジャッジが真二つに分かれるほどのきわどい試合を、「原田の勝ち」と見たのではないだろうか。

その考え方はロマンチックすぎるのかもしれない。しかしそうでも思わなければ、この世紀の大番狂わせを説明することはできない。

ボクシングを長く見ていると、「運命」というものがあるような気がしてならない。二つの拳がコンマ何秒の間に何度も交錯《こうさく》する——その瞬間、実は「運命」も激しく交錯しているのだ。「運命の女神」さえどちらに微笑《ほほえ》もうか迷うような試合において、勝利を摑むボクサーは実力以外の「何か」に支えられている。

ロマンチストといわれようが、私には、バーニー・ロスはボクシングの神様が原田のために遣《つか》わせたレフェリーとしか思えない。

実は、ロスはこの時すでにガンを患《わずら》っていた。そしてこの試合の一年半後、多くのファンに惜しまれつつ世を去った。

第七章　マルスが去った

「タイトルを失うことは、銅貨を一枚失うのとは違う」（ジョフレ）

原田がジョフレに勝ったニュースは、世界のボクシング関係者を驚かせた。

あれから四十年以上の時が流れたが、原田が今も海外のボクシング専門誌のバンタム級オールタイム・ランキング（史上ランキング）で、必ずベスト10にランクされるのは、ジョフレの不敗神話を崩《くず》したことが大きい。

日本ボクシング史上で最も偉大なる勝利は、白井義男のマリノ戦の勝利と原田のジョフレ戦の勝利だといっても異論はないと思う。この二つこそ、まさに歴史的な勝利だった。

リングの上で原田の勝利を笑顔で祝福したジョフレだったが、控え室に戻ると、がっくりと肩を落とした。そして「タイトルを失うことは、銅貨を一枚失うのとは違う」という言葉を口にした。五年の長きにわたって君臨していた無敵の王者は、誰よりもタイトルの価値と重みを知っていた。

マリー夫人が悲しげな顔で夫を見つめる横で、幼いマルセル坊やが父の敗戦も知らずに無邪気《むじゃき》にシャドーボクシングをしていた。

ジョフレはきわどい試合だったにもかかわらず、判定に対する不満は一切口にしなかった。また不慣れな日本製のグローブのことも言い訳にしなかった。

元日刊スポーツの佐藤邦雄記者は、ジョフレの敗戦は油断にあったと言う。

「当時、バンタム級の不動の世界一位だったメデルを、ジョフレは二度にわたってKOしている。そのメデルに原田は完璧にTKOされている。三段論法ではないが、自分が負ける要素があるはずがないと考えたとしても不思議はない。そこにジョフレの油断があった、としか思えない」

佐藤はこの試合の六年後の昭和四十七年（一九七二）、ある取材でブラジルのサンパウロに出かけた。その時、ふらりと立ち寄ったボクシングジムで偶然ジョフレと再会する。

ちょうどその頃、三十五歳のジョフレは一時引退していたボクシングにカムバックしていた。佐藤はその噂《うわさ》を聞いて、ジムをこっそりと覗《のぞ》いたのだ。すると、リングの上で練習していたジョフレが佐藤を見つけて驚きの声を上げた。ジョフレは六年前に日本で出会った一記者を覚えていたのだ。

ジョフレは練習を終えた後、佐藤を自宅に招いた。ジョフレの家はサンパウロの高級住宅街にある豪邸《ごうてい》だった。途上国には、引退するとあっという間に財産を使い果たして、惨《みじ》めな暮らしをするボクサーが多いが、ジョフレはそうではなかった。牧場を経営し、多くのビルを持ち、実業家としても成功していた。カムバックするボクサーの多くが金に困って再びグローブを握るのだが、ジョフレがカムバックしたのは、もちろん金のためではない。心底ボクシングが好きだったからだ。

自宅の応接室には、チャンピオン時代の戦っている写真が大きく引き伸ばされて飾られていた。その部屋でジョフレは佐藤と懐《なつ》かしい日本の話に花を咲かせた。話題が原田戦に及んだ時、ジョフレは言った。

「あの試合は狙い通りに進んだ。最後は右アッパーで仕留める作戦だった。しかしいくら打っても、これくらい届かなかった」

ジョフレは両手で数センチくらいの隙間《すきま》を作って見せた。そして不思議そうな顔をして言った。

「なぜなのか——今でもわからない」

佐藤はそれを聞いて、その数センチこそジョフレの油断の結果だったのだと思った。あの時、原田は神がかった動きでジョフレの必殺の右アッパーをかわしきった。もしジョフレが必死でトレーニングに励《はげ》んでいたら、いかに原田でもかわしきれなかったのではないか——佐藤はあらためてボクシングの怖さを思い知らされた。

しかしジョフレの油断があったとしても、それで勝利が転がり込んでくるほどリングの世界は甘いものではない。激闘の中で勝利を摑《つか》み取ったのは原田自身だ。五ラウンドに意識を失いかけるほどのダメージを受けながら、一分間のインターバルで完全に回復できたのは、原田の豊富な練習量があったからに他ならない。それ以降も原田は何度もジョフレの強烈なパンチを喰らっている。過去五年間、無冠の帝王メデルを含めて十七人の強豪をことごとくリングに沈めてきた破壊的なパンチを受けながら、原田は驚異的なタフネスと精神力でそれを耐え抜いた。

もう一つの勝因は、最後まで足が止まらなかったことだ。原田は十五ラウンドにわたって実に激しく動いた。今日ビデオで見ても、そのスタミナは驚異的といえる。独特のつま先で立ちながらのフットワークで、前後左右に激しく動き回り、ジョフレの重いパンチを貰いながらも、最後まで足を止めることがなかった。

このスタミナと回復力をもたらしたのは、凄《すさ》まじい練習に他ならない。常人には真似《まね》のできない無茶苦茶な練習が、大一番の試合に生きたのだ。会長の笹崎僙《ささざきたけし》が後に「原田との練習は戦いだった」と述懐《じゅっかい》したほどの、練習がものをいったのだ。

原田がタイトルを獲得した昭和四十年（一九六五）は、十一階級に十一人の世界チャンピオンが君臨していた（ただしヘビー級においては、WBA〈世界ボクシング協会〉が別チャンピオンを認定していたが、このタイトルは世間的には正規タイトルとは認められなかった）。ところが翌年以降、世界タイトルは次々と分裂していくことになる。つまりこの年はすべての階級に一人しかチャンピオンが存在しない最後の年となった。

ちなみに原田がチャンピオンになった時点での世界チャンピオンは以下の通りだ。ただ、この時代は新設のジュニア・クラスの世界的な評価は一段低かった。

フライ級　サルバトーレ・ブルニ（イタリア）
バンタム級　ファイティング原田（日本）
フェザー級　ビセンテ・サルディバル（メキシコ）
ジュニアライト級　フラッシュ・エロルデ（フィリピン）
ライト級　イスマエル・ラグナ（パナマ）
ジュニアウェルター級　カルロス・エルネンデス（ベネズエラ）
ウェルター級　エミール・グリフィス（アメリカ）
ジュニアミドル級　サンドロ・マジンギ（イタリア）
ミドル級　ジョーイ・ジャーデロ（アメリカ）
ライトヘビー級　ホセ・トーレス（プエルトリコ）
ヘビー級　モハメド・アリ（アメリカ）

※前述したように、WBAはヘビー級チャンピオンとしてアーニー・テレル（アメリカ）を認定していたが、これは世間的な承認を得られず、マイナータイトルと見做《みな》された。一九六五年にテレルはアリに挑戦して敗れ、タイトルは吸

収された。

右記のメンバーにはボクシングファンならため息が出るような名選手が何人も並んでいる。

サルディバルはフェザー級史上ナンバー1に推《お》す専門家もいるほどの強豪だし、グリフィスは後にミドル級も制覇したグレート・ボクサーだ。エロルデもラグナもトーレスも歴史的な名手として知られる。二十世紀最大のスポーツ選手の一人であるアリの偉大さは改めていうまでもない。こんな時代に複数階級制覇することは至難の業《わざ》といえる。

ところが原田がバンタム級王座に就いた翌年の昭和四十一年（一九六六）、WBAがサルバトーレ・ブルニ（ポーン・キングピッチに勝って王座に就いたチャンピオン）の世界フライ級タイトルを剝奪《はくだつ》し、独自に王座決定戦を行い、新チャンピオンのオラシオ・アカバリョ（アルゼンチン）を認定した。これはブルニがノンタイトルマッチで連敗したり、WBAが指名した挑戦者を忌避《きひ》したことで、「チャンピオンの資格なし」とされたためだが、一方でブルニを依然チャンピオンとして認める世論もあり、ここでフライ級の王座が二つに分裂した。

その後、今度はWBAから独立したWBC（世界ボクシング評議会）が次々とチャンピオンのタイトルを剥奪し、独自のチャンピオンを認定していった。六年後には六階級で王座が分裂し、その七年後の一九七八年にはすべての王座が分裂する。その頃にはジュニア・フライ級とジュニア・フェザー級のタイトルが新設され、その後さらに四つの階級が増設された。さらに王座認定団体も増え、二十一世紀には世界チャンピオンは七十人近くにふくれあがった。

階級と王座認定団体が増えてからは、複数階級制覇に成功したボクサーが飛躍的に増え、二〇一二年現在、その数は何と百二十人以上にのぼる。まさに複数階級制覇の大安売りである。

ところが現在にいたるも、フライ級とバンタム級の二階級を制覇したボクサーはファイティング原田ただ一人だ。どうやらフライ級とバンタム級には大きな壁があるようだ。その意味でもこの階級の壁を乗り越えた原田の偉業はもっと称《たた》えられていい。しかも一階級にチャンピオンが一人しかいない時代だけにその記録は価値が高い（近年、フィリピンのマニー・パッキャオがフライ級からスタートしてウェルター級を制覇した。大変な偉業と認めるのにやぶさかではないが、もし十一階級しかなく、すべてが統一チャンピオンだったなら、はたして複数階級を制覇できたかは不明である）。

なお、「ジョフレvs原田」戦のテレビ視聴率は五四・九パーセントをマークした。昭和四十年（一九六五）のテレビ受像機の普及率はほぼ一〇〇パーセント、つまり単純計算して、日本人の半分以上が原田の世界チャンピオン獲得を見たことになる。原田は一躍時代の寵児《ちょうじ》となった。

ちなみにビデオリサーチがモニターによる視聴率調査を始めたのは昭和三十七年（一九六二）の十二月からであるが、それから五十年の歴史の中で、この時の「ジョフレvs原田」戦の数字は歴代二十二位である。また、歴代二十五位以内に入る番組の中で、ボクシング中継は六つあるが、驚いたことにそのすべてが原田の試合なのである。もちろんすべて視聴率五〇パーセントを超えている。

この年、原田はＮＨＫの「紅白歌合戦」の審査員にも選ばれた。この頃の「紅白歌合戦」は視聴率七〇パーセントを超える「国民的番組」で、この審査員に選ばれるというのは、それだけで「国民的スター」として認められたのと同じだった。

ところで、この昭和四十一年、かつての「フライ級三羽烏《さんばがらす》」の一人、元世界フライ級チャンピオンの海老原博幸《えびはらひろゆき》が三年ぶりに世界タイトルに挑戦した。チャンピオンはＷＢＡが認定する新チャンピオンのオラシオ・アカバリョ（アルゼンチン）で、敵地ブエノスアイレスでの挑戦だった。この試合は両者激しく出血した流血戦となった。海老原は第三ラウンドに左手中指を骨折し、以後、激痛に耐えながら最終ラウンドまで戦ったが、判定はアカバリョのものとなった。

タイトルを獲《と》っても、原田の生活は変わらなかった。

相変わらず、笹崎ジムの二階に寝起きし、日常のすべてがボクシング一色の暮らしだった。

＊　＊　＊

世界チャンピオンはボクサーにとって目指すところではあるが、決して最終的なゴールではない。王座に就いた瞬間から、追われる者になるのだ。玉座の上には常に「ダモクレスの剣《つるぎ》」がぶら下がっているのだ。

昔、ギリシャの植民都市シラクサで、王ディオニソスの栄華《えいが》を称えた臣下のダモクレスを、ディオニソスは豪華《ごうか》な宴《うたげ》の場で玉座に座らせる。ダモクレスが宴の途中にふと頭上を見上げると、そこには今にも切れそうな細い糸で吊《つ》るされた剣があった。王の座は常に危険が付きまとっているという喩《たと》えに使われる有名な故事だが、世界チャンピオンの座も同じようなものだ。王座に就いたその瞬間から刺客《しかく》たちに狙われることになる。

前回のフライ級のタイトルはわずかに三ヶ月で手放した。チャンピオン・ベルトの栄光を味わう暇もなかった。その失敗を繰り返すわけにはいかない。そのためにも安穏《あんのん》と玉座に胡坐《あぐら》をかいているわけにはいかなかった。もしかしたらボクサーが本当に苦しいのは、世界チャンピオンになってからかもしれない。

原田は少しの休養を取ると、タイトル防衛に向けてトレーニングに入った。タイトル獲得後の第一戦は日本の斎藤勝男との十二回戦だった。

この試合は原田にとって防衛戦のための調整試合だったが、笹崎会長には別の目的もあった。笹崎は戦前の日本ボクシング界の草分け時代に苦労したボクサーだっただけに、日本人ボクサーにチャンスを与えたいという考えを持っていた。

かつて白井義男がチャンピオン時代には、日本のジムから「自分たちにもチャンスをくれ」という声が何度も上がった。当時、世界ランキングに入っている日本人ボクサーはほとんどいなかったから、白井と対戦して善戦すれば世界ランキングに名を連ねる可能性が生まれる。しかし興行的な問題もあって、それは実現しなかった。

後に原田と海老原がフライ級のチャンピオンとなったが、いずれも初防衛戦で敗れたため、現役の世界チャンピオンとして日本人ボクサーと対戦する機会はなかった。今回、原田が斎藤と対戦することで、初めてその機会が訪れた。

もっとも斎藤はすでにこの時、世界ランキング八位だったので、白井時代とは若干状況が異なる。それでも斎藤が原田に勝利するか善戦すれば、ランキングは上がり、初の日本人同士の世界戦が行われる可能性もあった。実はこれが笹崎のもう一つの狙いでもあった。世界的な有名選手を呼べば話題にもなるが、反面、渡航費や多額のファイトマネーがかかり、大きな収入を見込めないということもあった。もし有望な日本選手が現れ、日本人同士のタイトルマッチが行われれば、余分な経費がかからない分、興行的に大きな収入が見込める。斎藤戦が企画されたのは、そうした面があった。

もちろん斎藤戦そのものも大きな興行である。ノンタイトル戦とはいえ世界チャンピオンの試合となれば、観客動員も見込める。原田がチャンピオンでいる間にできるだけ稼ぎたいというのは笹崎ジムの意向でもあったろう。

試合はタイトル獲得後の二ヶ月後の七月二十八日に日本武道館で行われた。

この時の契約体重は一階級上のジュニア・フェザー級で行われた。ボクシングの世界ではチャンピオンが保持するタイトルの体重で戦って負けると、タイトルを剝《はく》奪《だつ》される。世界チャンピオンは「その体重では世界一強い」という前提だから、そういうルールになっている。だから世界チャンピオンがノンタイトルマッチを行うときは、必ず保持する階級以上の体重で試合をする（ちなみにヘビー級チャンピオンは体重無制限であるから、ノンタイトルマッチは決して行わない）。

斎藤はカウンターが得意な選手である。原田は斎藤のカウンターを警戒して、積極的にパンチを出さない。実は原田はこの時、調整不足でスタミナに不安があり、積極的に仕掛けることができなかったのだ。

仕方なく斎藤が前に出た。斎藤がパンチを出すと、原田がそれをかわして打つという展開になった。そのため試合そのものは盛り上がりに欠けた。しかし世界チャンピオンに胸を借りるという立場の斎藤は自分から攻めなくてはならなかっただろう。

八ラウンドを超えたあたりから、原田はスタミナを消耗したのか、動きが急激に落ちた。しかし斎藤もいまひとつ決め手に欠ける。何度かいいパンチを決めたものの、いずれも単発でたたみかけることができなかった。それでも十ラウンドに連打で原田を追い込んだ。原田はクリンチで何とかピンチを逃れた。

斎藤がやや優勢かと思われる展開で迎えた最終十二ラウンド、原田のショートアッパーが決まり、斎藤がダウンした。このダウンが決め手となって、かろうじて原田が判定勝ちした。

今ひとつ満足できない試合内容ではあったが、笹崎も原田も調整試合ということで、それほど深刻には考えなかった。やはり本番は防衛戦である。

チャンピオンになった原田に対して多くの挑戦者が名乗りを上げた。

無敵のジョフレからタイトルを奪ったとはいえ、世界のボクシング関係者からはフロック（まぐれ）と見られていた。それだけに多くのボクサーがチャンスと見たのだ。原田挑戦に名乗りを上げたのは、かつての「無冠の帝王」メキシコのジョー・メデル、同じくメキシコで売り出し中の若きハードパンチャー、ヘスス・ピメンテル、イギリスのテクニシャン、アラン・ラドキン、そして前王者のエデル・ジョフレ。いずれも強豪ばかりだった。原田挑戦に名乗りを上げた中には、その年フライ級王座から滑り落ちたばかりのポーン・キングピッチの名前まであった。

ＷＢＣは原田に「一位選手との試合」を命じたが、一位は王座から落ちたばかりのジョフレであり、ルール改正によって、すぐのリターンマッチは禁止されていた。なおＷＢＣはもともとＷＢＡの一機関として一九六三年（昭和三十八）にできた団体だが、この頃からＷＢＡと様々な方針の違いから対立していくことになる。

ＷＢＡとＷＢＣは原田に対して、二位であるジョー・メデル（メキシコ）と防衛戦をするように通告した。

メデルは二年前、原田と戦い、見事なカウンターで原田をＫＯしている。初防衛の相手として、これほど危険な相手はない。

ところが、予想外のことが起きた。六月二十日にメキシコでメデルが友人の運転する自動車で事故に遭《あ》ったのだ。自動車が高速で電柱に激突した際、メデルはフロントガラスに頭を激しくぶつけた。命はとりとめたものの、頭に大きな裂傷《れっしょう》を負い、意識不明の重傷だった。もちろん原田への挑戦は白紙になった。

原田のリング生活を追いかけると、つくづく原田は「強運」の星のもとに生まれた選手だなという思いにさせられる。ポーン・キングピッチに挑戦した時も、矢尾《やお》板《いた》の突然の引退という「運」があったし、ジョフレに勝った時もいくつかの「運」があった。この時のメデルの交通事故も、ある意味、「運」がよかったといえる。この半年後、メデルはバンタム級のKOキング、ヘスス・ピメンテルにダウンの応《おう》酬《しゅう》の末に判定勝ちしていることから、この頃のメデルは全盛期に近かったと思われる。もしこの時、原田がメデルと戦っていたなら、あるいは敗れていた可能性もある。

メデル戦が白紙になったことで、WBAとWBCは「世界ランキングの六位以内の選手との防衛戦」を許可した。その頃は世界に挑戦するためには最低六位以内に入っていなければならないというルールになっていた。もちろん当時の世界ランキングの重みは今とは比べものにならないものがあり、六位とはいえ、相当の実力者であることは間違いない。会長の笹崎僙は挑戦者を慎重に選んだ。前回のフライ級は初防衛戦でタイトルを失っている。今回は絶対にその轍《てつ》を踏むわけにはいかない。

笹崎が選んだのは世界四位のアラン・ラドキン（イギリス）だった。

ラドキンは原田より一歳上の二十三歳だが、キャリアは三年と原田よりも浅かった。戦績は二二戦二一勝（８ＫＯ）一敗。この年の三月に英連邦バンタム級タイトルを獲得し、翌月にはノンタイトル戦ながらヨーロッパ・チャンピオンに判定勝ち。初防衛戦の相手としてはかなりの強豪である。ラドキンはボクシングの本場イギリスの生んだテクニシャンだ。今日ではそういうイメージもなくなったが、かつてのイギリスのボクサーは非常にスタイリッシュで、テクニックを重視したきれいな戦い方をする選手が多かった。ジャブを重視し、ＫＯ勝ちよりもポイントを上手《うま》く取って勝つというスタイルを好む傾向がある。

ラドキンもまたパンチ力はそれほどではない。そういう意味では「怖さ」を持ったボクサーではない。ジョフレを攻略した原田のラッシュをもってすれば、負ける相手ではないと笹崎は考えたのかもしれない。

しかし油断は禁物だ。ボクシングは何が起きるかわからないスポーツだ。ジョフレが言ったように「タイトルを失うことは、銅貨を一枚失うのとは違う」のだ。

原田は九月から合宿に入った。斎藤戦を終えてひと月近く休んだ身体は六十数キロになっていた。

原田の調整はまず体重を絞っていくところから始まる。丸々と太った身体では動けないからだ。まずは少し体重を減らし、動ける身体を作る。そして基礎体力を作り、徐々に練習量を増していく。それから体重調整を行いながら、試合当日に向けて、最高のコンディションを整えていく。しかし最終的に十キロ以上も体重を落として、なおかつ十五ラウンドをフルに戦えるだけのスタミナとパワーを身に付けなければならないのだから、これは簡単なものではない。

この時、笹崎は長野県霧ヶ峰《きりがみね》高原で一次キャンプを行っている。霧ヶ峰高原は標高千七百メートルである。この頃、次期オリンピックがメキシコで行われるとあって、アマスポーツ界が高地トレーニングをしていたが、笹崎は早速これを取り入れたのだ。今では普通に行われている高地トレーニングだが、プロボクサーで最初にこれを行ったのはファイティング原田といわれている。

この時の練習で原田は新戦法を取り入れた。それは攻防一体の動きだった。これまでの原田はどちらかというと、攻撃と防御が分離していた。攻撃するときは攻撃だけ、守る時は守るだけという傾向があったのを、守ると同時に攻撃に移れるように、カウンターを取り入れた。

十一月にラドキンが来日した。リバプール出身のラドキンは、同じ町出身のザ・ビートルズと同じマッシュルームカットで、なかなかの美男子だった。空港ロビーでラドキンを見た見物客からは「かわいい」という声が漏《も》れたほどだった。

昭和四十年（一九六五）、十一月三十日、原田の初防衛戦は日本武道館で一万二千人の観客を集めて行われた。

ラドキンは左ジャブが鋭く、カウンターが巧みだった。一ラウンドから原田はこれに苦しめられた。しかし一ラウンド終了間際、原田の右ストレートがラドキンのボディに決まって、ラドキンがダウンした。このダウンによって接戦だった最初のラウンドを原田が五―三で取った。しかしビデオで見ると、この時のダウンはラドキンが足を滑らせて膝《ひざ》を突いたスリップダウンに見える。ラドキンはすぐに立ち上がり、抗議したが認められなかった。ラドキンにとっては不運なダウンだった。

二ラウンド以降も、原田はラドキンのジャブとカウンターに苦しめられる。しかしラドキンも自分から積極的に攻めてはいかないので、決め手に欠けた。

七ラウンド、それまでラドキンを攻めあぐねていた原田が左右フックでラドキンを追い込んだ。ボディから顔面へと左フックを決め、応戦しようとして前に出たラドキンに大きな右フックを打ち込んだ。ラドキンはぐらつき、グロッギーになった。しかし試合巧者のラドキンは巧みなクリンチでこのピンチを逃れた。

その後は一進一退だったが、十ラウンドになってラドキンは原田を積極的に攻めて、明らかにポイントを奪った。

しかしスタミナにまさる原田は後半になっても疲れを見せず、動きの鈍ってきたラドキンを追い込んだ。最終ラウンドはラドキンも必死で応戦し、ほぼ互角の打ち合いの中、試合終了のゴングが鳴った。

判定は三―〇で原田だった。日本人チャンピオンとして白井義男以来十一年ぶりにタイトル防衛に成功した。しかし原田の顔は紫色に腫《は》れ上がり、左上の瞼《まぶた》は無残に切れていた。

試合後、会長の笹崎は原田の出来を聞かれて、「七十点でも甘すぎる」と厳しい表情で言った。

原田自身も拙戦《せっせん》は認めていた。ラドキンの印象を聞かれて「パンチはたいしたことなかったが、上手《うま》かった」と言った。

しかし苦戦はしたが、後半の捨て身の追い込みは見事だった。何が何でも王座を防衛するという気迫に満ちていた。一方のラドキンは上手い戦いはしたが、タイトルをもぎ取るという気迫に欠けていた。プロボクシングの世界は、カウンターと防御だけでチャンピオンになれるほど甘くはない。余談だが、ラドキンはその後、二度世界タイトルに挑んだが、いずれもあと一歩及ばず、ついに世界チャンピオンの座に就くことはできなかった。ラドキンにはチャンピオンになる何かが足りなかったのかもしれない。

ただ、この試合の判定に関してはやや問題があった。英国の記者たちが「日本人ジャッジのポイントが開きすぎ」と批判した。二人の日本人審判の判定は、それぞれ八ポイント差、九ポイント差というものだったが、中立のアメリカ人審判の二ポイント差と比較すると、たしかに開きすぎではある。もっとも英国人記者たちも原田が勝っていることには異議を挟まなかった。「負けは認めるが、そこまで開いてはいないだろう」という悔《くや》し紛れの批判だったようだ。しかし、もしラドキンがもっと善戦していたら、紛糾《ふんきゅう》していた可能性はある。そのあたりがボクシングという競技の曖昧《あいまい》さであり、欠点の一つでもあることはたしかだ。

原田にとっては課題がいくつも残った試合ではあったが、世界四位の強豪を相手に初防衛を果たしたことは高く評価されていい。昔からボクシングには「防衛して初めて本当のチャンピオン」という言葉がある。その段でいえば、原田も本物のバンタム級チャンピオンになったということになる。

なお、この試合のテレビ視聴率は何と六〇・四パーセントをマークした。これは平成二十四年現在、ビデオリサーチの歴代視聴率第八位である。当時の国民がいかに原田の防衛戦に注目していたのかがわかる。ちなみにこの年（昭和四十年）の視聴率一位は「紅白歌合戦（一九九八年まで毎年、その年の視聴率一位を記録）」だが、「原田vsラドキン」戦はそれに次ぐ二位だった（同年の「ジョフレvs原田」戦は三位だった）。

もちろん原田の試合の結果は新聞の一面に大きく載《の》った。ボクシングの試合結果が新聞の一面に載ることなど、現在では考えられない。

私生活では、この年、原田の四歳年下の弟である勝広が兄に刺激を受け、プロボクシングの世界に飛び込んでいる。原田自身は弟のプロ入りには反対だったが、勝広の意思は強く、兄と同じ笹崎ジムに入門した。

勝広のボクシングスタイルも兄と同じように激しいラッシュを身上とするファイタースタイルだった。翌年には、日本バンタム級の新人王に輝いている。兄弟揃《そろ》って「新人王」獲得は珍しい記録だ。その後、勝広は「牛若丸原田」というリングネームで、日本バンタム級とフェザー級の二階級のチャンピオンにもなっている。ちなみに兄のファイティング原田は一度も日本チャンピオンになっていない。牛若丸原田は昭和四十年代の日本の軽量級のトップボクサーだったが、世界挑戦の機会は一度も訪れないまま現役生活を終えた。

＊　＊　＊

翌一九六六年（昭和四十一）二月、原田は韓国のジュニア・フェザー級一位の徐《ソ》守康《スーカン》とフェザー級のノンタイトル十二回戦を行った。これはフェザー級への転向の布石だった。

笹崎は原田の練習を見ていて、原田が最も力を発揮できるのは五七キロ前後であると見抜いていた（フェザー級の一二六ポンドは、約五七・二キロ）。これくらいの体重が最もスタミナもパワーもスピードもあり、スパーリングでも迫力があった。バンタム級リミットの一一八ポンド（約五三・五キロ）に絞ると、やはりスタミナもパワーもスピードも落ちる。

笹崎は原田を近いうちにフェザーで戦わせる可能性を探っていたのだ。徐戦はその試金石でもあった。

笹崎の読み通り、この時の徐戦で、原田は素晴《すば》らしい動きを見せて相手を圧倒した。三ヶ月前のラドキン戦よりもはるかによかった。

もしかしたら笹崎は原田が近いうちにバンタム級のタイトルを失う可能性がある

と考えていたのかもしれない。というのは、ＷＢＡ（世界ボクシング協会）から、次の防衛戦では一位の選手と戦うことを義務付けられていたからだ。

世界一位は前チャンピオンのエデル・ジョフレだった。笹崎はジョフレとの対戦だけは何としても避けたかった。前回のタイトルマッチでは、原田が一世一代の名試合を演じて勝利したが、それでも判定は実にきわどかった。それにあの時はあきらかにジョフレの油断があった。今度は目の色を変えてやってくるだろう。そうなればタイトルを奪回されるかもしれない。

笹崎はジョフレ戦を回避しようといろいろと画策したようだが、それは無駄《むだ》に終わった。その年の初め、ＷＢＡから世界ランキング一位のジョフレと防衛戦を行うようにという正式な通告があった。

原田は最強のボクサーと再びタイトルを懸《か》けて戦うことになった。

昭和四十一年（一九六六）五月、ジョフレ一行は来日した。

今回は一年前とはジョフレの意気込みが違っていた。ジョフレの関係者も「昨年のジョフレとはまったく違う」と言った。

ジョフレが練習を始めると、日本の記者にもすぐにそれが誇張でないことがわかった。シャドーボクシングの動きもスパーリングの迫力も前回とは比較にならなかった。

った。

とくにスパーリングで目立ったのは、原田のフットワークに備えて、踏み込む足を大きくして打っていたことだ。また接近戦に備えてボディへのパンチも盛んに打つなど、原田研究が進んでいると見られた。また前回は慣れない日本製グローブで戸惑《とまど》ったが、今回は事前に日本製グローブをブラジルに取り寄せ、それを使っての練習を行ってきたということだった。ジョフレの父でありトレーナーでもあるアリスチデスは「今度の試合では、五ラウンドまでに原田をKOする」と豪語した。

しかしジョフレにも不安材料がないわけではなかった。原田に負けた後、調整試合を一試合しかしておらず、それも引き分けに終わっていることだ。それに三十歳という年齢的な衰《おとろ》えもある。五年間も王座に君臨し、タフな試合を続けてきたゆえの目に見えない蓄積疲労もある。

一方、原田は王座について一年、初防衛もこなし、チャンピオンとしての自信も付けていた。年齢的にも伸び盛りの二十三歳であり、ボクサーとしてピークを迎えようとしていた。また原田には油断は露《つゆ》ともなかった。フライ級のタイトルはリターンマッチで前王者に奪い返された痛い教訓があるだけに、今回は何としてもその轍《てつ》は踏まないという気持ちがあった。

いずれにしても原田にとって、この防衛戦は前回以上のタフな試合になるのは予想できた。

五月三十一日、日本武道館で一万三千人の観客を集めて原田の二度目の防衛戦が行われた。

試合開始のゴングが鳴ると同時に、原田はコーナーを飛びだした。

前回は序盤のラウンドは様子見に徹したジョフレだったが、今回は一ラウンドから積極的に手を出してきた。強い左フック、右ストレートを何発も繰り出した。

続く二ラウンドもジョフレは力強いパンチを放って前へ出る。ラウンド終盤、ジョフレは左アッパーを原田の顎《あご》に打ち、その後、鋭いワン・ツーを決める。原田の足が一瞬よろけたところでゴングが鳴った。

ジョフレのタイトル奪回への意欲は序盤戦を見ただけで十分うかがえた。原田の防衛に一抹《いちまつ》の不安がよぎる滑《すべ》り出しだった。

しかし三ラウンドに入って、原田はジョフレをロープに詰めてラッシュして、ボディにいいパンチを何度も決めた。終盤、原田はジョフレのパンチを浴びて鼻血を出すが、軽やかなサイドステップを踏み、逆にジョフレにいいパンチを当てた。このラウンドで、ジョフレに傾きかけた流れをとめることができた。

中盤は互いに一進一退の攻防が続いた。原田の猛烈なラッシュに、ジョフレの強いパンチという展開で、手数は原田、パンチの的確さはジョフレだった。

それにしても原田の動きは素晴らしかった。リズミカルにリングを動き回り、ジョフレに的を絞らせなかった。ジョフレは原田を追うことを諦《あきら》め、何度も自らロープを背負って、カウンターを狙った。

試合前、ジョフレの父、アリスチデス・トレーナーは「五ラウンドまでに原田をKOする」と豪語していたが、原田はほぼ互角の戦いでそのラウンドを乗り切った。

六ラウンドに原田はジョフレのパンチで右目を腫《は》らすが、ジョフレも原田のパンチで左目上の瞼《まぶた》を切る。両者は互いの出血で、トランクスを赤く染めた。このあたりから試合は凄絶《せいぜつ》な様相を帯びてくる。

七ラウンドに原田はバッティング（頭をぶつける反則）で一点減点されるが、次の八ラウンドに、ジョフレをロープに詰めて連打して、失ったポイントを奪い返した。

九ラウンドの開始と同時に原田は猛烈な連打を放ち、ジョフレを防戦一方にした。中盤、ジョフレはカウンターを狙うが、原田の踏み込みとパンチの速さに、カウンターを打つタイミングが摑めない。原田の攻撃にリズムが生まれ、畳《たた》みかけるように上下を打ち分けた。試合の流れは原田に傾きかけた。

ジョフレはこのままではいけないと見たか、十ラウンドに勝負に出た。前に出て、力を込めた強い右ストレートを何発もヒットさせた。原田は手数で対抗したが、ジョフレのパンチの力強さ的確さがまさったラウンドだった。

続く十一ラウンドも、ジョフレはリング中央で原田と激しく打ち合った。終盤、ジョフレは強烈なボディブローを原田に何発も浴びせるが、原田はそれをこらえて前進し、逆にジョフレをロープに詰めて連打した。

十二ラウンドもジョフレは積極的に前に出て左ジャブから右ストレートを繰り出した。「黄金のバンタム」が見せた凄まじい攻撃だった。もし、この時、原田が守りに入っていれば、危なかった。原田は打ち返すことでこのピンチをしのいだ。しかしポイントはジョフレに奪われた。

ここまでポイントの上ではほぼ互角に近かった。両者は持てる力と技術のすべてを出して戦った。まさしく死闘と呼ぶにふさわしい試合だった。こうなると、後はもう精神力の戦いである。どちらがより大きなものを背負っているかだ。

勝負は残る三ラウンドだった。

十三ラウンド、両者は火の出るような打ち合いを演じたが、二分過ぎにジョフレが強烈な右ストレートを原田の顔面にヒットした。原田は一瞬よろめくが、すぐに反撃に移り、ジョフレに傾きかけた流れを食い止めた。

十四ラウンド、開始まもなくジョフレは右アッパーを大きく空振りした。ジョフレは疲れたのか、スピードが落ちた。一方の原田はまったくスピードが落ちなかった。はずむようなフットワークを使って休むことなくパンチを繰り出した。ジョフレは一発を狙うが、動き回る原田を捉えることができない。

一分過ぎ、原田は強い右をジョフレのボディに打つ。後退するジョフレをロープに詰めて激しくラッシュした。「狂った風車」と呼ばれた怒濤《どとう》のラッシュだ。ここにいたって、これほどのラッシュを見せる原田のスタミナは驚異的である。ジョフレは何とかクリンチに逃れるが、終盤、またもや原田に捕まる。原田はノックアウトを狙って打ちまくった。ジョフレの左目の上の傷から大量に血が流れた。ジョフレはほとんど防戦一方になった。観客はもう総立ちである。

ジョフレはクリンチに逃れたが、この時、自コーナーを見やり、かすかに首を振った。それは戦意を失った表情にも見えた。

このラウンドは原田が一方的に支配したラウンドだった。

ついに最終ラウンド開始のゴングが鳴った。このラウンドも原田が初めから激しく打って出た。何度もジョフレをロープに詰めてラッシュした。原田のパンチから懸命に逃れようとするジョフレには、かつての無敵王者のイメージはなかった。左目の瞼の出血は激しく、端正な顔は血に染まった。原田のトランクスも返り血を浴びて真っ赤だった。

終盤、ジョフレは逆転KOを狙って、最後の力を振り絞って強い左右を振るうが、原田を捉えることはできなかった。両者がリング中央で打ち合う中、試合終了のゴングが鳴った。

試合終了と同時に原田とジョフレは抱き合い、笑顔で互いの健闘を称え合った。しかしジョフレの顔にはすでに諦めの表情が漂っていた。

判定は三—〇で原田だった。

三人のジャッジは、それぞれ三ポイント、二ポイント、一ポイントの差をつけていた。採点表を見ると、十四ラウンドと十五ラウンドで原田が二〜三ポイントを取っている。原田は最後の二ラウンドで勝利を摑んだのだ。これは原田の猛練習の賜《たま》物《もの》に他ならない。地獄のような練習を積んだ男だからこそ、このタフな試合の土壇《どたん》場《ば》で力を振り絞ることができたのだ。

一方、必勝を期したジョフレだったが、三十歳という年齢が大きくこたえた。リングサイドで観戦していた矢尾板貞雄《さだお》は「ジョフレは老いた」とはっきり感じたという。

ジョフレのマネージャーをはじめとする関係者は、試合後に原田側を非難した。

それは「日本人観客の異常な応援がジョフレに心理的圧迫を与えた」というもの、そして「原田のバッティングは故意による」というもの、そして「原田のクリンチは汚い」というものだった。しかし、いずれも負け惜しみにしか聞こえなかった。関係者が口汚くののしる横で、ジョフレは何も言わず黙っていた。その横でマリー夫人が悲しそうに夫を見つめていた。

ところで、私（筆者）はこの試合こそが原田のベストファイトではないかと考えている。ジョフレからタイトルを奪った試合も日本ボクシング史に残る素晴らしい試合だったが、王者の油断という幸運に恵まれた一面もあった。しかしタイトル奪回に向けて懸命にトレーニングを積んできたジョフレを打ち破ったこの試合は、第一戦を上回る凄味があった。とくに最後の二ラウンドに原田の真価が発揮された。

プロボクシングはしばしばスポーツの限界というよりも人間の限界を超える世界に足を踏み入れる。現在の世界タイトルマッチは十二ラウンド制だが、これは一九八二年（昭和五十七）にWBA世界ライト級のチャンピオン、レイ・マンシーニ（米）が挑戦者の金得九《キムドゥック》（韓）を十四ラウンドにノックアウトして死に至らせたことがきっかけとなっている。当時マンシーニはアメリカの人気ナンバー1ボクサーで、この惨劇《さんげき》はテレビを通じて多くの人々にショックを与えた。また事故後、その時のレフェリーと金の母が自殺したことで、全米で「ボクシングは危険すぎるスポーツではないか」という世論が起こった。

調べてみると、過去に起こった世界タイトルマッチにおける死亡事故のほとんどが十三ラウンド以降に発生していることがわかった。そのデータは、「ボクシングの十三ラウンド以降は人間の限界を超える領域である」ということを証明しているともいえた。昔から「タイトルマッチの最後の三ラウンドは死闘である」といわれてきた。それは精神と肉体の限界を超えての戦いでもあったからだろう。

「真に強いチャンピオンは、最後の三ラウンドが強い」ともいわれてきたが、それは過去の偉大なチャンピオンたちは、常人をはるかに凌《しの》ぐ強靱《きょうじん》な体力と精神力を持った男たちであったということかもしれない。

安全性のため、WBCは一九八三年（昭和五十八）から、WBAも一九八七年（昭和六十二）から、世界タイトルマッチは十二ラウンド制になり、他のチャンピオン認定団体も右へ倣《なら》った。

ラウンド数が減りレフェリーによるストップも早くなった現代のプロボクシングは、よりスポーツの要素が強くなったといわれる。しかし原田の現役時代はそうではなかった。六〇年代のボクシングはまだ古代の格闘技の恐ろしさを引きずっていた。原田はそんな時代の覇者だった。

かつてモハメド・アリはこう言った。

「死に物狂いの練習に耐え抜いてきた者こそが、厳しい互角の勝負において、心の底まで降りて行って、勝利に必要な一オンスの勇気を持ってくることができる」

この試合で、原田は心の底まで降りて行き、「勝利に必要な一オンスの勇気」を持ってきたのだ。そして「厳しい互角の勝負」の最後の二ラウンドを掴み取り、勝利を手にしたのだ。それができたのは、原田が死ぬほどの苦しい練習と減量に耐え抜いたからに違いない。

十四ラウンド、ジョフレがロープを背にしてコーナーを見て力なく首を振った時、もしかしたら彼は勇気の一オンスを持ってくることを諦めたのかもしれない。

しかしこのことでジョフレが非難される理由はない。どれほど偉大な名ボクサーにも黄昏《たそがれ》の時は必ずやってくる。長いボクシングの歴史で連綿と繰り返されてきたごとく、この夜、古き王者は新しき王者にその座を譲《ゆず》ったのだ。

ジョフレはブラジルに帰国した後、引退を表明した。

記者会見の席上、ジョフレは「マルスが去った」と言った。マルスとは火星であり、ギリシャ神話の戦いの神だ。占星術を信じるジョフレは、つねづね「自分にはマルスがついている。マルスがいるかぎり、誰にも負けることはない」と語っていた。しかし今、彼は自分の星から「マルス」が去ったことを悟ったのだ。

「黄金のバンタム」と称えられ、多くの強豪を打ち倒してきた不世出のチャンピオンは、こうして静かにリングを去った。

なお、この試合のテレビ視聴率は六三・七パーセントという驚異的な数字をマークした。単純計算してほぼ三人に二人は観たことになる。まさに全国民が固唾《かたず》を呑《の》んで見守ったのだ。この数字は歴代視聴率の第五位にあたる。この年、ザ・ビートルズの来日公演が五六・五パーセントであるから、いかにすごいかがわかる。

またこの二年前に行われた東京オリンピックの「女子バレーの決勝戦」の数字が六六・八パーセント（歴代二位）だから、原田の防衛戦は東京オリンピック並みの関心事であったことがわかる。この数字は、原田はもう一スポーツ選手の枠を超え、国民的ヒーローになったことを意味している。おそらく日本で初めて世界チャンピオンを獲得した白井義男と同レベルに並んだといっても過言ではない。白井の時代にはテレビがほとんど普及していなかったことを考えると、その存在感の大きさは白井以上であったかもしれない。

この頃、ボクシング人気は非常に高かったが、視聴率五〇パーセントを超えたのは、昭和四十一年（一九六六）の「アカバリョvs高山勝義」戦（視聴率五〇・七%、歴代三十七位）しかない。いかに原田の人気がずば抜けていたかがわかる。

大衆は原田の持つ、明るい性格、一所懸命に努力する真面目《まじめ》さ、目標とするものに向かうひたむきさ、大言壮語《たいげんそうご》しない謙虚さ、礼儀正しさ、といったものを愛したのだ。原田こそ、まさに戦後の日本人が忘れていた古き良き日本人の美質を持った若者だった。だからこそ、国民はそんな原田を懸命に応援したのだ。

原田のボクシングは決して見栄《みば》えの良いものではない。同時代の関光徳《せきみつのり》のようなスマートさもなく、海老原のような破壊的な凄《すご》さもなく、ひと時代前の矢尾板のような華麗《かれい》なテクニックもなかった。原田のボクシングは無骨であり、不器用だった。打たれても打たれても前進を止めず、決して逃げることなく、飽くなき闘志で向かっていった。だからこそ国民はそんな原田を誰よりも応援したのかもしれない。

＊　＊　＊

ところで、原田に敗れてリングを去ったジョフレだが、彼の人生には驚くような後日談がある。

引退後、ジョフレは実業家として成功し、サンパウロの市議会議員にもなった。

しかし彼はそんな恵まれた生活にもかかわらず、いつしか物足りないものを感じ始めた。その思いとは「リングでやり残したことがある」というものだった。その思いは次第に強くなり、引退から三年後、ついにジョフレは再びリングに上がる決心をした。年齢は三十三歳になっていた。

多くの友人たちが思いとどまるように言った。今更カムバックして何になる、いくら頑張ってもチャンピオンに返り咲くことはできない、過去の栄光までも地に墜《お》ちる、あたら老醜《ろうしゅう》を晒《さら》して、かつてのファンを悲しませるだけだ、と。

そのアドバイスは正しい。引退後に困窮《こんきゅう》し、あるいはかつての栄光が忘れられずにカムバックし、悲惨《ひさん》な目にあった元チャンピオンは星の数ほどいる。栄光を取り戻した元チャンピオンなど皆無《かいむ》といってもいい。十二年間に二十五度もタイトルを防衛し、ヘビー級史上最強といわれたジョー・ルイスでさえ、カムバック後は若いホープに無残なKO負けを喫して、ファンを悲しませた。

しかしジョフレは周囲の反対を押し切ってリングに上がった。父アリスチデスはそんな息子の気持ちに応えるべくトレーニングの指導をした。

ジョフレはバンタム級から一階級（今なら二階級）上げてフェザー級でカムバックした。これも危険な道だった。「黄金のバンタム」はあくまでバンタム級でのことだ。フェザー級に上げて、バンタム級時代の強さを発揮できるのかは非常に怪しい。しかも引退後三年も経っている。年齢も三十三歳だ。誰が考えても無謀な挑戦に見えた。

ところがジョフレは周囲の予想を裏切り、連戦連勝した。「黄金のバンタム」はいささかも錆《さび》ついていなかったのだ。

しかしジョフレは慎重だった。決して世界挑戦を急がなかった。彼ほどの実績とネームバリューを持つボクサーなら、プロモーターにいつでも世界タイトル挑戦をマッチメークしてもらえるにもかかわらず、ジョフレは自分の力を測りながら、年間数試合のペースを守り、徐々に実戦の勘《かん》を取り戻していった。ただこの慎重さは両刃の剣《つるぎ》でもあった。なぜならジョフレはもう一つの敵、「老い」とも戦わなくてはならなかったからだ。時間が経てば経つほどに力が衰える。

カムバック後の四年間で一四勝（８ＫＯ）の成績を上げ、フェザー級の世界ランキングに入ったジョフレは、ついに世界タイトルに照準を合わせた。

一九七三年（昭和四十八）五月、ジョフレはサンパウロでＷＢＣ世界フェザー級チャンピオン、ホセ・レグラ（スペイン）に挑戦した。この時、ジョフレは三十七歳になっていた。レグラはキューバ出身（革命で亡命）の黒人ボクサーで一四八戦一三四勝一〇敗四分けというものすごいキャリアを持つ歴戦の強豪だった。ジョフレの勝利を予想した者はいなかった。

この試合でジョフレは序盤にレグラのボディブローでダウンするが、その後は立ち直って判定勝ちし、チャンピオンに輝いた。一九六五年（昭和四十）に原田に奪われて以来、八年後に再び王座に返り咲いたのだ。世界のボクシング関係者はあらためてジョフレの底知れぬ強さに驚いた。

そして初防衛戦でメキシコの英雄、ビセンテ・サルディバルを迎えた。サルディバルはフェザー級の歴史に燦然《さんぜん》と輝く強豪だ。全盛期の関光徳の挑戦を二度退け、英国の誇る最高級のテクニシャン、ハワード・ウィンストンの挑戦を三度退けた名チャンピオンだった。無敗のまま引退した後、二年後にカムバックして再び王座に就いた天才だ。その天才が三度目の王座獲得を目指して、ジョフレに挑んだのだ。

この試合で、ジョフレは七歳年下のサルディバルを四ラウンドにノックアウトした。サルディバルはその試合を最後に完全に引退した。

しかし翌年、ＷＢＣはジョフレが期限内に防衛戦を行わなかったことを理由にタイトルを剝奪《はくだつ》した。これは大変な暴挙である。あの偉大なる「黄金のバンタム」のジョフレからタイトルを剝奪するとは、権力の濫用《らんよう》以外のなにものでもない。ただこの当時、世界タイトルの多くがＷＢＡとＷＢＣに分かれ、互いの団体が自らの認定する王座の正当性を強く主張していたことから、規約を徹底しようという流れがあったこともたしかだ。しかしもう一つの穿《うが》った見方もある。ＷＢＣの本部はメキシコにある。ジョフレがメキシコの英雄サルディバルを打ちのめしたことによる報復的な措置《そち》という見方である。もちろん真相はわからない。

ジョフレはそこで二度目の引退をしたが、驚いたことに、一つの調整試合を挟んで二年後、再び本格的にカムバックした。

カムバック後は七連勝を果たし、フェザー級の世界ランカーの強豪、オクタビオ・ゴメス（メキシコ）を破り、世界タイトル挑戦目前まできた。この時、何とジョフレは四十歳になっていた。

ところがその年、幼い頃からジョフレを支えてきた父アリスチデスが亡くなった。

心の拠《よ》り所を失ったジョフレは今度こそボクシングを辞める決心をし、グローブを壁に吊るした。そして再びリングに戻ることはなかった。

ジョフレの生涯戦績は七八戦七二勝（50ＫＯ）二敗四分け。足掛け十九年に及ぶ彼の輝かしいリング生活で喫した敗北は、ファイティング原田に敗れた二つだけだった。

第八章

チャンピオンの苦しみ

「調子は良かった。
作戦の誤りもなかった。自らの力を出し切った」

（メデル）

昭和四十一年（一九六六）、原田はジョフレとの防衛戦の後、五月と八月にノンタイトル戦を行っている。いずれもフェザー級進出を目論《もくろ》んでのことだ。

五月の試合は調整試合的な意味合いが強かったが、十月の相手アントニオ・エレラ（コロンビア）は世界フェザー級四位の強豪だった。この試合で、原田は一時はダウン寸前に追い込まれるなど、大苦戦を喫する。かろうじて判定勝ちしたが、一階級上の世界ランカーの実力をたっぷりと味わわされるとともに、フェザー級への進出に不安を残した試合でもあった。

この年の秋、原田の三度目の挑戦者に決まったのはジョー・メデルだった。前年、原田のタイトルに挑戦することがほぼ決まっていたにもかかわらず、自動車事故でふいにしたメデルだったが、怪我《けが》も癒《い》え、ついに挑戦者として名乗りを上げたのだ。

原田にとっては実に嫌な相手といえた。三年前の昭和三十八年（一九六三）、原田がバンタム級で快進撃を続けていた時、事実上の挑戦者決定戦として戦った相手が、他ならぬメデルだった。その試合で、原田はメデルの芸術的なカウンターで三度も倒され痛烈なＴＫＯ負けを喫していた。

メデルの恐ろしさは日本のファンにもよく知られていた。昭和三十六年（一九六一）にバンタム級に転向したばかりの関光徳《せきみつのり》を五ラウンドKO、昭和三十七年（一九六二）に世界フライ級一位の矢尾板《やおいた》に判定勝ち（この試合は世界バンタム級一位とフライ級一位が対戦した歴史的な試合）、昭和四十年（一九六五）にバンタム級の世界ランカーである斎藤勝男に判定勝ちと、日本の誇る名選手たちをことごとく下している。自らロープを背負い、相手に攻めさせてカウンターで仕留めるメデルを、日本のファンは「ロープ際の魔術師」と呼んだ。

余談になるが、日本でのメデルの評価は非常に高いにもかかわらず、意外にも本国メキシコでの人気はそれほどでもなかったといわれる。それはメデルがカウンターを得意とするボクサーだったからだ。マッチョの国メキシコは、勇敢に前に出て攻撃するボクサーの人気が高い。相手の攻撃を待ってカウンターで迎え撃つボクサーはファンの支持を得られにくい傾向がある。同国の生んだフェザー級チャンピオンのビセンテ・サルディバル、バンタム級チャンピオンのルーベン・オリバレスなどは典型的なファイターで、絶大な人気者だった。後年、アルフォンソ・サモラとカルロス・サラテという二人の無敗のバンタム級チャンピオンが同時に現れて大いに話題を呼んだが、世界的な評価はサラテが上だったにもかかわらず、地元メキシコでは、カウンターを得意とするサラテよりもファイターであるサモラの方が人気は上だった。

メデルのもう一つの綽名《あだな》は「無冠の帝王」である。彼の不運は全盛期にジョフレが存在したことだ。メデルはジョフレと二度戦い、二度ともKOで敗れている。

私はこのうち最初の試合、ジョフレが世界チャンピオンになる直前の一九六〇年(昭和三十五)にアメリカのロサンゼルスで二人が戦ったビデオをハイライトで見ているが、これは私が見てきた何百試合の中でも十本の指に入る名勝負だ。互いに一打必倒の狂気のようなパンチを繰り出しての攻防は、ボクシングという競技の持つ真に恐ろしいものを見せつける。この試合でのジョフレの鬼のような強さは形容する言葉を失うほどだ。原田と戦った時よりもはっきり強いと断言できる。

ところが、その強いジョフレをメデルが何度もノックアウト寸前に追い込んでいるのだ。強烈なボディブローでジョフレの上体を折り曲げ、頭部への強打でグロッギーにしている。この試合に見るメデルはカウンターの名手ではない。実に獰猛《どうもう》なファイターだ。

劣勢に追い込まれたジョフレだったが、十ラウンド(この試合は十二回戦)に狂ったような猛攻を見せた。コーナーからコーナーへと阿修羅《あしゅら》のようにメデルを追いまわし、滅多打ちにした。最後にとどめの右ストレートを打ち込むと、メデルは前のめりに顔からリングに倒れ、そのまま失神した。このシーンを初めて見た時、ボクシングは殺し合いなのか、と一瞬背筋が寒くなったのを覚えている。

ジョフレにとって、この試合は原田戦の二試合を除いて、最も苦しめられた試合といわれている。後にジョフレはこう語っている。

「生涯に戦った相手で一番手強かったのはメデルだ」

メデルは二年後の一九六二年（昭和三十七）、今度は世界チャンピオンとなったジョフレに挑戦したが、六ラウンドKOで敗れた。当時、全盛期を迎えていたジョフレに完敗したと伝えられている。ジョフレには二度敗れたメデルだったが、その後も長く世界バンタム級の不動の一位として君臨する。

そのメデルが原田の三人目の挑戦者としてやってきたのだ。彼にとって、四年ぶり二度目の世界挑戦だった。

原田にとっては、メデルはジョフレ以上に恐ろしい挑戦者だった。

数字で争う陸上競技ではない格闘技の世界ではしばしば相性が勝敗を大きく左右する。三段論法が通用しないジャンケンの三すくみ状態は決して珍しいことではない。猪突猛進《ちょとつもうしん》型の原田にとって、カウンターを得意とするメデルは最も嫌な相手かもしれなかった。関係者の間には、「原田、危うし」という声もあった。

一番の不安材料は、原田が過去にメデルにTKOで敗れているということだった。ボクサーにとって、KO負けの精神的ショックは一般人が思う以上に大きい。

立ち上がれないほどに打ちのめされた相手には、深層心理に一種のトラウマのような強い恐怖感を植え付けられるといわれている。

原田はその恐怖心を猛練習で克服しようとした。自分をとことん苦しめることで、闘争心を高めていくというのが原田のやり方だった。

現役時代の原田は誰もが認める明るい好青年だ。いつもにこにこして人と争うようなことはない。ところが、試合を控えて合宿に入った頃から人が変わるといわれた。その原因の一つは、過酷な減量だった。

試合のたびに十数キロ以上の減量をした。七十キロ近くまでふくらんだ身体を五三・五キロまで絞るのだ。わずか二ヶ月ほどで身体の肉を二〇パーセントも削り取るのだから、これはもう命を懸《か》けているといっても過言ではない。

合宿のトレーニングではセーターや合羽《かっぱ》を何枚も着こみ、一五キロメートル以上のロードワークをする。普通に走るのではない。何度もダッシュしたり、激しいシャドーボクシングを挟みこんでのロードワークだ。流れる汗がシャツとトレーニングパンツを通してシューズに流れ込み、走るたびにシューズから汗が飛び出したという。元日刊スポーツの佐藤邦雄記者は、「原田の減量は見ている方も辛《つら》かった」と語った。減量が進むと、肌の艶《つや》が失われ、唇《くちびる》がぱりぱりになってひび割れてくる。

頬《ほお》がこけ、目が血走ってきて、その顔は人間のものとは思えなくなってくるという。

ロードワークを続けていると、口の中が乾ききって舌が口の中にくっつくため、途中の公園で口の中に水を入れてうがいすることが認められていた。原田は蛇口に口をつけ、口内を水で湿《しめ》すのだが、その時、笹崎《ささざき》は原田の喉《のど》の動きを怖い目で睨《にら》んでいる。たとえ僅《わず》かでも水を飲めば喉仏《のどぼとけ》が上下するからだ。佐藤記者は原田が誘惑に負け、何度か水を飲んだ場面を目撃している。笹崎は原田が水を飲むと、ロードワークの距離を増やした。世界タイトルを守るためにはここまでやらなければならないのか、と佐藤は思ったという。

佐藤にはもうひとつ原田の減量で忘れられない場面がある。笹崎ジムのリングで会長の持つパンチングミットに原田がパンチを打ち込んでいる練習を取材している時のことだ。ある若いスポーツ記者がガムを噛《か》みながらジムに入ってきたのだが、それをちらっと目にした原田の顔が、俄《にわか》に鬼のような形相《ぎょうそう》に変わったのだ。佐藤はこの時はっきり「殺気」を感じたと言う。若い記者にもそれが伝わったのか、ガムを噛む口の動きが止まった。佐藤は、「あの恐ろしい顔は今でも忘れられない」と私に語った。

私はこのことを原田に聞いてみた。原田はその場面は覚えていなかったが、減量中に記者を殴ってやりたいと思うことはよくあったと言った。

「こっちが水も飲めない苦しい中で練習しているときに、何か食べながら取材している記者を見ると、本気で殴ってやりたい気持ちには何度もなったよ」

原田はそう言って笑った。

四十年以上も前のことなので、原田自身も笑い話として語っているが、おそらくその時は佐藤記者が感じたように、「殺意」に近い感情があったのだろうと思う。

原田の試合のビデオを見ていつも感じるのは、彼のこの凄《すさ》まじいエネルギーはどこから生まれるのかというものだが、その一つが過酷な減量に耐え抜いた精神力ではないだろうかと思う。

昭和四十二年（一九六七）一月三日、愛知県体育館で原田の三度目の防衛戦が行われた。この当時は正月三箇日《さんがにち》のボクシング興行は珍しくなかった。愛知県体育館は、二年前、原田がジョフレからタイトルを獲《と》った縁起《えんぎ》のいい場所である。

この日の原田は慎重だった。いつものラッシュ一辺倒ではなく、距離を取りながら戦った。決して不用意に前には出なかった。単調に前に出れば、メデルのカウンターの餌食《えじき》となる。

一方のメデルは原田を誘うように後退した。この試合を観戦した作家の三島由紀夫は彼らしい表現でこう評している。

「メデルは、夜の女のように、ロープへロープへと原田を誘いこむ」(「報知新聞」昭和四十二年一月四日)

観客の目にもメデルの作戦はわかっていた。メデルがロープを背にすると、観客席から「危ない！」という声が何度も飛んだ。

しかし原田は敢えてその誘いに乗り、攻め込んだ。三島は前述の文章の後にこう続けている。

「そこには死の誘惑が待っているが、据《す》え膳《ぜん》食わぬは男の恥、原田は敢然と飛びこんでいく。しかし、もう相手の手に乗るほど初心《うぶ》ではない」(同前)

この夜の原田はメデルのカウンターを十分注意しつつ、うまく中に入りながらパンチを打った。三ラウンドには何度もラッシュしてポイントを奪った。

しかし四ラウンド、原田は警戒していたはずのメデルの左フックのカウンターを受けて、足をもつれさせた。さらに左目の上を切り、流れた血で顔面を赤く染めた。観客は、やはりメデルのカウンターは怖いと思った。

ところがそのパンチを受けて逆に原田の闘志に火が点《つ》いた。ラッシュを控えるのではなく、さらに猛烈にラッシュを敢行した。これは本当に凄《すご》い。神業《かみわざ》的なカウンターの名手で、しかも以前にそのパンチでノックアウトされている相手に向かって自分から飛び込んでいくのは、真に勇気がなくてはできるものではない。

五ラウンド、原田は凄まじい攻撃でメデルをロープに詰めて連打した。何度も強烈なパンチを見舞い、前のラウンドで失ったポイントを取り戻した。

六ラウンド、七ラウンド、八ラウンドと一進一退の攻防が続いた。メデルはロープを背にしてカウンターを狙い、それを原田がうまくかわしながら中に入りラッシュするという展開が続いた。中盤、原田の左瞼《ひだりまぶた》から再び血が流れ、白いトランクスは血で染まって真っ赤になった。

十ラウンドに大きな山場が訪れた。それまでずっとロープを背にして戦ってきたメデルが、初めてリング中央に打って出た。原田にうまくカウンターを当てられないもどかしさがあったのかもしれない。ボクシングの判定では、互いに有効打が同じなら攻勢を取っている方がポイント的には有利だ。メデル陣営は待ちに徹するカウンター戦法ではポイントを失うと思ったのかもしれない。

両者はリング中央で激しく打ち合った。中盤、メデルの強烈な左右フックが原田の顎《あご》を捉《とら》えた。原田は足をふらつかせダウン寸前のピンチに見舞われたが、クリンチで何とか逃れた。

次の十一ラウンド、今度は原田が反撃した。左ジャブから右の大きなスイング気味のストレートが何度もメデルの顎を捉えた。

このラウンドでペースを握った原田はそれ以降、再びロープを背負ったメデルのカウンターを避けながら、何度も中に入り、ラッシュ攻撃でメデルを打ちのめした。終盤、原田よりも五歳年長の二十八歳のメデルははっきりと疲れを見せた。逆に原田はいつものように無尽蔵《むじんぞう》のスタミナを発揮した。十二ラウンドから十四ラウンドにかけて、原田が一方的にポイントを奪った。

最終ラウンドを迎えた時、ポイントでは原田が大きくリードしていたのは誰の目にも明らかだった。メデルにはもうKO勝ちしか勝利への道は残されていなかった。逆にいえば、原田はこのラウンドさえ乗り切れば判定勝ちは確実だった。観客の誰もが、原田は無理をせず打ち合いを避けて逃げ切る作戦に出ると思った。

しかし最終ラウンドと同時に、原田は勇敢にもラッシュを敢行《かんこう》した。これこそファイティング原田のボクシングだった。ポイントを計算しての「逃げのボクシング」は原田の辞書にはない。観客は原田の勇気に熱い声援を送った。しかし次の瞬間、愛知県体育館に衝撃が走った。

原田のラッシュの一瞬の隙《すき》を衝《つ》き、ついにメデルの左フックのカウンターが炸裂《さくれつ》したのだ。原田は足をもつれさせ、リングを遊泳した――観客席に悲鳴が上がった。

メデルは最後に訪れたチャンスに踏み込んで強打をふるった。もしこの時、原田が防御に回っていたなら、あるいは倒されていたかもしれない。しかし原田はこのピンチに、左右フックで応戦した。そして最大のピンチをしのいだ。

メデルは残るわずかな時間に逆転KOを狙って、猛烈なアタックをかけた。カウンターの名手がなりふり構わず打って出たのだ。

原田はフットワークを使ってその攻撃をかわした。鬼のような形相で原田を追うメデル、逃げる原田——手に汗握る攻防戦のさなか、試合終了のゴングが鳴った。

その瞬間、メデルは天を仰いだ。彼はついに原田を捉えることができなかった。それは何年も追いかけ続けた「タイトル」が彼のもとから永久に去ったことを意味した。

判定は文句なしに原田だった。

試合後、メデルは自らの敗北を認めた。

「調子は良かった。作戦の誤りもなかった。自らの力を出し切った」

メデルはそう語った後、「原田は前よりも強くなっていた」と言った。

メデルがチャンピオンになれなかったのは、「運」としかいいようがない。ボクサーとしての絶頂期にあった時はジョフレという怪物が君臨し、原田に挑戦した時は全盛期を過ぎていた。もし交通事故による挑戦白紙がなく、一年半前に原田と戦っていたら、試合は別の展開を見せていたかもしれない。

なお、この試合のテレビ視聴率は五三・九パーセント（歴代二十三位）を記録した。

メデルほど日本人に愛された外国人ボクサーはいない。その後も何度も来日し、多くの日本人ボクサーとグローブを交えた。ボクシング漫画の名作『あしたのジョー』には、主人公・矢吹丈《やぶきじょう》のライバルとしてカーロス・リベラという強豪が登場するが、その綽名《あだな》が「無冠の帝王」だった。おそらくこれはメデルから借用したものだろう。あるいは「丈《じょう》」という名前も、ジョー・メデルから拝借したものかもしれない。丈の「伝家の宝刀」であるクロス・カウンターは、メデルの得意パンチだったからだ。

メデルの最後の試合は、原田戦から九年後の昭和四十九年（一九七四）、後楽園ホールで、後に世界ジュニア・フェザー級チャンピオンとなる、当時は「ＫＯ仕掛け人」として売り出し中のロイヤル小林との一戦だった。連続ＫＯで快進撃を続けていた小林に、三十六歳の老雄は芸術的なカウンターで一度はダウンを奪っている（判定はスリップ）。しかし六ラウンドに負傷ＴＫＯで小林の軍門に降《くだ》った。

メデルはその場で引退を発表、後楽園ホールは彼のために送別のテンカウントを鳴らした。

引退するボクサーにテンカウントを鳴らすのは、ボクシング界独特の風習だ。異国のリングの上で静かにテンカウントを聞くかつての「無冠の帝王」に、観客は惜しみない拍手を送った。

＊　＊　＊

メデルの挑戦を退けた原田は、次の防衛戦は六位までの選手から選んでもよいということになった。

ちなみに昭和四十二年（一九六七）三月のバンタム級の世界ランキングは、以下のようになっている。一位マクゴーワン（英）、二位ラドキン（英）、三位カラバロ（コロンビア）、四位桜井（日）、五位中根（日）、六位メデル（メキシコ）、七位ピント（ブラジル）、八位エリアス（米）、九位斎藤（日）、十位ジョーンズ（米）。

二位のラドキンと六位のメデルは一度対戦しているから除外。一位のマクゴーワンは前WBCのフライ級チャンピオンであり、防衛戦で選ぶのは危険である。桜井孝雄は東京オリンピックのバンタム級の金メダリストで、プロ入りしてから一四連勝している日本のホープである。しかし五位の中根義雄と同様、興行的に盛り上がりにくい相手として、笹崎は挑戦者候補から外した。

消去法で原田の四度目の防衛戦の相手に選ばれたのは、ベルナルド・カラバロだった。カラバロは長らくバンタム級の世界ランキングに名を連ねている強豪だった。負けは三年前に当時チャンピオンだったジョフレに挑戦し、KO負けした一つだけである。

南米の黒人ボクサー特有の身体を柔軟に動かして、懐《ふところ》の深いボクシングをする。加えて素晴《すば》らしいフットワークを持っていた。

来日したカラバロは陽気な男だった。もともとの家業は漁業で、カラバロも幼い頃から船に乗って漁業をしていた海の男だった。明るい男でジョークをよく言った。年齢は原田よりも一歳上の二十五歳だった。

昭和四十二年七月四日、東京の日本武道館で原田の四度目の防衛戦が行われた。

この試合、一ラウンドからカラバロの動きに原田は翻弄《ほんろう》された。リングを素早く動き、原田に的を絞らせない。ストレートもアッパーもスピード十分で、面白いように原田の顔面に決まった。多くの観客が、この試合の前途に不安を感じた。

もしこの時、カラバロが落ち着いて攻めていたら、原田は倒されていたかもしれなかった。しかしカラバロは雑な荒いパンチでそのチャンスを逃した。四―五ラウンド終了間際に原田の右フックが決まって、カラバロがダウンした。

でこのラウンドを失うところを逆に五―三でポイントを取ったのだ。

ほとんど一方的な流れになりかけていた試合をこのダウンが変えた。二ラウンド以降、カラバロは原田のパンチを警戒し、一ラウンドのような自在なボクシングは影を潜《ひそ》めたからだ。その意味ではまさに運命的なダウンだった。

中盤までは一進一退だったが、一ラウンドのダウンで取った分を原田がリードしていた。しかし原田は三ラウンドに受けたカラバロのパンチで鼻血を流していた。

減量に苦しんだ原田は中盤からがくっとスピードが落ちた。そこをカラバロに衝かれた。八ラウンドにカラバロの鋭い左右アッパーを何度も顎《あご》に喰らい、原田は何回も腰を落としかけた。さらに左瞼《ひだりまぶた》を切って、血を流した。

九ラウンドにも原田はカラバロの角度のいいアッパーを五回も顎に受けて、完全にグロッギーになった。並のボクサーなら、このラウンドで倒されていたかもしれない。しかし原田は凄まじい耐久力と精神力で踏ん張った。

そして十ラウンド以降は持ち直し、逆にカラバロを攻め込むシーンを何度も見せた。まさに驚異的なスタミナだった。終盤、カラバロは原田の無尽蔵ともいえるスタミナに辟易《へきえき》したのか、ホールディング（相手の腕を脇にはさんで攻撃を封じる反則）を繰り返した。十一ラウンドにこの反則で減点一を取られている。

試合は接戦のまま最終ラウンドを迎えたが、カラバロは最後になって猛烈に攻めてきた。原田は何度もカラバロのパンチを貰《もら》って身体をぐらつかせたが、ついに一度もダウンすることなく試合終了のゴングを聞いた。

判定は小差ながら三―〇で原田だった。

リングサイドにいた関係者の中には「カラバロの勝ちではないか」と言う者もいた。

試合後、カラバロはきわどい判定を落としたにもかかわらず、そのことで不満を言わなかった。

「原田は素晴らしいチャンピオンだ」と褒《ほ》め称《たた》え、「これまで数多くの試合をしてきたが、力負けしたのはこれが初めてだ。ジョフレとの試合に負けた時はコンディション作りに失敗したからだ」と言った。

そして最後に「もう一度、挑戦したいね」と言ったが、彼自身、もう二度とチャンスが訪れないことはわかっていただろう。しかしそのことをくよくよすることはなく、明るく日本を去っていった。

カラバロはその後十年近くリングに上がり続けるが、世界挑戦の機会はついに訪れなかった。

なお、この試合もテレビ視聴率は五七・〇パーセント（歴代十二位）を記録した。この年の紅白歌合戦に次ぐ年間視聴率二位を獲得した。ちなみに三位は一月に行われた「原田vsメデル」戦だった。いかに原田の人気が高かったかがわかる。

なお、この年は日本ボクシング界の第二期黄金時代となった年だった。四月に日系アメリカ人のポール・フジイ（リングネーム藤猛《ふじたけし》）が世界ジュニア・ウェルター級のチャンピオンに、六月に沼田義明が世界ジュニア・ライト級チャンピオンに輝いた。一挙に国内に世界チャンピオンが三人も誕生し、日本ボクシング界は沸《わ》きに沸いた。

藤は一撃必殺の強打で「ハンマー・パンチ」と呼ばれ、また沼田は抜群のテクニックで「精密機械」と呼ばれ、ともに大きな人気を博したが、新設のジュニア階級ということもあり、人気の上では原田の後塵《こうじん》を拝した。なお、この年の暮れには史上初の日本人同士の世界タイトルマッチが行われ、チャンピオンの沼田を小林弘がKOして新チャンピオンになっている。小林は「雑草男」という異名を持つしぶといボクサーで人気もあった。

残念だったのは、海老原博幸《えびはらひろゆき》が前年に続いてアルゼンチンのブエノスアイレスでオラシオ・アカバリョに挑戦して敗れたことだ。この試合で海老原はアカバリョを圧倒したが、露骨な地元判定にあい好試合を落とした。戦前からKO以外では勝つことができないといわれていた試合で、海老原はノックアウトを狙ったが、不運なことにこの試合でも左手の指を骨折し、ついにアカバリョをKOすることができなかった。フライ級最強といわれながら、敵地での不可解な判定に二度も泣いた海老原は不運としかいいようがない。

＊　　＊　　＊

さて、バンタム級の強豪を次々に倒した原田だったが、私生活はほとんど変わることはなかった。

相変わらず笹崎ジムの中での合宿生活だった。今なら豪華《ごうか》マンションを買うか借りるかして、世界チャンピオンらしく優雅《ゆうが》な暮らしをしているだろう。しかし原田の頭にはボクシングのことしかなかった。また金にも驚くほど無頓着《むとんちゃく》だった。彼の生活にはボクシングしかなかった。

二十四歳の若者は、自分の人生はリングの中にあると思っていた。それ以外のことは何も考えなかった。楽しいことは引退してからにすればいいと考えていた。プロボクサーになって七年、彼はその若さにもかかわらず、修行僧のような達観があった。

ちなみに原田は二十七歳で引退するまで童貞だった。もちろん健康な若い男性であるから、女性に対する憧《あこが》れも欲望も人並みにある。しかし彼は「ボクサーにはセックスはマイナス」という古い信仰を持ち、現役でいる限りはそうしたものを遠ざけようと考えていた。

原田のそんな性格を示すエピソードがある。バンタム級の世界チャンピオンになる前のことだが、ある時、海老原博幸とともに後援会に呼ばれて地方の講演に行った。後援会の人たちと食事をしてホテルの部屋に戻ると、妙齢《みようれい》の美女がベッドに腰かけていた。後援会の人がサービスとして女性を用意していたのだ。しかし純情な原田はすっかり困り切ってしまう。彼女に部屋を出てくれるように頼むが、女性の方も何もしないで部屋を出ては、後援会の人たちの顔をつぶすことになるし、プロとしてのプライドもある。そのあたりの事情も承知した原田は、女性を追い出すこともせず、そのまま何もせずに朝まで過ごした。なお、当日、海老原も同じようなサービスを受けていたが、彼は後援会の好意を無駄《むだ》にはしなかったようだ。

このエピソードは微笑《ほほえ》ましい笑い話に聞こえるが、私は、この話の中に原田の持つ強さの秘密を見るような気がする。セックスがスポーツによくないということはむろん迷信である。しかしその迷信を信じていたとしても、健康な若い男が誘惑の機会を振り切って、それを守りきることがはたしてできるだろうか——。原田はそれができた男なのだ。

現役時代の伝説になっているほどの過酷な練習と減量に耐えた原田の精神力が、このエピソードに現れているといえないだろうか。

原田の五度目の防衛戦に名乗りを上げたのは、メキシコのヘスス・ピメンテルだった。バンタム級のKOキングとして知られていたピメンテルは、これまで原田の挑戦者として何度も名前が浮上していたが、今回、初めて具体的に名前が挙がった。

昭和四十二年（一九六七）十月、ピメンテルのマネージャーが六万五千ドル（二千三百四十万円）のファイトマネーを支払うと申し出た。六万五千ドルはこれまでのバンタム級のタイトルマッチの最高額だった。原田の試合のファイトマネーは一千万円前後だったから、一挙に倍増することになる。ちなみに昭和四十二年当時の大卒初任給は二万六千百五十円だが、これを平成二十四年の初任給二十万五千円と比較すると、当時の一千万円はおよそ七千八百万円に相当する。

その年の秋、原田の五度目の防衛戦は昭和四十三年（一九六八）一月三十日に東京でピメンテルを相手に行われることが内定した。

ところがそこから事態は二転三転する。十二月十日になってピメンテル側が契約条件を不服として、試合を行わないと言ってきたのだ。

ピメンテル側が不服としたのは、「もしその試合でピメンテルが勝てば、ピメンテルのタイトルマッチの二試合分の興行権を笹崎ジムが持つ。そしてその二試合は東京で行うこととし、二試合目は原田がピメンテルに挑戦する」という契約条項だった。実はこれはタイトルマッチのオプション契約として公然に行われているものだった。原田と海老原がフライ級のタイトルを取ってすぐにポーン・キングピッチとリターンマッチを行ったのも、そういう契約条件があったからだ。もっともその後、WBAがすぐのリターンマッチ（「ダイレクト・リターンマッチ」という）を禁止とし、リターンマッチを行う場合は少なくとも間に一度の防衛戦をはさまなければならないとしたため（そうでないと、永久に二人の間でタイトルマッチが行われる可能性がある）、チャンピオン側は二試合分の興行権を持つということを契約に入れるようになったのだ。

ピメンテル側はそのことを承知で了承したはずなのに、タイトルマッチの日時まで決まった時点で、契約条件が不服で試合を取りやめると言い出すのは異例中の異例である。ゴネ得を狙っていたのか、あるいはそれ以外の理由があったのか。

中継が決まっていたフジテレビは慌《あわ》ててピメンテル側のマネージャーと電話連絡を取った。そして幾度かの話し合いの結果、十二月二十九日になって、ピメンテル側は条件を飲んで試合を行うことを了承した。原田側が金銭面その他でどれだけ譲歩したのか、関係者のほとんどが他界しているのでわからない。

ただぎりぎりの決定であったので、当初行われるはずであった一月三十日の試合は二月二十七日に延期された。それでも何とかタイトルマッチは行われることになって、関係者一同は胸を撫《な》で下ろした。

ところが年が明けて一九六八年一月十四日、ピメンテル側は再度、契約の打ち切りを申し出てきた。試合まであと一ヶ月しかない。再び笹崎及びフジテレビがピメンテル側のマネージャーと交渉した。しかし今回はピメンテル側も強硬で、両者は容易に合意点に達せず、二十九日、ついに交渉は正式に打ち切られ、ピメンテルとの試合は流れた。

しかし既に試合会場は押さえている。それに放映日も決まっていて、スポンサーも付いている。今ここでタイトルマッチそのものを中止にすると、多くの関係者に迷惑がかかるし、金銭的な損害も計り知れない。また、この試合のために何ヶ月も前から減量し、トレーニングに入っていた原田の努力も無駄になる。

笹崎ジムとフジテレビは急遽《きゆうきよ》ピメンテルに代わる挑戦者選びを始めた。条件は世界六位に入っている選手でなければならない。しかしボクサーはスケジュールが空いていれば、すぐに試合ができるというものではない。体重調整もあるし、コンディション調整もある。まして世界タイトルマッチである、そうそう都合よく決まるものではない。

有力候補として名前が挙がったのはランキング二位の桜井孝雄、三位の李元錫《リーウオンスク》（韓）だったが、土壇場《どたんば》で発表されたのは六位のライオネル・ローズ（豪）だった。ピメンテルの挑戦が白紙になったのが二十日、ローズに決定と発表されたのが二十五日、いかに大急ぎで決められたのかがわかるだろう。

この間の契約のごたごたに原田自身は直接関与していない。興行や契約の問題は笹崎に一任している。しかし試合の直前になって、日時が変更になったり、相手が変わったりでは、練習の集中力が殺《そ》がれるのは容易に想像がつく。

このとき、原田の減量が上手《うま》くいかなかったと伝えられるが、そうした精神的なものが影響したのではないだろうか。

毎回、原田の減量は地獄の苦しみだったが、もしかしたら試合そのものが流れるかもしれないという不安な状況の中で、その地獄の苦しみを乗り切るのは酷だ。また会長の笹崎もピメンテル側との交渉などで、原田のトレーニングに一〇〇パーセント集中できなかったはずだ。そういう意味では、この試合、よくよく原田には運がなかったといえる。

ピメンテルの代役挑戦者となったライオネル・ローズはオーストラリアの原住民

アボリジニーの二十歳のボクサーである。戦績は二九戦二七勝（９ＫＯ）二敗。ボクサーであった父親から子供の頃よりボクシングを教わり、十六歳の時に全豪チャンピオンになっている。その後、父が亡くなったため、母親と八人の弟妹を養うためにプロに転向した。世界的には無名の選手で、ランキングも挑戦資格ぎりぎりの六位だ。対戦相手の顔ぶれを見てもＫＯ率を見ても怖い選手ではない。笹崎は安全牌《あんぜんぱい》と判断してのチョイスだったのだろう。

しかし勝負事は得てしてこういう時が怖い。また不吉な符合もあった。それは原田自身が初めて世界挑戦をした時の状況に似ているということだ。六年前、ポーン・キングピッチに挑戦が決まっていた矢尾板貞雄《さだお》が突然の引退によって、無名の原田に白羽の矢が立った。挑戦者が世界一位の矢尾板から無名の原田に変わり、彼の勝利を予想する者がほとんどいない中、原田は大番狂わせでタイトルをもぎ取った。この時、笹崎と原田の脳裏《のうり》にそのことが浮かんだだろうか。

昭和四十三年（一九六八）二月二十七日、日本武道館で原田の五度目の防衛戦が行われた。

この五度目という数字も嫌な符合ではあった。なぜなら日本が生んだ初代世界チャンピオンの白井義男が五度目の防衛戦で敗れていたからだ。

一ラウンドのゴングが鳴ると同時に原田は猛烈なラッシュを仕掛けた。経験の浅いローズに動揺を与えてペースを握ろうという作戦だった。しかしローズは若さに似合わず、原田のラッシュを落ち着いて防ぎ、逆に的確なボディブローを見舞った。原田のパンチは的確さを欠き、ミスブローが目立った。

二ラウンド、ローズの左フック、右ストレートが何度か原田の顎を捉えた。原田の動きは重く、減量ミスによるコンディション調整の失敗を思わせた。左右フックをふるって前進するが、ローズにかわされ、それを追いかける足がない。ローズがポイントを取ったラウンドだった。前途に不安を感じる立ち上がりだった。

この試合は、スピードもフットワークもローズが上だった。原田は懸命にラッシュするが、ローズは後ろに下がりながら左ジャブを打つ。それが前進する原田の顔面に何度も決まった。

しかし原田は打たれても打たれても前へ出て、左右フックをふるった。しかしそのパンチにはいつもの威力はなく、またミスブローも目立った。攻勢を取っているのは原田だが、パンチの的確さではローズという、判定の難しい展開が続いた。

六ラウンド、ローズはオープンブロー（グローブを開いて打つ反則打）による減点一を取られるが、試合の流れは変わらない。

八ラウンドに原田は右瞼を切って血が流れた。

そして九ラウンドに波瀾《はらん》が起きた。ローズの右ストレートで原田がダウンしたのだ。原田が世界タイトルマッチで喫した初めてのダウンだった。ダメージは少なかったが、接戦だけにここで失ったポイントは大きい（ダウンすると、そのラウンドは三―五でポイントを取られる）。そして結果としてそのダウンが大きく響いた。

終盤、原田はタイトルを死守しようと、懸命に前へ出てラッシュをかけた。しかし逃げるローズを捕まえることはできなかった。かつてジョフレやメデルを圧倒した鬼気迫る追い足はついに見られなかった。減量の失敗が終盤の原田のスタミナを奪っていたのだ。

接戦のまま試合終了のゴングが鳴った。

判定は小差ながら三―〇でローズだった。原田はリング中央へ出ると、ローズの右手を持って高々と上げた。観客は原田の男らしい態度に熱い拍手を送った。

ローズはマネージャーと抱き合った後、リングに転がって全身で喜びを表した。

原田は二年九ケ月保持したバンタム級のタイトルをついに手放した。

控え室に戻った原田は椅子に腰かけ、真っ赤なタオルを頭にかぶって俯《うつむ》いたま、記者たちの質問にも口を開こうとはしなかった。

「悔《くや》しくて、悲しくて、たまらなかった」

四十年後、原田はその時の気持ちを私に語った。

「世界タイトルを失った時、何もかも失ってしまったように思った。絶望的な気持ちだったよ」

これと同じ言葉をかつてジョフレも口にした――「タイトルを失うことは、銅貨を一枚失うのとは違う」。

これがプロボクシングという競技の持つ厳しさだ。サッカーや野球なら、頂点に立った選手でなくとも十分な脚光も浴びるし、報酬《ほうしゅう》も得ることができる。それ以前にどの選手が頂点の選手であるかということさえ明確ではない。

しかしボクシングの世界はチャンピオンと世界ランカーでは雲泥《うんでい》の開きがある。その階級に君臨するのは世界でただ一人の男――その価値はあまりにも高い。それだけにその座から落ちた時のショックもまた常人には計り知れないものがあるのだろう。

一言も喋《しゃべ》ろうとしない原田に代わって会長の笹崎が、

「原田の敗因は度重なる過酷な減量にある」

と答えた。そしてこう言った。

「もうバンタム級でやらせるのはかわいそうだ」

それは記者たちもわかっていた。

ローズは若くてスピードのあるいい選手だったが、原田のコンディションさえ万全であれば敗れる相手ではなかった。試合の日が延期になったり、挑戦者が直前で代わったりといった不運が重なったが、一番の敗因は過酷な減量にあった。原田の体はもうバンタム級で戦っていくのは限界だった。

笹崎の言葉にも原田は黙ったままだった。

その夜、笹崎ジムで「原田はフェザー級に転向する」という発表がなされた。

＊　　＊　　＊

ここであらためて原田のバンタム級時代のテレビ視聴率を見てみよう（カッコ内の数字は、昭和三十七年以降の歴代視聴率の順位）。

昭和四十年（一九六五）五月十八日　vsジョフレ　五四・九（二十二位）
昭和四十年（一九六五）十一月三十日　vsラドキン　六〇・四（八位）
昭和四十一年（一九六六）五月三十一日　vsジョフレ　六三・七（五位）
昭和四十二年（一九六七）一月三日　vsメデル　五三・九（二十三位）

昭和四十二年（一九六七）七月四日　vs カラバロ　五七・〇（十二位）
昭和四十三年（一九六八）二月二十七日　vs ローズ　五三・四（二十五位）

このうちラドキン戦、ジョフレ戦（第二戦）、カラバロ戦は、その年の紅白歌合戦に次ぐ年間の視聴率二位だった（当時の紅白歌合戦は視聴率七〇パーセントを取るほどの、化け物番組だった）。メデル戦とローズ戦はその年の三位。

まさしく原田こそ昭和四十年代の国民的ヒーローだったのだ。

いったいなぜ原田はここまで同時代の大衆の心を摑《つか》んだのだろうか？　私は、原田は当時の日本人の憧れを象徴する何かではなかったかという気がしてならない。

原田がデビューしたのは昭和三十五年（一九六〇）である。この時代、日本はようやく敗戦の痛手から立ち直り、本格的な復興に向けて動き出していた。GHQの占領が解け、国際連合にも加盟が許され、国際社会の仲間入りを果たそうと頑張っていた時代だった。

同じ年に池田内閣が「所得倍増計画」を打ち上げ、その後の十年間で日本は驚異的な発展を遂げた。それまで個人所得は前年比、数パーセント増だったが、この年から、一〇パーセント以上の伸び率を示した。GNP（国民総生産）は十六兆六千六百二十億円から七十五兆千五百二十億円にまでなった。これは世界でも例がないほどの急成長だった。昭和四十三年（一九六八）には、ついにアメリカに次ぐGNP世界第二位になっている。神武《じんむ》景気を上回るいざなぎ景気により、日本は戦後の痛手から完全に立ち直った。昭和三十九年（一九六四）には、日本で初めての高速道路「名神高速道路」が開通し、同じ年には「東海道新幹線」が開通した。これは当時、世界一速い旅客鉄道で、その技術の高さは世界を驚かせた。また同年には、「東京オリンピック」を開催した。戦争で何もかも失った国が、わずか二十年足らずで、「スポーツの祭典」で、世界中の人を招くまでになったのだ。

家庭においては、昭和三十年代は「白黒テレビ、電気冷蔵庫、電気洗濯機」が三種の神器《じんぎ》として各家庭に入り込み、さらに昭和四十年代に入ると、「カラーテレビ、クーラー、自動車」が新三種の神器（頭文字を取って3Cとも呼ばれた）として各家庭にやってきた。ちなみに私（筆者）はこの十年で、幼稚園から中学生になった。毎年、家の中に、それまでになかった電化製品が入ってきて、どんどん暮らしが変わっていったのをはっきり覚えている。また街並みも年を経るごとに変わっていった。

その頃の時代、社会、そして人々の暮らしを思い返した時、その頃の人々がどんな気持ちでファイティング原田を見ていたのかわかるような気がする。

かつて白井が世界に挑戦する時にカーン博士は言った。

「ヨシオ、君はこの試合に勝利することで、敗戦で失われた日本人の自信と気力を呼び戻すのだ」

事実、当時の日本人は白井の戦いに日本人の願いを込めたのだ。

それから十年、日本が本格的に世界に打って出ようとした時に、現れたスターがファイティング原田だった。

原田の戦い方は決してスマートなものではない。むしろ不器用で愚直でさえあった。打たれても打たれても怯《ひる》むことなく、常に前へ前へと勇敢に向かっていく原田の姿は、私には、日本をもう一度世界に伍《ご》する素晴らしい国にしようと懸命に頑張っていた当時の日本人の姿とダブって見える。

戦争で何もかも失い、まさに裸一貫《はだかいっかん》で戦っていた国民もまた、同じように裸の肉体一つで世界の強豪相手に戦う原田の姿に、自分たちの姿を重ねていたのではないかと思う。

そうでも考えなければ、原田のタイトルマッチにおける視聴率の異常な数字は説明がつかない。

ファイティング原田以後も多くの人気ボクサーが現れたが、真に国民的ヒーローとなったボクサーはついに生まれなかった。

原田はバンタム級の王座から下りた。だが原田にはまだやるべきことが残っていた。それは前人未踏《ぜんじんみとう》の「フライ、バンタム、フェザー」の三階級制覇だった。

第九章 「十年」という覚悟

「他のことはいつでもできる。でも、ボクシングは今しかできない。それに世界チャンピオンとリングで戦える人生なんて、他に比べることができないじゃないか」（原田）

原田は二年九ヶ月の間保持したバンタム級のタイトルを失ったが、引退する気はまったくなかった。十六歳でこの世界に飛び込んだ時に、「十年やる」と決意していたからだ。王座から降りた時、原田はまだ二十四歳だった。十年まではあと二年ある。

しかしバンタム級でやるのは無理だというのは原田自身にもわかっていた。現在ならバンタム級の一階級上にはスーパーバンタム級というクラスがあるが、この頃は一挙にフェザー級に上がるしかなかった。バンタム級のリミット一一八ポンド（約五三・五キロ）に対してフェザー級は一二六ポンド（約五七・二キロ）、その差は八ポンド（約三・七キロ）。このクラスで八ポンドの差はとてつもなく大きい。

原田はバンタム級のチャンピオンであった時に、将来の転向を睨《にら》んで何度もフェザー級のリミットで試合を行っているが、ノーランカー相手だと圧勝できても、日本ランカーのトップクラスや世界ランカー相手には苦戦した。昔からボクシングの世界では「階級を上げても、パンチは持っていけない」といわれている。つまり一階級上のクラスに行くと、下の階級で通用していたパンチ力が通用しなくなるのだ。

原田はもともとフライ級のボクサーだった。そのクラスで戦っていた時は決してパンチ力がない方ではなかったが、バンタム級での世界戦では六回戦って一度もK

〇勝ちがない。つまり原田のパンチはバンタム級の世界ランカーたちをノックアウトするパワーがなかったということになる。もっともその非力なパンチでジョフレを二度にわたって破り、四度も防衛を重ねたのだから、いかにそのラッシュが凄《すご》かったかということだ。ただ、ここからさらに一階級上げてフェザー級で戦うとなると、相当きついということは容易に想像できた。もともとのフライ級から見れば一四ポンド（約六・四キロ）も上のクラスなのだ。フライ級でも小柄な方だった原田にとって、フェザー級のボクサーは身長も体格も一回り以上大きいだけに、専門家の間でも原田の前途を危ぶむ声が多かった。

ともあれ原田は戦後初の三階級制覇に向けて動き出した。一九六八年（昭和四十三）以前に三階級制覇したボクサーはわずかに四人、ボブ・フィッチモンズ、トニー・カンゾネリ、バーニー・ロス、ヘンリー・アームストロング（すべてアメリカ人）だが、このうちカンゾネリとロスはジュニア階級を含んでいる。正規階級の三階級制覇はフィッチモンズとアームストロングの二人しかいない。もし原田が成功すれば、まさにボクシング史に残る偉業だ。

原田がフェザー級転向の第一戦に選んだのは世界フェザー級四位のドワイト・ホーキンス（アメリカ）だった。今なら、バンタム級で四度も防衛した実績を持つチャンピオンであれば、すぐにフェザー級のランキングに入れるし、フェザー級で一度も戦うことなく世界挑戦も可能だろう。しかしこの時代は違った。世界ランキングの価値は非常に高かったし、それに入るためには自らの手でランキングボクサーを破らなければならなかった。

ホーキンスはフェザー級のベテランボクサーで、原田と戦う前年には売り出し中の柴田国明(後にWBA世界フェザー級、WBCとWBAの世界ジュニア・ライト級のタイトルを獲得)を七ラウンドKOに仕留めている。

昭和四十三年(一九六八)六月、後楽園ホールで行われたこの試合は、原田も会長の笹崎《ささざき》も負ければ引退の覚悟で臨んでいる。

原田はいつものように激しいラッシュを見せた。前半は原田の攻撃に戸惑《とまど》いを見せたホーキンスだったが、中盤からは原田のラッシュを上回る手数で反撃してきた。原田は何度も強烈なカウンターを見舞われ、七ラウンドにはダウンも奪われた。

九ラウンドにホーキンスはヘッドブラッシュ(クリンチの際、髪の毛を相手の目などにこすりつける反則)で一点減点された。

原田は終盤に死に物狂いの猛攻でホーキンスを攻め、かろうじて二―〇の判定勝利を得たが、負けにされたとしてもおかしくない内容だった。

この時の試合を原田はこう語っている。

「世界のフェザー級のパンチ力の凄さを味わったよ。バンタム級とは比べものにならない重いパンチだった」

ホーキンスに勝ったことで世界フェザー級のランキングに入った原田は、三ヶ月後、日本フェザー級チャンピオンの千葉信夫とノンタイトルマッチを戦う。

千葉はスピード豊かなテクニシャンで前半から中盤にかけて原田を苦しめる。もし千葉がそのペースを守り切って原田に勝てば大金星だったが、二階級制覇の元チャンピオンの原田は七ラウンドに強烈なボディで千葉をリングに沈めた。千葉は素《す》晴《ば》らしい選手だったが、ボディに弱点があった。原田はそこをついて逆転KO勝ちした。

勝つには勝ったが、この試合でも原田は千葉のパンチの強烈さに舌を巻いた。

「序盤に貰《もら》った右フックで、目の前に星が飛んだよ」

原田は仕草を交えてそう語った。

「フェザー級チャンピオンを獲得して男になるんだと思っていたけど、ホーキンス、千葉と二試合戦って、これは男になるのも大変だぞと思ったよ」

その年の暮れ、フィリピンのフェザー級のランカー、ロイ・アモロングを二ラウンドにノックアウトして、いよいよフェザー級の王座挑戦が視野に入ってきた。

当時のフェザー級チャンピオンはＷＢＡとＷＢＣに二人の王者がいた。いずれもこの年に生まれたチャンピオンだ。

フェザー級は長らく名高い名チャンピオン、ビセンテ・サルディバル（メキシコ）が君臨していた。「メキシコの赤い鷹《たか》」と呼ばれたサルディバルは、一九六四年（昭和三十九）九月に世界最強と謳《うた》われていた殺人パンチャー（過去、二人のボクサーを死に追いやっている）シュガー・ラモス（キューバ）をＫＯしてチャンピオンの座に就き、以後三年余りの間に最強の挑戦者ばかりを相手に八度の防衛を果たし、一九六七年（昭和四十二）十月に無敗のまま引退した。

空位になったフェザー級の王座をめぐって、ＷＢＡとＷＢＣは翌一九六八年にそれぞれ独自に王座決定戦を行った。ＷＢＡはラウル・ロハス（米）とエンリケ・ヒギンズ（コロンビア）の試合を、ＷＢＣはハワード・ウィンストン（イギリス）と関《せき》光徳《みつのり》の試合をそれぞれ王座決定戦とした。当時、世界一位はウィンストン、二位は関だったから、ＷＢＣの方が正統派王座に思えたが、現実にはこの時以降、世界フェザー級王座は二つに分裂した。多くのボクサーにとって挑戦するチャンスは二倍に増えたが、世界チャンピオンの価値は半減した。

ちなみにウィンストンは三度、関は二度、サルディバルに敗れており、その戦績を見てもサルディバルがいかに隔絶した強さを誇っていたかがうかがえる（WBAの王座決定戦に出たロハスもサルディバルに敗れている）。

なお、ロンドンで行われた「ウィンストンvs関」戦は、関が優勢に進めていながら、九ラウンドに関が目をわずかに切った途端、それを理由にTKO負けを宣せられた。この時、リングサイドで観戦していたサルディバルはレフェリーの処置に、「カブローン！（スペイン語で〝馬鹿野郎〟の意味）バンディーソ！（同、〝泥棒〟）」と怒鳴《どな》り、猛烈な抗議をしたが、むろん判定は覆《くつがえ》らなかった。関はその一戦を最後に引退した。「東洋無敵」と謳われ、通算五度世界に挑んだが、ついにタイトルを獲《と》ることができなかった。まさに悲運の名ボクサーだった。

ところで、世界チャンピオンが二人いるから、原田はどちらに挑戦してもいいということにはならなかった。というのは当時、日本ボクシングコミッション（JBC）は新興のWBCを認めていなかったからだ。関が英国でウィンストンとの王座決定戦に臨んだ時も、「仮に関が勝っても、JBCでは世界チャンピオンとは認めない」という通告を受けていた。だから原田がWBCのチャンピオンであるウィンストンに挑戦したとしても、JBCの認可が下りないため国内で試合を開催することはできない。そのために原田の目標はWBAチャンピオンとなったロハスに絞られた。笹崎はロハスと交渉を重ねた。

ところが、六月に思わぬ事態が起きた。何とアメリカのロサンゼルスで、二十一歳の無名の日本人ボクサーが、ノンタイトル戦でロハスを破ったというニュースが飛び込んできたのだ。そのボクサーの名前は西城正三《さいじょうしょうぞう》。

西城は協栄ジム所属のボクサーだったが、才能とセンスを買われながらも、日本では今ひとつぱっとしなかった。東日本の新人王戦の決勝では負けるし、八回戦に上がってもいきなり連敗するなど、伸び悩んでいた。また打たれ脆《もろ》く、試合で二度も顎《あご》を骨折するほどのグラスジョー（ガラスの顎）だった。

このまま日本にいては鳴かず飛ばずで終わってしまう――そう考えた西城は心機一転、昭和四十三年（一九六八）に単身ロサンゼルスに武者修行に出かけた。しかし意気込みもむなしく、現地でも二勝二敗と平凡な成績だった。ところが、これが逆に大きなチャンスを掴《つか》むきっかけになったのだから、人生はわからない。ロサンゼルスを本拠とするチャンピオンのラウル・ロハスに、調整試合の相手として指名されたのだ。ロハスが西城を「楽な相手」と踏んでいたのは間違いない。しかしこの試合で西城は一方的にロハスを打ちまくり、大番狂わせを演じたのだ。

世界チャンピオンに完勝した西城は一躍世界ランキングに名を連ねた。そして今度は何と世界タイトルマッチの話が舞い込んだ。スピード豊かなボクシングでロハスを破った西城の試合をもう一度見たいというロサンゼルスの観客の声に後押しされたマッチメークだった。チャンピオンのロハスにしても無名の西城に雪辱《せつじょく》したいという思いがあったのだろう。

こうして原田が挑戦するはずだったタイトルに、半年前まで無名のボクサーが先んじることになった。

昭和四十三年九月にロサンゼルスで行われた世界タイトルマッチで、西城は三ヶ月前のパフォーマンスを再演した。

西城は「フラッシュ（稲妻）」と呼ばれた素早い動きでロハスを翻弄《ほんろう》した。ラウンドのラスト三十秒では一気攻勢に出て、しかもラスト十秒では更なる猛ラッシュを見せて、ジャッジに強烈な印象を与えた。六ラウンドにロハスにダウンを与え、その後も付け入る隙《すき》を見せず、一方的にチャンピオンを破って新チャンピオンになった。西城の戦いぶりをロスの観客は「シンデレラの魔法」と呼んだ。

このニュースは衝撃的だった。これまで日本人ボクサーが海外で戦った世界タイトルマッチは七回あったが、すべて敗れている。それくらい異郷の地で勝つのは難しいことなのだ。ところが無名の二十一歳の青年がそれを成し遂げたのだ。西城は日本でも「シンデレラボーイ」と呼ばれた。

西城は凱旋《がいせん》してすぐノンタイトルマッチでフィリピンのフェザー級チャンピオ

ン、フラッシュ・ベサンテと戦った。ところがこの試合で、新チャンピオンは思わぬ苦戦を強いられる。二ラウンド、三ラウンド、四ラウンドにダウンし、さらに七ラウンドにもダウンを奪われた。観客の多くは「何だ、シンデレラボーイの実力はこの程度か。ロハスに勝ったのはまぐれだったのか」と思った。しかし劣勢で迎えた八ラウンド、西城はそれまでの足を使ったボクシングをやめ、荒々しいファイトで打ち合いを挑み、ついにベサンテをノックアウトした。この劇的な逆転KO勝利で西城人気は爆発した。

ボクサーというよりも役者のような甘いマスク、フェザー級でありながら一七〇センチを超えるすらりとした長身、スピードを生かしたきびきびした試合と相まって、若い西城の人気は原田を上回るほどだった。とくに女性、子供に西城は人気があった。

余談ながら私（筆者）もその一人だ。原田が初めてフライ級チャンピオンになった時は小学校一年生だった私は、この年中学一年生になっていた。原田の泥臭い試合に比べて西城の試合は実にスマートに思えた。

西城は年が明けた翌昭和四十四年（一九六九）二月に初防衛を果たしたが、この試合後、協栄ジムの金平正紀《かねひらまさき》会長は西城の次の防衛戦の候補にファイティング原田の名前を挙げた。日本中のボクシングファンがそれを聞いて興奮した。もし実現すれば、まさしく「夢のカード」であり、「黄金のカード」だったからだ。

実は原田と西城は以前に一度グローブを交わしていた。原田がバンタム級のチャンピオンだった昭和四十一年（一九六六）四月、ジョフレを迎えての防衛戦の直前に両者は二ラウンドのエキシビションマッチで戦っているのだ。もっとも西城はまだデビューして一年足らずの十八歳のグリーンボーイにすぎず、原田にとっては調整試合で胸を貸す相手でしかなかった。それから僅《わず》か四年で両者の立場は入れ替わっていた。

多くのファンが熱望する試合だったが、実現となると様々なハードルがあった。

当然のことだが、両者が戦えば、どちらかが負けることになる。すると負けた方の選手の商品価値が落ちる。同じ国内の選手に負けて格落ちとされるのは、外国人ボクサーに負けるよりも、ある意味でダメージが大きいのだ。笹崎ジムも協栄ジムも簡単にはマッチメークできない理由がそこにあった。

そしてそれよりも厄介《やっかい》な問題がテレビ局の事情だった。笹崎ジムはフジテレビ、協栄ジムは日本テレビと契約していたから、どちらの局で中継するかというのは大きな問題だった。試合中継はすごい視聴率が稼げるコンテンツになるのはわかっているし、互いに自局の看板スターだけに面子《めんつ》と金の両面でも譲《ゆず》れないものだったからだ。

おそらく水面下では相当な交渉が行われたと推測される。伝え聞くところによると、実現の一歩手前までいったともいわれている。

ところが思わぬことでこの対戦は頓挫《とんざ》することになる。何と昭和四十四年四月に原田が調整試合で伏兵相手に不覚を取ってしまったのだ。

相手はアメリカのアリゾナ州のジュニア・ライト級チャンピオンのアルトン・コルターというボクサーで、もちろん世界的にはまったく無名の選手である。この試合、原田は四ラウンドまで得意のラッシュでリードしたが、五ラウンド以降、単調な動きをコルターに読まれ、前進するところに左フックのカウンターを狙い打たれた。終盤はコルターに試合のペースを握られ、原田は主導権を奪えないままゴングを聞いた。判定は小差ながら二―〇でコルターだった。

この敗戦でWBA世界フェザー級二位にランクされていた原田のランクが大きく落ち、タイトル挑戦資格を失ってしまったのだ。西城に挑戦するためには再びランクを上げなければならない。協栄側は原田戦の計画をひとまず置き、新たな防衛戦の相手を外国人選手から選んだ。

もし原田がコルターに敗れていなければ、「西城vs原田」戦が行われていた可能性は十分にあった。「フラッシュ」と呼ばれるスピードボクサーと「狂った風車」の猛烈なファイターの戦いは、日本ボクシング史上に残る名試合となった可能性が高いだけに、本当に残念なことだと思わざるを得ない。

話は変わるが、この年の三月、西城の先輩である同じ協栄ジムの海老原博幸《えびはらひろゆき》が五年ぶりに世界フライ級チャンピオンに返り咲いた。海老原といえば、原田の親友であり、かつて青木勝利《かつとし》と共に「フライ級三羽烏《さんばがらす》」と呼ばれた男だ。長らく実力ナンバー1といわれながら、敵地の露骨なホームタウンデシジョン（地元判定）により、王座復帰のチャンスを奪われていた悲運のボクサーが、二十九歳にして再びチャンピオンベルトを巻いたのだ。親友の偉業に原田も発奮した。

世界挑戦が暗礁《あんしょう》に乗り上げた笹崎陣営だったが、今度は思い切って標的をWBCの王者に変更した。

WBCのチャンピオンは、ハワード・ウィンストン（イギリス）からホセ・レグラ（スペイン）、そしてジョニー・ファメション（オーストラリア）へと目まぐるしく変わっていた。

西城への挑戦が白紙になった原田・笹崎陣営はファメションと交渉を開始した。

しかしこれはJBCに対する大きな掟破《おきてやぶ》りだった。前述したように、当時のJBCはWBA傘下にあり、新興のWBCを認めていなかった。当然、国内でWBC

のタイトルマッチの認可は下りないため、海外での挑戦になる。しかもそれでタイトルを取ったとしても、ＪＢＣではチャンピオンとは認められず、国内で防衛戦を行うことも難しかった。ＪＢＣは笹崎ジムに何度もファメションへの挑戦を取りやめるように勧告した。

しかし笹崎はそれらの勧告を無視し、ファメションと交渉を続けた。笹崎にしてもＪＢＣとの対立は避けたいというのが本心であったろう。しかし笹崎は、原田に残された時間を気にしたのだ。年齢とともに衰《おとろ》えていく原田の肉体にとって、いつになるかわからない西城への挑戦を待つことは、それだけ不利になる。笹崎は原田の三階級制覇の実現のために敢えて、ＪＢＣを敵に回しても、ファメション戦を実現したかったのだ。

そして笹崎の交渉が実り、ファメションは初防衛戦の相手に原田を指名した。場所はファメションの地元オーストラリアのシドニーに決まった。原田にとって、タイでのキングピッチ戦以来六年ぶりの海外でのタイトルマッチとなる。

ここに至ってＪＢＣも原田のタイトルマッチを認可した。二階級制覇の「ファイティング原田」の名前がＪＢＣをねじ伏せた形になった。

試合は七月二十六日に行われることとなったが、直前になって二十八日に延期された。この試合はフジテレビが生中継することになっていたが、当日にアメリカのアポロ十一号による人類初の月面着陸のテレビ中継があることがわかり、その影響を受けて視聴率が下がることを恐れたフジテレビが現地のプロモーターと交渉して、試合が二日後に延期されたのだ。

ＷＢＣ世界フェザー級チャンピオンのジョニー・ファメションは一九四五年（昭和二十）フランスに生まれた。父のアンドレ・ファメションは元フランス・ライト級チャンピオン、叔父のレイ・ファメションは元ヨーロッパ・フェザー級チャンピオンというボクシング一家で、ジョニーは幼い頃から父にボクシングを教えられた。プロデビューは一九六一年（昭和三十六）、戦績は六二戦五二勝（19ＫＯ）四敗六分けだった。速いフットワークと左ジャブ左フックが得意で、防御勘《ぼうぎょかん》に優れていて、「アートフル・ドジャー（芸術的なかわし屋）」と呼ばれていた。

現地の試合前の予想はファメション有利だったが、専門家の予想は「ＫＯなら原田、判定ならファメション」というものだった。

昭和四十四年（一九六九）七月二十八日、シドニー・スタジアムで、原田の三階級制覇をかけた試合が始まった。

この試合は英国式ルールで、ジャッジを置かずにレフェリー一人だけで採点することになっていた。後にこれが大きな問題となる。また当時、オーストラリアには統一されたボクシング・コミッションもなければ、世界タイトルマッチのルールもあやふやだった。レフェリーはアメリカ人のウィリー・ペップ。元フェザー級の世界チャンピオンだ。

試合は原田が最初から素晴らしいラッシュを見せた。バンタムからフェザーに上げ、減量苦から解放された原田の動きは素晴らしかった。ジョフレ戦を髣髴《ほうふつ》させるような激しい左右フックの攻撃にファメションは明らかに戸惑った。

二ラウンドになっても原田の猛攻は止まらず、一分過ぎ、原田の強い右がファメションの顎を捉え、ファメションはダウンした。立ち上がったファメションを原田が狂ったように打ちまくる。原田が取ったラウンドだった。

しかし次のラウンドからはファメションも立ち直り、前進する原田に何度もカウンターを当てた。四ラウンド以降は、原田が追い、ファメションは後ろに後退しながらカウンターを狙うという展開になった。

そして迎えた五ラウンド、今度はファメションがきれいな左フックのカウンターで原田からダウンを奪った。しかしこのダウンはスリップ気味で、原田にダメージはほとんどなかった。

その後、両者は一進一退の攻防を繰り返すが、この夜の原田はスタミナ十分。終盤になってもスピードと勢いが落ちなかった。

十一ラウンド、原田は右フックでファメションから二度目のダウンを奪い、試合の流れを摑んだ。

そして十四ラウンド、終了間際に強烈な右ストレートでファメションをダウンさせた。このダメージは重く、ファメションは意識が朦朧《もうろう》として立ち上がることができなかった。その時、信じられないことが起こった。なんとレフェリーがカウントを取るのを中止し、ファメションを助け起こしたのだ。絶対にあってはならない行為だ。

レフェリーに助け起こされたファメションはかろうじてテンカウントを免《まぬか》れた。しかしダウンしたボクサーはファイティングポーズを取るなどして、戦う意思を示さなくてはならない。ところが、この時のファメションはまったく戦う意思を示さなかった。本来ならここでストップするべきだが、レフェリーのペップは試合を促《うなが》した。その直後、十四ラウンド終了のゴングが鳴った。

最終十五ラウンド、原田はとどめを刺そうと懸命に追いかけるが、ファメションはただもうクリンチに逃げるだけだった。あと一発のパンチで倒れるところだったが、原田も疲れ切っていた。逃げに徹するファメションにとどめを刺すことができなかった。

試合終了のゴングが鳴った時、誰もが原田の勝ちを確信した。テレビの前で観戦していた中学二年生の私も「三階級制覇や！」と叫んだのを覚えている。

ところが、レフェリーのペップは試合終了と同時に、リング中央で原田とファメションの両者の手を取って上に上げ、「引き分け」というジェスチャーをした。

その直後、会場は大ブーイングに包まれた。あまりにも露骨なファメション贔屓《びいき》の判定に、地元観客までもが床を踏み鳴らして怒ったのだ。

ペップは騒然とする中、逃げるようにリングを降りて会場から去った。

原田は悔《くや》しさをぐっと堪《こら》え、ファメションの健闘を称《たた》えた。その男らしい態度に観客は惜しみない熱い拍手を送った。一方、タイトルを保持したまま会場を去るファメションに向かっては口汚い非難の声を浴びせた。

その後さらに驚くようなことが判明した。引き分けの判定に疑問を持ったこの試合のプロモーターのミッキー・ダフがスコアカードの再検討を要求したところ、引き分けではなく、一ポイント差でファメションが勝っていることがわかったのだ。引場内に「引き分けではなく、ファメションの勝利であった」とアナウンスされると、会場内の非難の声は一段と大きくなった。

ところがその採点表にも、不審な点がいくつも見られた。後から書き直した箇所が何ヶ所もあったのだ。何らかの不正が行われたのは間違いがない。

この恥ずべき試合で慰《なぐさ》めだったのは、観客だけでなくマスコミや関係者も一様に「原田こそが勝者」と称えたことだ。

この時のリングサイドには、一年前に原田からタイトルを奪った同国人の世界バンタム級チャンピオンのライオネル・ローズもいたが、彼は「原田の勝ちは明白」とはっきり言った。

翌日のシドニーの新聞各紙には「オーストラリアのスポーツ史上、最悪の恥《ち》辱《じょく》」「世紀の誤審」という文字が躍った。

シドニー・モーニングヘラルド紙のハンフリーズ記者は、

「観衆も怒っていた、ファメションには世界チャンピオンのかけらもなかった」

と激烈な文章を書いた。

またデーリー・テレグラフ紙のトレイダー記者は、

「まったく恥ずべきこと」

と書いた。

サン紙のクリステンセン記者は、

「明らかに原田の勝ち。同じオーストラリア人として、あの判定は残念だ」

と書いた。

いずれも署名記事である。

こうした当時の記録を見ていると、オーストラリア人の持つ公正さに感心する。イギリス流のスポーツマンシップの伝統があったのか、これは民度の高さといっていいのだろう。ボクシング興行の持つ醜《みにく》い側面が浮き彫りになったこの試合での、これはひとつの救いである。

原田もまた翌日の新聞を見て、悔しさが癒《いや》された思いがしたと語っている。

余談だが、オーストラリア人がこの時の原田にいかに感銘を受けたかということを示す面白《おもしろ》いエピソードがある。この試合の三十七年後の二〇〇六年にオーストラリア競馬史上最高額の二千二百五十万豪ドルでアイルランドに所有権を移された名馬に「ハラダサン（Haradasun）」という名前が付けられた。この名前の由来はファイティング原田の「原田さん」という日本の呼び名を英語表記したものだ。いかにオーストラリア人たちの間で「原田」が尊敬されているのかがわかる逸話だ。

しかし不当な判定とはいえ、ボクシングの世界で一度下された判定は覆《くつがえ》らない。

原田は傷心のまま帰国した。

原田はこの時の悔しさを今も忘れていない。

「あの試合は負けたとはまったく思ってない。だから自分の中では三階級制覇をしたと思ってるよ」

原田はにこやかな笑みを浮かべながら私にそう言った。

レフェリーのウィリー・ペップがなぜ倒れているファメションを助け起こし、疑惑の採点をしたのかについては謎《なぞ》だ。裏で金を積まれたという噂《うわさ》もあるが、一説には彼は人種差別主義者だったともいわれている。

ペップは一九四〇年代に活躍した名チャンピオンだった。パンチ力はないが、テクニックは超一流で、相手に打たせない技術は神業《かみわざ》だったといわれている。「アンタッチャブル（触れることができない）」とも、「鬼火」とも呼ばれたほどだ。ある試合のあるラウンドで、自分は一発もパンチを出さずに、相手のパンチをすべてかわしきり、そのあまりの技術の素晴らしさに、全員のジャッジがペップのポイントにつけたという話も残っている。歴史に輝く名王者だったが、引退後のレフェリー時代に行ったこの恥ずべき判定で自らの名声に泥を塗った。

＊　＊　＊

原田の三階級制覇のチャンスは失われたかに思えたが、運命の女神は原田を見捨てなかった。

この試合をテレビ中継で見た協栄ジムの金平会長が、その直後、

「原田は惜しい試合を失った。あれだけ戦えば申し分がない。西城の挑戦者として原田を選び、西城・原田戦を実現させたい」

と記者の前で語った。一時は暗礁《あんしよう》に乗り上げていた「西城vs原田」戦が一気に実現性を帯びてきた。

笹崎会長が帰国と同時に、両者の交渉が行われ、西城が九月に行う防衛戦に勝てば、次の防衛戦に原田が挑戦することがほぼ内定した。ファンが待ちに待った夢のカードがついに実現の運びとなったのだ。

ところが運命は二転三転する。

「ファメションvs原田」戦が終わった一ヶ月後の八月、WBCがこの試合のスキャンダラスな判定を大きな問題として取り上げ、ファメションに対して「半年以内に原田と再戦せよ」という通告をした。この決定は評議会の委員全員一致の決定だった。これを拒否すれば王座剝奪《はくだつ》もあり得るとあって、ファメション側は飲まざるを得なかった。

原田側はここで二つの選択肢を突きつけられた。ほぼ内定している西城への挑戦を進めるか、それとももう一度ファメションと戦うか、である。

笹崎と原田はファメションに雪辱する道を選んだ。笹崎陣営は協栄ジムに「西城

との試合を取りやめたい」と申し出た。金平はそれを受け入れ、ここに「西城vs原田」の夢のカードは完全に消えた。

話は変わるが、WBAフライ級チャンピオンに返り咲いた海老原は十月に行われた初防衛戦で、挑戦者のバーナベ・ビラカンポ（フィリピン）に敗れて、タイトルを失った。かつて「天才」の名をほしいままにした海老原は自らの体力の限界を感じ、十年にわたるボクサー生活から引退した。自らの強打で拳の骨を骨折するほどのパンチ力を持った悲運のボクサーだった。現役時代に拳を骨折した回数は七度を数えた。現代の医学があれば、彼は拳の骨折に泣くことはなく、原田以上のチャンピオンになっていたともいわれている。

かつて「フライ級三羽烏」と呼ばれた青木勝利がリングを去り、今また海老原博幸も引退した。時代は確実に移り変わりつつあった。

WBCは最初、ファメション側に六ヶ月以内にシドニーで再戦するようにと通告していたが、チャンピオン側は右足首の骨折を理由に延期を申し出た。結局、交渉の末、再戦は翌年、場所を東京に移して行われることになった。

多くの関係者が、原田の三階級制覇を確信した。敵地シドニーであれほど一方的にファメションを打ち破った原田なら、ホームタウンの東京で負けるはずはない。

そんな関係者の楽観的な予想の一方で、原田陣営には一抹《いちまつ》の不安もあった。それは体重が思うように落ちなかったことだ。過去、何度も減量では辛《つら》い思いをしてきた原田だったが、その都度、凄《すさ》まじい練習と精神力で克服してきた。しかしこの時は、かつてのように身体が動かず、これまでのように体重が落ちてくれなかった。実はもう原田の身体は限界に近かったのだ。

二十七歳という年齢はアスリートとしては老けこむ年ではない。しかし、昔から「ボクサー年齢」といわれるものがある。肉体を酷使《こくし》するボクシングの選手寿命は十年が限界というものだ。白井がタイトルを失ったのは三十歳の時だったが、その年彼のプロ生活は十年目を迎えていた。十九歳でデビューした海老原も二十九歳で引退している。十六歳から戦い続けている原田もこの年にボクサー生活十年目になっていた。しかも十九歳で世界フライ級タイトルを奪って以来、常に世界の一線級を相手に厳しい戦いを続けていた肉体は目に見えないところで金属疲労をおこしているような状態だったのだ。

しかし原田自身も会長の笹崎もそのことには気付かなかった。

時代は激動の一九六〇年代を終え、一九七〇年(昭和四十五)を迎えていた。

この年の正月気分も抜けきらない一月六日、東京体育館でWBC世界フェザー級のタイトルマッチが行われた。

この試合は最初から原田の動きが悪かった。かつてのエデル・ジョフレやジョー・メデルを圧倒した時の鋭い足が見られない。それに左右フックの切れ味も鈍っていた。五ヶ月という時間が、原田から何かを奪っていた。

一方のファメションは前回よりも明らかによくなっていた。地元オーストラリアでも「疑惑の判定」と叩かれたファメションは、王者のプライドをかけて猛練習を積んできたのだろう。

原田の出鼻に鋭い左ストレート、左フックを何度も見舞った。原田の右は何度も空を切った。

両者、互いに決定打はなかったが、中盤に差し掛かった時点では、ポイントでややファメションがリードしていた。

しかし十ラウンドに波瀾《はらん》が起きた。このラウンド、原田は得意の右ストレートでファメションからダウンを奪った。観衆は総立ちになった。後に振り返ってみれば、この時が原田の唯一のチャンスだった。しかし既にかなりのスタミナを失っていた原田はここで一気に決めることができなかった。

十二ラウンド、今度は逆にファメションの左フックで原田がダウンした。十ラウンドで奪ったポイントを奪い返されてしまう。しかもダウンのダメージは小さくなかった。

十三ラウンド、原田を支えているのはもう気力だけだった。打たれても打たれても前へ出る姿はまさに「ファイティング」という名にふさわしいものだった。しかし闘志はあっても肉体はついていかなかった。このラウンドもファメションに打ちまくられた。

十四ラウンド、原田は最後の気力を振り絞ってコーナーを出た。逆転KOを狙って、左右フックをふるって肉薄する姿には鬼気迫るものがあった。しかし中盤、ファメションの鋭い左フックのカウンターを受けて、がくんと腰を落とした。ファメションがさらにパンチを追い打ちすると、原田は大きく身体を泳がせた。それでも原田はパンチを繰り出そうとした。

ファメションはそんな原田の顎に強烈な左フックを炸裂《さくれつ》させた。意識を失った原田はロープの隙間からリングのエプロン（リング上のロープの外側にあたる縁の部分）に転げ落ちた——衝撃的なシーンだった。

原田はボクサーの本能で懸命にリングに戻ろうとしたが、もはやその力は残っていなかった。ロープを掴んでむなしくもがく原田に、レフェリーは無情にもテンカウントを宣した。

その瞬間、東京体育館は静まり返った——。

アスリートはピークを迎えた後は急速に衰えていくといわれる。陸上競技のように身体能力が数字で表されるものなら、その衰えは誰の目にも見える。しかし格闘技のようなスポーツは、衰えは本人にも周囲の人間にも見えにくい。かつての白井がそうだったし、原田に敗れたジョフレもそうだった。

わずか五ヶ月という時間が原田からボクサーとしての最も大事な何かを奪っていた。思えばシドニーでの原田は、落日の最後の輝きであったのかもしれない。

試合後、原田は悔しさを嚙《か》みしめながらも、「もう一度出直します」と言った。

しかしその横で、会長の笹崎は、

「全力を尽くしてよくやった。原田の身体は疲れ切ってしまったようだ」

と語った。「鬼の笹崎」と呼ばれた会長の眼鏡《めがね》の奥に涙が滲《にじ》んでいた。

十五歳の頃から手取り足取り教えてきた愛弟子《まなでし》の身体のことは、本人以上に知っていたのかもしれない。笹崎は涙を拭《ぬぐ》いながら、静かに語った。

「引退時かもしれない」

記者たちも皆押し黙っていた。彼らもまた、一代の英雄的ボクサーがリングを去る時がやってきたことを知っていたのだ。

ファメション戦の三週間後、一月二十七日、ファイティング原田は正式に引退を表明した。

引退発表は笹崎ジムで行われた。笹崎ジムは約一年前に古い木造二階建てから鉄筋コンクリート五階建ての「笹崎ボクシングビル」に変わっていた。口さがないマスコミ関係者たちは「ファイティング原田が建てたビルだ」と言ったが、それは誇張ではない。日本のジムの会長は試合の興行権も持っている。世界タイトルマッチの興行収入がそっくり入った上に、選手のファイトマネーからも三三パーセントをマネージメント料として取る。原田がバンタム級のチャンピオン時代に笹崎ジムにどれほどの利益をもたらしたか想像もつかない。まさに「笹崎ボクシングビル」はファイティング原田が建てたビルだった。

記者会見が終わった後、原田、笹崎会長夫妻、そしてジムの関係者が練習場で整列する中、おごそかに引退のテンカウントのゴングが鳴らされた。ボクサーの栄光を称《たた》え、またすべての過去に別れを告げるために鳴らされるゴングの音に、にこやかに引退の挨拶《あいさつ》をしていた原田も、目に光るものを滲《にじ》ませた。

引退式が終わった後、原田は記者たちにこう語った。

「ボクシングを始めた時から、十年やったらやめるつもりでいた。その間、二度もタイトルを取ることができた。幸福なリング生活だった。打ち込んできたリングに別れを告げるのはさびしいが、惜しまれるうちが花。ここらが潮時と思い、決心した」

私はこの「ボクシングを始めた時から、十年やったらやめるつもりでいた」という言葉に、原田の芯《しん》の入った覚悟を感じる。原田の練習および減量はまさに「地獄」を思わせるものだった。多くの記者が「なぜ、これほどまでに……」と思ったほどの凄まじいものだった。遊びたい盛りであるにもかかわらず、すべての誘惑を断ち切り、ストイックに修行僧のような生活を続けることができたのは、実は「十年」という覚悟ではなかったかと思う。

原田は、十年間はすべての楽しみを犠牲にしてボクシングに懸《か》けようと思っていたのだ。青春のすべてを懸けてボクシングに打ち込む、と。だからこそ、つらい練習、過酷な減量にも耐えることができたのだ。しかしいくらその覚悟があっても、それを実行に移すことは容易《たやす》いことではない。ファイティング原田という男は、鋼鉄の意志を持った男だったのだ。

引退発表の時、原田の顔は晴々としていたという。やるだけのことはやったという満足感以外に、長い間の修行から解放されたという思いがあったのではないだろうか。

私は原田にそのことを尋《たず》ねた。

するとと原田は、

「それはありました」

と答えた。

「現役生活は楽しかったけれども、本当に辛《つら》かった！　大好物の大福もちでさえ、好きなだけ食べることができなかった。ボクシングなんかやめたら、何でも好きなことができるのにと何度思ったかしれないよ。本当に、何度やめようと思ったか。でもね――」

と原田は嬉しそうな顔をして言った。

「他のことはいつでもできる。でも、ボクシングは今しかできない。それに世界チャンピオンとリングで戦える人生なんて、他に比べることができないじゃないか」

私はインタビューの最後に、「リング生活に悔いはなかったか」と尋ねた。

すると原田はこう答えた。

「悔いは何もない。ファメションに敗れたのは悔しいが、精一杯やった。リングでやり残したことは何もない。だから引退する時は、晴々《はればれ》しい気持ちだった」

引退した時、原田は二十六歳と九ヶ月だった。この日は、一九六〇年代を駆け抜けた一代の天才の青春が終わった日でもあった。

＊　＊　＊

原田が引退したひと月後、「日本万国博覧会」が大阪で華々《はなばな》しく開会した。これは過去に開催された万国博覧会の中でも最大級の規模のものだった。本来「万博」というものは、開催都市の名前を付けるが、この時の万博は「大阪万博」とは呼ばれずに「日本万博（別名EXPO'70）」と名付けられた。日本が諸外国に、敗戦から完全に立ち直り、高らかに復活を宣言するという意味があったからだ。

十年前は電気冷蔵庫の世帯普及率が数パーセントしかなかった貧しい国は、今や世界中から多くの観光客を呼び寄せる経済大国に成長した。「日本万博」は今後も二度と破られることはないであろう六千四百万人を超える観客数を記録した（後に上海万博が累計入場者数七千三百万突破と発表されたが、この数字は疑問視されている）。

しかしそれを成し遂げたのは政治家でもなければ官僚でもない、汗水垂らして一所懸命に働いた国民だ。

そしてそんな国民の夢と誇りを一身に背負って戦ったのがファイティング原田だった。原田がいかに国民に愛されたかというのは、前に挙げた驚異的なテレビ視聴率でも明らかだ。

原田以後もボクシングでは多くのスターが誕生した。「シンデレラ・ボーイ」西城正三、「精密機械」沼田義明、「雑草男」小林弘、「天才」柴田国明、「ハンマー・パンチ」藤猛《ふじたけし》、「炎の男」輪島功一、「カンムリワシ」具志堅用高《ぐしけんようこう》、「永遠のチャンピオン」大場政夫、「幻の右」ガッツ石松……。いずれも一世を風靡《ふうび》した名チャンピオンだ。しかし誰一人、視聴率五〇パーセントを取ることはできなかった。単に数字というだけでなく、その年のテレビ番組の視聴率のトップ10にも入ることもなかった。

ボクシングという競技が人々の心を摑めなくなったともいえる。

しかしそれだけではない、「ファイティング原田」には一九六〇年代という時代の中で燃える何かがあったとしか思えない。

個人的な見解だが、私は一九七〇年（昭和四十五）が日本という国家にとってエポックメーキングな年であり、同時にターニングポイントの年ではなかったかと考えている。この年の三月には「よど号ハイジャック事件」があり、十一月には三島由紀夫割腹事件があった。一九六〇年代に幼少期から中学生までの時間を過ごした私は、なにか日本全体が変容していくかのような感じがしたのを覚えている。事実、一九七〇年代に入った途端、それまで素晴らしい発展を遂げていた日本経済は二度のオイルショックで大きな軌道修正を余儀なくされた。

今にして思えば、原田というボクサーは一九六〇年代を駆け抜けたフォークヒーロー（民衆のヒーロー）だった。原田こそはまさに時代を象徴するボクサーであり、人々の希望の星だった。そして一九六〇年代の終わりとともに、彼もまた静かにリングを去った。

原田の引退式はその年の四月二十九日に後楽園ホールで行われた。

引退式に先立ち、二ラウンドのエキシビションマッチが行われた。その相手に選ばれたのが、元世界フライ級一位の矢尾板貞雄《やおいたさだお》だった。その相手となっていた矢尾板は三十五歳になっていたが、快《こころよ》く原田の引退式の相手を務めてくれた。思えば、八年前の昭和三十七年（一九六二）、矢尾板の突然の引退によって、原田がポーン・キングピッチに挑戦し、世界チャンピオンに輝くことができたのだ。ある意味、矢尾板が原田に道を拓《ひら》いた恩人ともいえた。

このエキシビションで、矢尾板はかつて「リングの兵法者」と呼ばれた片鱗《へんりん》を見せている。解説者として原田の試合を見てきた矢尾板は原田の長所と短所を知っていた。それで、一ラウンドの開始早々、原田がラッシュするタイミングに合わせて、見事な右アッパーをカウンターで決めて原田をぐらつかせたのだ。

観客は矢尾板の素晴らしい技巧に唸《うな》った。その後は原田も現役時代を髣髴《ほうふつ》とさせるラッシュで矢尾板を追い込んだ。そうして互いに見せ場を作りながら、二ラウンドをフルに戦って観客を楽しませた。観客からは時折、両者にユーモラスなヤジが浴びせられ、会場は温かい空気に包まれた。

エキシビションの後、リング上に立つ原田にテンカウントが鳴らされた。会場は水を打ったように静まり返った。原田がファンに挨拶して、リングを降りると、一斉に拍手が鳴り響いた。

やがて原田の姿が消えると、会場に深いため息が漏れた。

原田引退後、日本ボクシングコミッション（JBC）は、「ファイティング」というリングネームを神聖なるものとし、今後、誰も使ってはいけないことにした。

その後の原田の人生を簡単に記そう。

原田は引退後、ボクシング解説者として第二の人生を歩んだ。翌年には、「ファイティング原田ボクシングジム」を作った。

昭和四十七年（一九七二）、二十九歳の時に、ある人の紹介で北島イヨと見合い結婚をし、その後、二男を授かった。ちなみにこの時の結婚式は後楽園ホールのリングで行われた。その時の写真を見ると、リング上に並ぶ新郎新婦の後ろに「チャンピオン北島イヨ、挑戦者ファイティング原田」という看板がかかっているのが微笑ましい。

原田のボクサーとしての偉大さはもちろん日本でも高く評価されているが、実は海外での評価の方が高い。それは何といっても「黄金のバンタム」を破った男というのが大きいが、それだけではない。十一階級しかない時代にフライ級とバンタム級の二階級を制覇したこと、いや疑惑の判定さえなければ三階級制覇を成し遂げたことが高く評価されている。

昭和五十八年（一九八三）には、日本人ボクサーとして初のアメリカのボクシング殿堂入りを果たしている。後にオブザーバー部門でジョー小泉、関係者部門で帝拳ジム会長の本田明彦が殿堂入りしているが、ボクサーとしての殿堂入りを果たした日本人はファイティング原田ただ一人である（二〇一二年現在）。

同年、WBCが選出した「偉大な二十六人のボクサー」の中に、これもまた日本人ボクサーとしてただ一人選ばれ、ニューヨークで開かれたWBC創立二十周年の記念式典に招待された。この時に集まったメンバーはすごい。モハメド・アリ、ロベルト・デュラン、アレクシス・アルゲリョ、シュガー・レイ・レナードなど、往年のスーパースターたちがずらりと勢揃いした写真は、ボクシングファンなら目眩《めまい》がするほど壮観なものだ。そんな彼らと共に堂々と並んで写る原田の姿は、日本人として実に誇らしいものがある。

原田が認められている理由は、過去の記録からだけではない。欧米で「狂った風車」と称された彼のラッシュ戦法は現代の専門家にも高く評価されているのだ。

ヘビー級史上最強の声もあるマイク・タイソンが若い頃、ファイティング原田のビデオを繰り返し見て、原田の戦法を真似《まね》たのは有名だ。タイソンを育て上げた名《めい》伯楽《はくらく》カス・ダマトが原田のスタイルを高く評価していたからだ。昭和六十三年（一九八八）、タイソンが初めて来日した時、原田がホテルのタイソンを訪ねると、その部屋に原田の大きな写真が飾られていた。関係者によると、タイソンは来日中、繰り返し原田のビデオを見ていたという。面白いのは、すっかり太っていた原田を見て、タイソンがビデオのボクサーと同じ人物だと気付かなかったことだ。

平成元年（一九八九）、日本プロボクシング協会の会長に推され、平成二十二年（二〇一〇）五月まで七期二十一年の長きにわたって務めあげた。平成十七年（二〇〇五）に脳内出血で倒れたが、手術で回復し、その後も同協会会長、テレビ解説者として元気な姿を見せている。

平成三年（一九九一）、ライバルであり親友でもあった海老原博幸が亡くなった。まだ五十一歳の若さだった。葬儀の時、原田は男泣きに泣いたという。

「親父の葬儀の時にも涙をこぼさなかったのに、海老原が死んだ時は、泣きに泣いたよ」

と原田は語った。

平成八年（一九九六）、原田の育ての親である笹崎僙《たけし》が亡くなった。また一つ、昭和のボクシングを彩《いろど》った巨星が落ちた。享年八十一だった。

＊　＊　＊

なお、原田が二度にわたって挑戦し、ついに手にすることができなかったＷＢＣフェザー級王座の変遷《へんせん》について簡単に述べておこう。

原田を下して二度目の防衛に成功したファメションだったが、王座は長く持たなかった。三度目の防衛戦の挑戦者に、なんと元チャンピオンのビセンテ・サルディバルが名乗りを上げたのだ。一度は王座を返上して引退したサルディバルだったが、事業に失敗したため、やむなくカムバックしたのだった。復帰二戦目で王座に挑戦したサルディバルは、二年の空白期間をものともせず、ファメションを一方的に打ち破ってタイトルを奪回した。この試合を最後にファメションは引退している。

そのサルディバルをTKOしてタイトルを奪ったのは、日本の柴田国明だった。かつて関光徳が二度挑んで跳ね返された無敵王者を、二十三歳の新鋭が敵地で打ち破った。この勝利を予想したものは誰もいなかった。世紀の大番狂わせといってもいいだろう。

柴田に滅多打ちされたサルディバルは最後まで戦う意志を示したが、十三ラウンドに彼のセコンドたちはサルディバルを守るために試合を止めた。泣きながらサルディバルの胸に飛び込んだ柴田を、サルディバルもまた泣きながら抱きしめて祝福した、忘れられぬ感動的な場面である。

柴田はこの王座を一年半にわたって保持するが、三度目の防衛戦でメキシコのクレメンテ・サンチェスに三ラウンドKOされてタイトルを失った。サンチェスは初防衛戦で、元チャンピオンのホセ・レグラに敗れてタイトルを失う。

そのレグラに挑戦してタイトルを奪ったのが、誰あろうエデル・ジョフレだった。原田がファメションに敗れて引退してから、三年後のことだ。

最後に、エデル・ジョフレとファイティング原田の愉快《ゆかい》なエピソードを紹介し、この物語を締めくくりたい。

原田が引退して十年以上経ったある時、ブラジルのジョフレから、遊びに来ないかという手紙が舞い込んだ。旧交を温めようではないかというものだった。旅費その他の費用は全部、ジョフレが持つという。手紙には、現役時代を思い返す意味でエキシビションマッチをやろうということが書かれてあった。

原田は喜んでブラジルに行くことにした。ところが現地の事情をよく知る関係者に聞いてみると、ジョフレの一番の目的はエキシビションマッチで原田をノックアウトすることで、そのために毎日トレーニングを積んでいるということだった。

それを知った原田は、のこのこブラジルに行ったりすれば大変なことになると、慌《あわ》ててジョフレの申し出を断った。

「あの時、ブラジルに行ってたら、ジョフレに殺されちゃったよ」

原田は私にそう言って、嬉しそうに笑った。

もちろんジョフレには原田に対する憎しみはない。その後、平成元年（一九八九）に原田がブラジルのサンパウロにジョフレを訪ねた時、二人はまるで旧友に再会した時のように抱き合った。初対決から二十四年、ジョフレは五十三歳、原田は四十六歳になっていた。この時、二人の元チャンピオンがグローブをつけてリングに上がり、にこやかな笑顔で写っている写真が残されている。

それにしてもジョフレの負けん気の強さは尋常《じんじょう》ではない。引退して何年も経ち、実業家として成功し、サンパウロの市会議員まで務めた男が、エキシビションであっても原田に雪辱を果たしたいというのだから、これはもう脱帽するしかない。何というプライド！　何という闘争心！

ジョフレが「黄金のバンタム」と呼ばれ、史上最強といわれるほどのボクサーになった理由はもしかしたら、そこにあったのかもしれない。

そして、そんな男に二度も勝った原田という男は、本当に凄い。

〈主な参考文献〉

『ザ・チャンピオン』(白井義男　東京新聞出版局)
『カーン博士の肖像』(山本茂　ベースボール・マガジン社)
『ボクシング100年』(日本スポーツ出版社)
『ファイティング原田リングの足跡』(ファイティング原田ジム)
『The fight』(ボクシング・マガジン編集部　ベースボール・マガジン社)
『ボクシングの歴史』(ハリー・カーペンター　ベースボール・マガジン社)
『日本プロボクシング史』(ボクシング・マガジン編集部　ベースボール・マガジン社)
『狂気に生き』(佐伯泰英　新潮社)
『一瞬の夏』(沢木耕太郎　新潮社)
『実感的スポーツ論』(三島由紀夫　共同通信社)
『凄くて愉快な拳豪たち』(梶間正夫　ベースボール・マガジン社)
『リングの虫』(米倉健司　恒友出版)
『朝日新聞縮刷版』(朝日新聞社)
『報知新聞100年』(報知新聞社)
『The Ring Record Book and Boxing Encyclopedia(リング年鑑)』(米 The Ring Magazine)

解説——物語で訴える傑作ノンフィクション

増田俊也《ますだとしなり》

ベストセラーを連発し続ける〝小説家百田尚樹〟のファンは数え切れないほどいるだろう。

名作中の名作、零戦乗りを描いた『永遠の0《ゼロ》』（太田出版、のち講談社文庫）がある。時代小説『影法師』（講談社）がある。オオスズメバチの世界を擬人化して描いた『風の中のマリア』（講談社）がある。整形手術で美女に生まれ変わった女の情念『モンスター』（幻冬舎）がある。そして高校ボクシング小説『ボックス！』（太田出版）がある。これらの小説に魂を鷲づかみにされたファンは数え切れないほどいるであろう。私もそのひとりだ。

百田さんが、その小説家としての力をノンフィクションで発揮したらどうなるか。小説家としての力をノンフィクションにぶつけたらどうなるのか。それを私たちの眼前に右ストレートを打ちつけるように激しく提示したのが本作『「黄金のバンタム」を破った男』である。

ここには物語がある。

そして熱情がある。

歴史を順に追って記録に残していくのは、学者の仕事である。出来上がったものはただ事実が羅列された、味も素っ気もないただの論文になる。

国会図書館に行ってみればいい。日本中の博士論文がそれこそ掃《は》いて捨てるほどある。しかし、そのどれもが研究目的以外では読むに値しないものになっている。つまらないからだ。

論文を馬鹿にしているわけではない。つまらないからといって斬って捨てるわけではない。

しかし、私たち作家は、作家を名乗る以上、論文並みの情報量を咀嚼《そしゃく》して読みやすくし、それを圧倒的な物語に乗せて読者に届けなければならない。ページをめくる手を止まらせてはならない。ドラマ性をこそ前面に出さなければならない。そして魂に訴えなければならない。

私は『木村政彦はなぜ力道山を殺さなかったのか』（新潮社、柔道家木村政彦の評伝）で、史上最強と謳《うた》われた不遇の柔道家の生涯を追うことによって、その人生を縦軸に、ライバルたちの存在を描いて横へ横へと物語を広げていった。そして格闘技史全体を物語に乗せて読者に追体験させることを考えていた。結果、木村の生涯を追うことによって日本の格闘技史全体を追うことになった。

だが、この『「黄金のバンタム」を破った男』がすごいのは、ファイティング原田の生涯を追うことによって日本ボクシング史だけではなく、さらに昭和史そのものまで追体験させてくれることだ。まるで、あの時代を生きた彼らと一緒に同じ空気を吸いながら生きているような錯覚を覚える。

一人の人生を通して、一人の人生の物語を通して、このように読者をひとつの世界観のなかにどっぷりと浸《ひた》らせてくれるノンフィクションは、実はいままでの日本のノンフィクション界にはなかったことだ。少なくとも評伝にはまったく存在しなかった。前述した論文のような評伝ばかりだった。マニアの自己満足で終わってしまっている評伝があまりに多く、残念でならない。面白くないから部数も伸びず、結果として多くの人に届けることができない。せっかく掘りだした重要な事実を読者に伝えることができない。

そうしたなかで、この『「黄金のバンタム」を破った男』は、突出した物語性を持つ、傑作中の傑作である。

百田さんや私が、ファイティング原田と木村政彦の評伝を、こうして物語に乗せてページをめくらせる手を止まらせない作品に仕上げることができたのは、ひとつには百田さんも私も小説家だからである。物語作家だからである。

　そしてもうひとつ重要なことがある。先に挙げた熱情である。魂である。

　これはもちろん、百田さんが同志社大学時代にボクシング部に籍を置いたボクサーだったからだ（私は北海道大学柔道部出身）。百田さんは世に知られていないボクシングの本当の凄さというものを、経験者として、これでもかこれでもかと書き込んでいく。懸命に読者に知ってもらおうとする。懸命に訴える。

　それはボクシングに対する愛情があるからである。抑えても抑えても溢《あふ》れ出てくる愛情をそのままぶつけてくる。

　例えば、百田さんは当時のボクシングのステイタスは、世界でも日本でもいまでは考えられないほど高かったということを繰り返し書いている。

《当時のチャンピオンは世界にわずか八人しかいなかった。つまり八つの階級に、それぞれ一人ずつ王者が君臨していたのだ。ちなみに現在は十七階級、しかもチャンピオン認定団体も増えて、ＷＢＡ、ＷＢＣ、ＩＢＦ、ＷＢＯの主要四団体がそれぞれチャンピオンを認めていて、その総計は七十人ほどにもなる》

　その時代にチャンピオンになった者たちの怪物的強さを懸命に訴える。そんななかでトップに立った男たちの偉大性を懸命に訴える。それは百田さんがボクサーだったゆえに、彼らトップボクサーたちへの深い敬愛を持っているからだ。ボクシングが最も輝いていた一九六〇年代を全盛期としたファイティング原田の人生を軸にして、この物語は彼を取り巻く当時の日本の状況がどこから来てどこへ行こうとしていたのかが見えてくる構成になっている。

まずは日本ボクサー初の世界チャンピオンとなった白井義男の話から物語は始まる。

太平洋戦争で一時はボクシングを離れなければならなくなった白井の境涯はまさに木村政彦に重なる。しかし、彼にはあのカーン博士との邂逅《かいこう》という幸運があった。

博士の愛情を一身に受け、二人三脚の指導で、白井はその類まれなる才能を開花させて連戦連勝、ついに昭和二十七年（一九五二）、後楽園球場で四万人の大観衆を集めてタイトルマッチを戦い、日本初の世界チャンピオンとなるのである。

この観客動員は日本人によるタイトルマッチとしては空前絶後となった。白井のチャンピオン戴冠《かいさい》は、戦争に敗れ、さらにGHQによる長き占領下にあった日本人にとっては快哉を叫ばずにはいられない大事件だった。土埃《つちぼこり》の立ちこめる焼け跡の希望だった。

だが、この白井義男がタイトルを失ってから、再び日本人ボクサーが世界を制するのに八年もの時が費《つい》やされた。ファイティング原田が世界を制するまでに実に八年の時が費やされた。

その八年の間に多くの男たちの挑戦と屍《しかばね》があった。その斃《たお》れた男たちの姿を抑えた筆致で読者に訴えかけ、泣かせるのもこの本の読みどころのひとつである。

登場人物たちが、みな魅力的である。ファイティング原田だけではなく、同時代の名ボクサーたちの光輝と蹉跌《さてつ》を描くことによって、この物語は奥行きを増している。そして当時ボクシングこそがキング・オブ・スポーツであったことを、あの時代に生きていなかった世代にも熱く熱く訴えかけてくる。

ノンフィクションにおいて百田節が炸裂すると、このような作品が生み出されるのである。

「作家さん同士でお酒を飲むときどんな話をするんですか?」

読者によく聞かれる質問である。

実は作家が酒を飲むときの話題は最後には「どの作家が目標か」という話に収斂《しゅうれん》していく。酔っ払ってくると、みんなそういう議論になる。

「森鷗外です」

「芥川龍之介です」

「谷崎潤一郎です」

それぞれが勝手なことを言って悦に入っている。なるほど、本音を言わず、これらの名前を挙げればなんとなく格好がつくのかもしれない。

だが、私は格好をつけるのは好きではない。

だから本音ではっきりと言う。

「百田尚樹さんです」

それは百田さんが物語ることの重要性をもっとも知っている作家だからである。読ませることの重要性をもっとも知っている作家だからである。魂に訴えるに手段を選ばない作家だからである。命を削りながら物語を紡ぎ、ぶつけてくる作家だからである。現在の日本作家が失ってしまったものをすべて持っている作家だからである。

この本を読み終わってからずっと考え続け、いまだに答が出ないことがある。

私は今まで「百田尚樹さんの著作で一番のお薦《すす》めはどの本ですか」と読者に聞かれると「もちろん『永遠の0』です」と答えてきたが、この本を読んでから「もちろん『「黄金のバンタム」を破った男』です」と答えるかどうかを悩み続けているのだ。それほどの傑作ノンフィクションである。

（作家）

この作品は、二〇一〇年五月にPHP研究所より刊行された
『リング』を改題し、加筆・修正したものである。

著者紹介

百田尚樹（ひゃくた　なおき）

1956年大阪生まれ。同志社大学中退。

人気番組「探偵！ナイトスクープ」のメイン構成作家となる。

2006年『永遠の0《ゼロ》』（太田出版）で小説家デビュー。『ボックス！』（同）、『モンスター』（幻冬舎）、『幸福な生活』（祥伝社）、『風の中のマリア』『影法師』『錨を上げよ』『海賊とよばれた男』（以上、講談社）など著書多数。

『永遠の0《ゼロ》』は、講談社文庫から文庫版が刊行され400万部を突破、2013年12月に映画公開。

PHP文芸文庫　「黄金のバンタム」を破った男

2012年11月29日　第1版第1刷
2020年9月1日　第1版第21刷

著者	百田尚樹
発行者	後藤淳一
発行所	株式会社PHP研究所
東京本部	〒135-8137 江東区豊洲5-6-52
	第三制作部文藝課 ☎03-3520-9620（編集）
	普及部 ☎03-3520-9630（販売）
京都本部	〒601-8411 京都市南区西九条北ノ内町11
PHP INTERFACE	https://www.php.co.jp/
組版	朝日メディアインターナショナル株式会社
印刷所	株式会社光邦
製本所	株式会社大進堂

ISBN978-4-569-67916-7

PHP文芸文庫

ベースライン

須藤靖貴 著

不祥事で活動休止中の野球部に、ひとりの転校生がやってきた。メンバー募集からはじめてチームの再建を図るのだが……。青春野球小説。

PHP文芸文庫

ナイン

9つの奇跡

川上健一 著

野球大好きの老若男女9人で結成された草野球チーム「ジンルイズ」に起こった小さな奇跡とは？ 大人のためのファンタジック・ストーリー。

PHP文芸文庫

組織再生

マインドセットが変わるとき

江上 剛 著

破綻した銀行を新しく生まれ変わらせるために奮闘する行員たち……実話をもとに「改革プロセス」を具体的に描いた感動のビジネス小説。

PHP文芸文庫

第140回 直木賞受賞作

利休にたずねよ

山本兼一 著

おのれの美学だけで秀吉に対峙し天下一の茶頭に昇り詰めた男・千利休。その艶やかな人生を生み出した恋、そして死の謎に迫る衝撃作。